시지프 신화

시지프 신화

김화영 옮김

Albert Camus

책세상

파스칼 피아에게

차례

일러두는 말	008
부조리의 추론	011
부조리와 자살	013
부조리의 벽	025
철학적 자살	050
부조리의 자유	081
부조리한 인간	103
돈 후안주의	112
연극	124
정복	136
부조리한 창조	149
철학과 소설	151
키릴로프	167
내일 없는 창조	179
시지프 신화	187
부록: 프란츠 카프카의 작품 속에 나타난 희망과 부조리	199
해설: 《시지프 신화》에 대하여	220
참고 문헌	279
작가 연보	281
옮긴이의 말	297

* 이 책은 《시지프 신화》(1997)의 개정번역판이다. 번역은 Albert Camus, *Œuvres complètes*, Bibliothèque de la Pléiade, Tome I (Éditions Gallimard, 2006)을 대본으로 삼았다.

일러두는 말

  다음의 글에서 다루고자 하는 것은 금세기 곳곳에서 목도할 수 있는 어떤 부조리의 감성일 뿐, 엄밀한 의미에서 우리 시대는 경험해본 적이 없는 그 어떤 부조리의 철학이 아니다. 그러므로 우선 이 책이 우리 시대의 몇몇 탁월한 사상가들에게 빚지고 있는 바를 지적해두는 것은 최소한의 정직함에 속한다. 나로서는 그 사실을 숨길 생각이 조금도 없는 만큼 독자들은 이 책 전체에 걸쳐서 그들의 말이 인용, 해석되는 것을 보게될 것이다.

  그러나 그와 동시에, 지금까지는 부조리가 결론으로 간주되어왔지만 이 논고에서는 그것을 하나의 출발점으로 삼는다는 점을 지적해두는 것이 좋겠다. 그런 의미에서 나의 해석에는 잠정적인 면이 있다고 할 수 있다. 따라서 그 해석에서 이끌어낼 수 있는 입장에 대해 미리부터 속단하는 일이 있어서는 안

될 것이다. 여기에서 독자는 다만 인간 정신이 앓고 있는 병에 대한 순수한 상태 그대로의 묘사만을 보게될 것이다. 지금 당장은 여기에 그 어떤 형이상학도, 그 어떤 믿음도 개입되어 있지 않다. 이것이 이 책의 한계이며 유일한 선택이다.

부조리의 추론

부조리와 자살

 참으로 진지한 철학적 문제는 오직 하나뿐이다. 그것은 바로 자살이다. 인생이 살 가치가 있느냐 없느냐를 판단하는 것이야말로 철학의 근본 문제에 답하는 것이다. 그 밖의, 세계가 삼차원으로 되어 있는가, 이성理性의 범주가 아홉 가지인가 열두 가지인가 하는 문제는 그다음 일이다. 그런 것은 장난이다. 우선 대답해야 한다. 그리고 니체가 주장했듯이, 만약 철학자가 존중받으려면 마땅히 자신의 주장을 실천으로 보여줘야 한다는 것이 사실이라면, 우리는 이 대답이 얼마나 중요한지 이해할 수 있을 것이다. 왜냐하면 그 대답에 결정적인 행동이 뒤따를 것이기 때문이다. 이런 것들은 마음으로 느낄 수 있는 자명한 사실이지만 머릿속에서 분명해지도록 하려면 그것들을 깊이 파고들 필요가 있다.
 어떤 문제가 다른 문제보다 더 절박하다고 판단하는 기준은 과연 무엇일까 하는 의문을 제기할 경우, 나의 대답은 그 질문에 따라 마땅히 실천하게 되는 행동이 바로 그 판단의 기준이라는 것이다. 나는 어떤 사람이 존재론적 이론을 증명하기 위해 목숨을 던지는 것을 한 번도 본 적이 없다. 중대한 과학적 진리를 파악하고 있던 갈릴레이는 그 진리의 주장 때문에 생명이 위태로워지자 즉시 그 진리를 너무도 쉽게 부인해버렸다. 어떤 의미에서는 잘한 일이다. 그것은 화형을 감수해야 할 정도의 진리는 아니었다. 지구와 태양 중 어느 것이 다른 것의 주위를 회전하느냐 하는 문제는 정말이지 아무래도 좋은 일이다. 요컨대 그건 하찮은 문제인 것이다. 반면에 나는 많은 사람이 인생이 살 만한 가치가 없다고 생각한 나머지 죽는 것을 본다. 그런가 하면 역설적이게도 자신에게 살아갈 이유를 부여해주는 이념, 혹은 환상들을 위해 목숨을 버리는 사람들도 있다(이른바 살아갈 이유라는 것은 동시에 목숨을 버릴 훌륭한 이유가 될 수도 있는 것이다). 그러므로 내가 판단하건대, 삶의 의미야말로 질문 중에서도 가장 절박한 질문이라고 할 수 있다. 그 질문에 어떻게 대답할 것인가? 모든 본질적인 문제들—목숨을 버리게 만드는 문제들이나 반대로 살려는 열정을 배가시키는 문제들 말이다—에 대해서 생각하는 방식은 아마도 두 가지밖에 없을 것이다. 즉, 라팔리스의 사고방식[1]과 돈키호테의 사고방식이 그것이다. 우리들에게 감동을 주는 동시에 분명한 이해에 도달할 수 있게 해주는 것은 오직 자명함과 감정의 고양 사이의 균형뿐이다. 이토록 소박하면서도 비장한 주제를 놓고 생각할 때는 유식하고 고전적인 변증법을 동원하는 것보다 좀 더 겸허한 마음 자세, 즉 양식良識과 더불어 공감에서 비롯되는 자세로 임하는 것이 낫다는 것을 우리는 이해할 수 있다.

지금까지 자살은 그저 사회적 현상으로만 취급되어왔다. 그와는 달리 여기서는 우선 개인의 생각과 자살의 관계가 문제다. 자살과 같은 행위는 마치 어떤 위대한 작품과 마찬가지로 마음의 침묵 속에서 준비된다. 당사자는 그것을 알지 못한다. 어느 날 밤, 그는 문득 방아쇠를 당기거나 물속으로 몸을 던진다. 어떤 부동산 관리인이 스스로 목숨을 끊었을 때 사람들이 어느 날 내게 말하기를, 그가 5년 전에 딸을 잃은 다음부터 사람이 많이 변했고, 그야말로 그 일 때문에 아예 "골병이 들었

---

1 라팔리스의 진리Lapalissade. 프랑스의 귀족이며 군인인 자크 Ⅱ 드 샤반 드 라팔리스Jacques Ⅱ de chavannes de La Palice(1463~1525)의 비석에서 유래한 말로 '자명한 진리'를 뜻한다. 그가 죽은 뒤 그를 기리는 무덤에 '슬프도다, 그가 죽지 않았다면 그는 아직도 부러움을 샀을 텐데Hélas, s'il n'etait pas mort, il ferait encore envie'라는 비명이 새겨졌다. 후세에 이 비명의 후반부가 "그는 여전히 살아 있었을텐데Il serait encore en vie"로 잘못 읽힌 결과 자명한 사실을 의미하는 문장이 되었다. 그 후 다시 그 인물과 관련해 '라팔리스의 진리verité de La Palice'라고 불리는 자명한 사실들을 담은 베르나르드 라모누아의 풍자 노래가 유행했으니 바로 "죽기 15분 전에 그는 아직 살아 있었네un quart d'heure avant sa mort, il était encore en vie"라는 내용의 노래다.

다"라고 했다. 이보다 적절한 표현을 찾기는 어려울 것이다. 생각을 하기 시작한다는 것, 그것은 정신적 침식으로 골병이 들기 시작한다는 것이다. 이 시작 단계에 있어서 사회는 별 관련이 없다. 벌레는 이미 사람의 마음속에 박혀 있다. 바로 거기서 벌레를 찾아야 하는 것이다. 삶을 직시하는 명철한 의식에서 빛의 세계 밖으로의 도피로 인도하는 이 치명적 유희, 바로 이 유희를 추적하고 이해해야 한다.

자살에는 수많은 동기가 있는데 일반적으로 볼 때 가장 표면적인 이유들이 가장 유력한 이유는 아니었다. 깊이 반성한 끝에 자살하는 일은 (그렇다고 이 가설이 완전히 배제되는 것은 아니지만) 드물다. 거의 언제나 이성적으로 통제할 수 없는 그 무엇이 위기의 발단이 된다. 신문에서는 흔히 '실연'이니 '불치병'이니 운운한다. 이와 같은 설명은 그럴듯해 보인다. 그러나 바로 그날, 절망에 빠진 사람의 친구 하나가 그에게 무관심한 어조로 대꾸한 적은 없었는지 알아보아야 할 것이다. 바로 그자가 죄인이다. 그것 한 가지만으로도 그때까지 유예 상태에 있던 모든 원한과 모든 권태가 한꺼번에 밀어닥치기에 충분하기 때문이다.[2]

---

[2] 이 기회에 이 논고의 상대적 성격을 짚고 넘어가야겠다. 사실 자살은 이보다 훨씬 명예로운 고찰들과 관련지어 생각할 수 있다. 예를 들어서 중국 혁명에 있어서 이른바 항의의 의미로 결행한 정치적 자살들이 그렇다. (원주)

그러나 정신의 선택이 죽음 쪽으로 기울어지는 정확한 순간, 그 미묘한 과정을 꼬집어 말하기는 어렵지만 자살이라는 행동 자체에서 그 행동이 가정하는 결과를 이끌어내는 것은 보다 용이한 일이다. 자살은 어떤 의미에서 그리고 멜로드라마에서처럼 하나의 고백이다. 그것은 삶을 감당할 길이 없음을 혹은 삶을 이해할 수 없음을 고백하는 것이다. 그러나 이렇게 비유적인 쪽으로 너무 깊이 들어가지 말고 일상적인 표현으로 되돌아가보자. 다만 그것은 '굳이 살 만한 것이 못 된다'는 것을 고백하는 데 불과하다. 물론 산다는 것은 결코 쉬운 일이 아니다. 사람이 살아가는 데 필요한 몸짓을 그만두지 않고 계속하는 데는 여러 이유가 있다. 그중 첫째가 습관이다. 고의적으로 죽음을 택한다는 것은 이와 같은 습관의 우스꽝스러운 면, 살아야 할 깊은 이유의 결여, 법석을 떨어가며 살아가는 일상의 어처구니없는 것 그리고 고통의 무용함을 본능적으로라도 인정했다는 것을 말해주는 것이다.

그렇다면 살아가는 데 반드시 필요한 잠마저 이루지 못하게 하는 이 측량할 길 없는 감정은 도대체 무엇이란 말인가? 설사 시원찮은 이유를 대고서라도 설명할 수 있다면 그 세계는 낯익은 세계다. 그러나 이와 반대로 돌연 환상과 빛을 박탈당한 세계에서 인간은 자신을 이방인으로 느낀다. 이 낯선 세계로의 유배에는 구원이 없다. 그에게는 잃어버린 고향의 추억도 약속된 땅의 희망도 다 빼앗기고 없기 때문이다. 인간과 그의 삶, 배우와 무대장치의 절연. 이것이 다름 아닌 부조리의 감정이다. 정상적인 사람이면 누구든 한 번쯤 스스로 자살을 생각해본 적이 있을 터이므로 더 이상 길게 설명하지 않아도 이런 감정과 허무에의 갈망 사이에 직접적인 관련이 있다는 것쯤은 인정할 수 있을 것이다.

이 시론의 주제는 바로 이러한 부조리와 자살의 관계를 밝히고 자살이 어느 정도로 부조리에 대한 해결책이 될 수 있을 것인가를 생각해보는 데 있다. 속임수를 쓰지 않는 사람이라면 자기가 진실이라고 믿는 바에 따라 행동해야 한다는 것을 우리는 원칙으로 삼아볼 수 있다. 따라서 삶이 부조리하다고 믿는 사람이라면 마땅히 그 믿음에 따라 행동해야 한다. 일단 그런 식의 결론이 과연 우리에게 불가해한 조건의 삶을 한시라도 빨리 떠나라고 요구하는지 어쩌는지 분명하게, 그리고 공연히 비장해하지 말고 자문해보는 것은 정당한 호기심의 발로일 터다. 물론 내가 여기서 언급하는 것은 자기 자신을 속이지 않을 용의가 있는 사람에 대해서다.

명확한 말로 제시할 경우 이 문제는 단순하면서도 풀 수 없는 것으로 보일 수 있다. 그러나 사람들은 문제가 단순하면 그 답도 그에 못지않게 단순하며, 자명한 것은 자명함을 전제한다고 잘못 생각한다. **선험적으로**, 그리고 문제의 항을 뒤바꿔서 생각해보면 사람에겐 자살을 하든가 하지 않든가 두 가지 길밖에 선택의 여지가 없듯이, 철학적 해결에도 긍정과 부정

두 가지밖에 없는 것 같다. 실제로 그렇게 될 수만 있다면, 더 이상 바랄 것이 없을 것이다. 그러나 결론을 내리지 않은 채 여전히 의문 상태에 있는 사람들을 고려해야 한다. 비꼬는 말이 아니다. 대다수 사람들이 이런 경우에 해당한다. 동시에 부정적인 대답을 하는 사람들이 마치 긍정적으로 생각하는 듯 행동하는 것 또한 볼 수 있다. 니체의 기준을 따른다면 실상 그들은 이런 식으로건 저런 식으로건 긍정적으로 생각하는 것이다. 반대로 자살하는 사람들이 삶의 의미를 굳게 믿는 경우가 자주 있다. 언제나 이와 같은 모순은 흔히 볼 수 있다. 아니, 오히려 그토록 논리적인 태도가 요구되는 이 점에 있어서만큼 모순이 극명한 경우는 없다고 말할 수도 있을 것이다. 철학적 이론과 그 이론을 주장하는 사람들의 실제 행동을 비교하는 것은 흔한 일이다. 그러나 삶에 의미가 없다고 굳게 믿는 사상가들 중에 살기를 거부할 정도로까지 자신의 논리를 밀고 간 사람은 아무도 없었음을 지적할 필요가 있다. 고작 문학에 속하는 키릴로프[3], 전설에 속하는 페레그리노스[4] 그리고 가설에

---

[3] 도스토옙스키의 소설 《악령》에 등장하는 무신론자로, 자살이야말로 인간이 자신의 지배자임을 보여주는 증거라는 결론에 도달해 실제로 자살을 감행한다.
[4] 나는 페레그리노스의 모방자에 대한 이야기를 들은 적이 있다. 대전 후의 작가인 그는 자신의 첫 작품을 탈고하고 나서 그 작품에 대한 세인의 주목을 끌기 위해 자살했다. 실제로 주목을 끌긴 했지만 그 책은 졸작으로 평

속하는 쥘 르키에[5]의 예외가 있었을 뿐이다. 음식을 가득 차려놓은 식탁에 앉아서 자살을 논했다는 쇼펜하우어의 경우는 흔히 우스갯거리로 인용되곤 한다. 그것은 농담거리가 못 된다. 비극적인 것을 심각하게 여기지 않는 이러한 태도는 그리 중요한 것은 아니지만 결국 그 사람됨을 판단하는 근거가 된다.

그렇다면 이와 같은 온갖 모순과 혼미 앞에서, 사람이 삶에 대해 가질 수 있는 견해와 그 삶을 버리는 행위 사이에 아무런 관련이 없다고 믿어야 마땅할 것인가? 너무 이런 방향으로 과장할 일은 아니다. 한 인간이 자신의 삶에 갖는 애착에는 이 세상의 모든 비참 이상으로 강한 그 무엇이 있다. 육체가 내리는 판단도 정신이 내리는 판단 못지않게 가치가 있는 것이다. 육

가 되었다. (원주)
페레그리노스는 견유학파의 철학자로 올림픽 경기 때 사람들이 만류해줄 것으로 예상하고 불 속에 뛰어들 수 있다고 공언한 다음 실제로 행동에 옮겼는데 아무도 말리지 않아서 불에 타 죽었다. 소설가 몽테를랑이 그의 저서 《욕망의 샘》에서 이 사실을 언급했다. 그의 "모방자"는 아마도 앙드레 가야르André Gaillard인 것으로 보이는데, 그는 자신의 초현실주의적 시와 산문집 《세상은 그 누구의 것도 아니다》가 인쇄 중이던 1929년 12월 16일에 자신의 침대에서 죽은 채 발견되었다.
[5] 사르트르와 윌리엄 제임스에게 실질적인 영향을 끼친 19세기 중엽의 프랑스 철학자(1814~1862). 그는 1862년 2월 11일, 창조적 자유 의지를 주장하며 대양 가운데로 헤엄쳐 나가 죽은 것으로 전해진다. 장 그르니에는 1936년 이 철학자에 대한 박사 학위 논문을 발표했는데 그의 사상이 카뮈의 관심을 끌기 시작했다.

체는 소멸의 위협과 마주치면 뒤로 물러선다. 우리는 생각하는 습관보다 살아가는 습관을 먼저 배워서 익힌다. 나날이 조금씩 더 죽음을 향해 우리를 재촉해가는 이 경주에서 육체는 돌이킬 수 없는 우위를 점하고 있는 것이다. 끝으로 이 모순의 본질은 내가 회피esquive라고 부르고자 하는 바에 있다고 할 수 있다. 내가 그것을 회피라고 부르는 것은 그것이 이른바 파스칼적 의미에서의 '위희divertissement' 이하의 것인 동시에 이상의 것이기도 하기 때문이다. 이 시론의 제3의 주제인 치명적인 회피는 다름 아닌 희망이다. 내세의 삶(우리가 그 삶을 얻을 '자격을 갖추도록' 노력해야 한다는)에 대한 희망 혹은 삶 그 자체를 위해서가 아니라 어떤 거창한 관념, 삶을 초월하고 그 삶을 승화시키며 삶에 어떤 의미를 주어 결국은 삶을 배반하는 어떤 거창한 관념을 위해 사는 사람들의 속임수 말이다.

　이렇듯 온갖 것이 뒤섞여서 영문을 알 수 없게 된다. 지금까지 우리는, 삶의 의미를 부정하면 필연적으로 인생이란 살아볼 만한 가치가 없다고 선언하게 된다고 말장난을 해보고 또 그렇게 믿는 체했는데, 그것은 과연 부질없는 일이 아니었다. 사실 그 두 가지 판단 사이에는 아무런 필연적인 척도가 없다. 다만 지금까지 지적한 혼미와 분열과 모순들 때문에 판단이 흐려지는 일은 없어야 한다. 모든 것을 걷어버리고 문제의 진정한 핵심으로 곧바로 나아가야 한다. 인생이 살아볼 만한 가치가 없기 때문에 자살한다는 것, 그것은 필경 하나의 진리이지만 너무나 자명한 이치이기에 아무짝에도 쓸모가 없는 진리다. 삶에 대한 이런 모욕, 삶을 수렁에 빠뜨리는 이런 부정은 과연 삶의 무의미에서 유래하는 것일까? 삶의 부조리는 과연 희망이라든가 자살 같은 길을 통해서 삶으로부터 벗어나기를 요구하는 것일까? 이것이야말로 그 밖의 것은 다 치워버리고 밝혀 추적하고 해명해야 할 문제인 것이다. 과연 부조리는 죽음을 명하는가, 모든 사고의 방법론이나 초연한 정신의 유희에서 벗어나 그 무엇보다 먼저 이 문제에 우선권을 부여해야 한다. '객관적'인 정신의 소유자가 항상 모든 문제 속에 끌어들이는 뉘앙스나 모순이나 심리학 따위는 이러한 탐구와 열정적 관심에 끼어들 여지가 없다. 오직 여기서 필요한 것은 하나의 불공평한, 즉 논리적인 사고뿐이다. 이는 용이한 일이 아니다. 논리적이 되기는 언제나 쉽다. 그러나 끝까지 논리적이 되기는 거의 불가능하다. 자신의 손으로 목숨을 끊는 사람들은 죽음을 통해 자기 감정의 흐름을 끝까지 따라간다. 그러므로 자살에 대한 성찰은 나의 관심사인 단 하나의 문제를 제기할 기회를 제공한다. 죽음에 이를 정도의 논리가 과연 존재하는가 하는 문제가 그것이다. 나는 걷잡을 수 없는 감정에 휩쓸리는 일 없이, 자명함이라는 단 하나의 빛 속에서, 내가 여기 그 기원을 지적하는 추론을 진행시킴으로써만 그에 대한 답을 알게 될 것이다. 그것이 바로 내가 부조리의 추론이라고 부르는 것이다. 이 추론을 시작한 사람은 많다. 그러나 그들이 그 추론을 계속 고수했는지는 아직 알 수 없다.

    카를 야스퍼스는 세계를 하나의 통일된 전체로 구성하는 것이 불가능함을 밝히면서 이렇게 외친다. "이러한 제한으로 인해 나는 나 자신에게로 인도된다. 즉 나 자신이 기껏해야 대표하는 것이 고작인 하나의 객관적 관점 뒤로 더 이상 물러날 수 없는 지점, 나 자신도 그 어떤 타자의 존재도 내게는 더 이상 대상이 될 수 없는 지점으로 인도되는 것이다." 이때 여러 사람에 뒤이어 그가 가리켜 보이는 곳은 사유가 극한에도 달하는, 물 한 모금 없이 황량한 장소들이다. 그렇다. 그에 앞서 수많은 사람이 그곳을 가리켜 보인 것이 사실이다. 그러나 그들 역시 얼마나 성급하게 그곳을 빠져나오고자 했던가! 많은 사람들이, 그것도 가장 보잘것없는 사람들이 사유가 비틀대는 그 마지막 전환점에 이르렀다. 그런데 그들은 그곳에 이르렀을 때 자신이 지닌 것 중에서 가장 소중한 것, 즉 자신의 목숨을 포기했다. 한편 또 다른 사람들, 정신의 왕자들 역시 포기를 택했다. 그러나 그들이 실행한 것은 가장 순수한 반항의 형태인 사유의 자살이었다. 그 반대로 진정한 노력을 요하는 것은 오히려 가능한 한 그곳에 살아남아 버티면서 그 멀고 구석진 고장에 서식하는 괴이한 식물들을 근접 관찰하는 일이다. 집요함과 통찰이야말로 부조리와 희망과 죽음이 서로 응답하며 벌이는 그 비인간적 유희의 선택받은 관객들이다. 그럴 때에야 비로소 인간 정신은 기본적인 동시에 미묘한 그 춤의 갖가지 모습들을 드러내 보여주고 또 그것들을 스스로 체험적으로 살아내기에 앞서 그것들을 분석할 수 있을 것이다.

부조리의 벽

위대한 작품들이 그렇듯이 심오한 감정들은 항상 의식적으로 말하는 것 이상을 의미한다. 마음속에 끈질기게 남아 있는 움직임이나 혐오감은 행동이나 사고의 습관 속에 그대로 다시 나타나고 마음 스스로도 알지 못하는 결과들 속에서 여전히 지속된다. 큰 감정들은, 그것들의 찬란하거나 비참한 세계들을 함께 달고 돌아다니는 법이다. 그 감정들은 그것들 자체의 열정으로 하나의 독자적 세계에 빛을 던지고 그 세계에서 그 감정들 특유의 풍토를 발견한다. 그것은 질투의 세계일 수도 있고 야망의 세계, 이기주의나 너그러움의 세계일 수도 있다. 하나의 세계란 곧 하나의 형이상학이고 하나의 정신적 태도인 것이다. 이미 특수화된 감정에 대해 참인 것은, 그것들의 밑바탕에 깔려 있는 감동, 가령 아름다움이 우리에게 주거나 부조리가 일깨워주는 감정만큼이나 불확정적이고 막연하면서도 동시에 그만큼 '확실한', 그만큼 멀면서도 동시에 그만큼 '현존하는' 정서에 대해서는 더욱 참일 것이다.

어느 길목에서나 불쑥 솟아나는 부조리의 감정은 그 누구의 얼굴에나 들이닥칠 수 있다. 처절할 정도로 벌거벗은 모습과 광채 없는 빛 자체로 보면 그 감정은 파악하기가 어렵다. 그러나 그 어려움 자체가 고찰할 가치가 있는 것이다. 우리에게 한 인간은 영영 알 수 없는 존재여서 그 속에는 항상 우리의 인식 능력을 벗어난 환원될 수 없는 그 무엇이 있다는 것은 아마도 사실일 것이다. 그러나 나는 **실질적으로** 사람들을 알고 있고 그들이 하는 행동, 그들의 행위 전체, 그들이 삶을 거치면서 야기하는 결과를 보고서 그들이 어떤 사람인지 알아맞히게 된다. 이와 마찬가지로 도무지 분석의 대상으로 삼을 수 없는 모든 비합리적 감성도 나는 **실질적으로** 정의할 수 있으며, **실질적으로** 그 결과를 지성의 범주 안에 종합하고 그 모든 모습을 파악, 기록하고 그 감정의 세계를 재구성함으로써 평가할 수 있는 것이다. 같은 배우를 수백 번 보았다고 해서 개인적으로 그를 더 잘 알게 되는 것은 아니다. 그러나 그가 연기한 극 중 인물들을 모두 종합해 생각해보면서 백 번째 인물에 이르고 보니 그를 좀 더 잘 알게 되었노라고 말한다면 거기에는 일말의 진실이 있음을 느낄 수 있을 것이다. 표면적으로는 역설 같지만 이것은 하나의 교훈적 우화인 것이다. 거기에는 어떤 교훈이 담겨 있다. 한 인간은 그의 솔직한 충동에 의해서와 마찬가지로 그가 연기하는 연극에 의해서도 정의될 수 있음을 가르쳐준다. 그보다 약간 낮은 차원에서, 감정의 경우도 마찬가지다. 마음으로 직접 느낄 수는 없지만 그것이 불러일으키는 행위와 그것에 전제되는 정신적 태도를 통해서 부분적으로나마 노출되는 감정 말이다. 독자들은 지금 내가 이런 식으로 하나의 방법론을 규정해 보인다는 것을 느낄 것이다. 그러나 이것이 분석의 방법이지 인식의 방법은 아니라는 것 또한 느낄 것이다. 방법은 형이상학을 전제로 하며 때로는 아직 스스로 알지 못한다고 주장하는 결론을 부지불식간에 드러내는 것이니 말이다. 어떤 책의 첫 페이지에는 이미 그 마지막 페이지의 암시가 담겨 있는 법이다. 이와 같이 처음과 끝의 관련은 불가피하다. 여기에서 규정된 방법론은 일체의 진정한 인식이란 불가능하다는 느낌을 고백한다. 오직 그 겉모습들을 하나하나 짚어보고 풍토를 느낄 수 있을 뿐이다.

부조리라고 하는 이 꼬집어 말할 수 없는 감정을 우리는 아마도 지성, 삶의 예술, 아니, 바로 예술 그 자체라는 서로 다르지만 친근한 세계들에서 포착할 수 있을지도 모른다. 우선 시초에 부조리의 풍토가 있다. 끝은 바로 부조리의 세계와 정신적 태도다. 그 정신적 태도가 그에 고유한 어떤 빛으로 세계를 비추고, 그것이 알아볼 줄 아는, 그 세계의 특권적이고도 무자비한 얼굴이 그 빛을 받아 환하게 드러나게 만드는 것이다.

　모든 위대한 행동, 모든 위대한 사상은 그 시작이 하찮다. 위대한 작품은 흔히 어느 길모퉁이를 돌다가 혹은 어느 식당의 회전문을 지나가다가 착상한 것이다. 부조리도 이와 마찬가지다. 부조리한 세계는 그 무엇보다도 이런 보잘것없는 탄생에서 고귀함을 이끌어낸다. 몇몇 상황에 있어서, 무슨 생각을 하느냐는 질문에 그냥 "아무것도"라고 대답하는 것이 어떤 사람의 경우에는 거짓된 꾸밈일 수 있다. 연애하는 사람은 이런 경우를 잘 안다. 그러나 만약 그 대답이 솔직한 것이라면, 그리고 그 대답이 저 기이한 영혼의 상태, 즉 공허가 웅변적이게 되고, 일상의 판에 박힌 행동을 이어주던 끈이 툭 끊어지면서 마음이 그 끈을 다시 이어줄 매듭을 찾으려 해도 헛일이 되는 그 기이한 상태를 나타내는 것이라면, 그때 그 대답은 바로 부조리의 첫 징후인 것이다.

　무대장치가 문득 붕괴되는 일이 있다. 아침에 기상, 전차로 출근, 사무실 혹은 공장에서 보내는 네 시간, 식사, 전차, 네 시간의 노동, 식사, 수면 그리고 똑같은 리듬으로 반복되는 월, 화, 수, 목, 금, 토 이 행로는 대개의 경우 어렵지 않게 이어진다. 다만 어느 날 문득, "왜?"라는 의문이 솟아오르고 놀라움이 동반된 권태의 느낌 속에서 모든 일이 시작된다. "시작된다"라는 말은 중요하다. 권태는 기계적인 생활의 여러 행동이 끝날 때 느껴지지만, 그것은 동시에 의식이 활동을 개시한다는 것을 뜻한다. 권태는 의식을 깨워 일으키며 그에 뒤따르는 과정을 야기한다. 뒤따르는 과정이란 아무 생각 없이 생활의 연쇄 속으로 되돌아오는 것일 수도 있고 결정적인 각성일 수도 있다. 각성 끝에 시간이 지나면서 그 결과가 생기는데 그것은 자살일 수도 있고 원상복귀일 수도 있다. 권태 그 자체는 어딘가 좀 메스꺼운 데가 있다. 여기서 나는 이 권태가 좋은 것이라고 결론지어야겠다. 왜냐하면 모든 것은 의식에 의해 시작되며, 그 어떤 것도 의식을 통해서만 가치 있는 것이 되기 때문이다. 이런 지적은 전혀 독창적일 것이 없지만 명백하다. 부조리의 기원을 간략하게 인식해보는 기회는 당분간 이것으로 충분하다. 단순한 '관심'이 모든 것의 기원인 것이다.

마찬가지로 하루하루 이어지는 광채 없는 삶에서는 시간이 우리를 떠메고 간다. 그러나 언젠가는 우리가 이 시간을 떠메고 가야 할 때가 오게 마련이다. 우리는 미래를 내다보며 산다. '내일', '나중에', '네가 자리를 잡게 되면', '나이가 들면 너도 알게 돼' 하는 식으로. 이런 자가당착은 참 기가 찰 일이다. 미래란 결국 죽음에 이르는 것이니 말이다. 그러나 어느 날 문득 '내가 서른 살이구나' 하고 인정하거나 그렇게 말하는 때가 온다. 그는 이렇게 자신의 젊음을 확인한다. 그러나 동시에 그는 시간과 관련해서 자신을 자리매김한다. 시간 속에 자신의 위치를 정하는 것이다. 그는 자신이 따라 나아갈 수밖에 없다고 인정하는 한 곡선의 어떤 순간에 이르렀다는 것을 인정한다. 그는 시간에 속해 있는 것이다. 그는 자신을 사로잡는 공포로 미루어보아 거기에 최악의 적이 도사리고 있음을 알아차린다. 내일, 그는 내일을 바라고 있었던 것이다. 그의 전 존재를 다해 거부했어야 할 내일을. 이 육체의 반항이 바로 부조리다.[6]

그보다 한 단계 더 내려가면 나타나는 것이 낯섦이다. 즉, 세계가 '두껍다'는 것을 깨닫게 되고, 한 개의 돌이 얼마나 낯선 것이며 우리에게 얼마나 완강하게 닫혀 있는가를, 그리고 자연이, 하나의 풍경이 얼마만큼 고집스럽게 우리를 부정할 수 있는가를 알아차리게 되는 것이다. 모든 아름다움의 밑바닥에는 비인간적인 그 무엇이 가로놓여 있다. 그리하여 이 언덕들, 다사로운 하늘, 이 나무들의 윤곽이 지금까지 우리가 부여해왔던 허망한 의미를 단숨에 잃어버리고서 이제부터는 잃어버린 낙원보다도 먼 존재로 돌변하는 것이다. 세계의 원초적 적의가 수천 년의 세월을 거슬러 우리들을 향해 밀고 올라온다. 한동안 우리는 더 이상 세계를 이해하지 못하게 된다. 왜냐하면 여러 세기 동안 우리는 우리 스스로 그 세계에 미리부터 덮어씌웠던 형상과 윤곽만을 이해해왔으며 이제부터는 그러한

---

[6] 그러나 본래의 의미에서 부조리가 아니다. 여기서는 우선 정의를 내리자는 것이 아니라 부조리를 내포한 여러 감정을 '열거'해보자는 것이다. 열거를 완료한다고 해도 부조리를 남김없이 다 해명한 것은 아니다. (원주)

인위적 수단을 행사할 힘이 없어졌기 때문이다. 세계가 다시금 본래의 모습으로 되돌아갔기 때문에 우리로서는 이해할 수 없게 된다. 습관에 가려 있던 무대장치들이 다시 본연의 모습으로 돌아간다. 그것들은 우리에게서 멀어져버린다. 한 여인의 친근한 얼굴 속에서 여러 달 혹은 여러 해 전에 사랑했던 여인을 마치 낯모르는 여인처럼 다시 만나게 되는 때가 있다. 그와 마찬가지로 우리는 갑자기 우리를 그토록 고독하게 만드는 것을 원하게 될지도 모른다. 그러나 아직 그때는 오지 않았다. 단 하나의 사실만 말해두자. 즉 세계의 두꺼움과 낯섦, 이것이 바로 부조리다.

인간들 역시 비인간적인 것을 분비한다. 통찰력이 살아나는 어떤 순간에는, 인간들이 하는 행동의 기계적인 면과 의미 없는 무언극이 그들 주위의 모든 것을 다 어리석은 것으로 만든다. 한 사내가 유리 칸막이 저쪽에서 전화를 걸고 있다. 그의 목소리는 들리지 않지만 무언극 같은 뜻 모를 몸짓은 보인다. 저 사람은 왜 사는 것일까 하는 의문이 생긴다. 인간 자신의 비인간성 앞에서 느끼는 이 불안, 우리의 됨됨이가 보여주는 이미지 앞에서 경험하는 측량할 길 없는 이 추락, 우리 시대의 어느 작가가 말한 바 있는 '구토', 이것 또한 부조리다.[7] 마찬가지

---

7 젊은 시절 카뮈는 1938년 10월 20일자 《알제 레퓌블리캥》에 사르트르

로 어떤 순간 거울 속에서 우리와 마주치는 그 이방인, 우리 자신의 사진들 속에서 다시 만나는 친근하면서도 음산한 형제, 이것 또한 부조리다.

　이제 마침내 죽음과 우리가 그것에 대해 지니고 있는 감정을 이야기할 차례가 되었다. 이 점에 대해서 할 말은 모두 나왔고 비장한 감정은 경계하는 것이 보기에 좋다. 그러나 모든 사람이 마치 죽음 같은 것은 '전연 몰랐다'는 듯이 살고 있는 것은 정녕 놀라고도 남을 만한 일이다. 그 까닭은, 사실 죽음의 체험이란 존재하지 않기 때문이다. 원래 실제로 경험하고 또 의식한 것만이 체험인 것이다. 이 경우, 기껏해야 타인의 죽음에 대한 경험을 말할 수 있을 뿐이다. 타인의 죽음이란 하나의 대용품이요, 정신의 관점일 뿐이므로 결코 충분할 만큼 우리를 설득하지 못한다. 이 우울한 관례는 설득력을 가질 수 없다. 사실상 공포는 사건의 수학적 측면에서 오는 것이다. 시간이 우리에게 공포를 주는 것은 시간이 증명을 하기 때문이며 해답은 그 뒤에 온다. 여기서 영혼에 관한 온갖 미사여구들은 적어도 당분간은, 십중팔구 그것과 반대되는 증명과 만나게 될 것이다. 뺨을 때려도 자국이 나지 않는 무기력한 육체에서 영혼은 사라지고 없다. 죽음이라는 모험의 초보적이고 결정적인

의 소설 《구토》에 관한 서평을 발표했다.

측면이 부조리의 감정을 이룬다. 이 숙명의 치명적 조명을 받으면서 무용성이 그 모습을 드러낸다. 우리의 인간 조건을 관장하는 피비린내 나는 수학 앞에서는 그 어떤 도덕도 그 어떤 노력도 이미 선험적인 정당성을 가질 수 없다.

    다시 한번 말하거니와 이 모든 것은 이미 다 밝혀지고 되풀이해 언급된 것들이다. 나는 여기서 간략히 분류하고 그 명백한 주제들을 지적하는 것으로 그치겠다. 그 주제들은 모든 문학, 모든 철학에 걸쳐 두루 나타난다. 일상적으로 주고받는 대화에서도 그것은 화젯거리가 된다. 그런 것들을 재발견하자는 것이 아니다. 그러나 나중에 본질적인 문제에 의문을 제기하기 위해서는 이런 자명한 사실들을 확인해둘 필요가 있다. 거듭 말하거니와 나의 관심은 부조리의 발견이 아니라 거기서 이끌어낼 귀결 쪽에 있다. 이러한 사실들을 확신한다면 과연 어떤 결론을 내려야 하며, 그 어떤 것도 회피하지 않으려면 어디까지 밀고 나가야만 하는 것일까? 의도적으로 목숨을 끊어야 할 것인가? 아니면 모든 것에도 불구하고 희망을 가져야 할 것인가? 대답에 앞서 지성의 차원에 대해서도 간략한 검토가 필요하다.

*

    정신의 첫 걸음은 진실과 허위를 구별하는 일이다. 그러나 사유가 사유 자체에 대해 반성할 때 가장 먼저 발견하게 되는 것은 하나의 모순이다. 여기서 설득력을 가지려고 노력해봐야 아무 소용이 없다. 이 점에 관해서는 여러 세기를 통해 아리스토텔레스보다 명석하고 우아한 증명을 한 사람은 아무도 없다. "이와 같은 의견들에서 이끌어낸, 흔히 웃음거리가 되곤 하는 결과는 그것들이 스스로를 파괴한다는 사실이다. 왜냐하면 모든 것이 진실이라고 주장할 경우 우리는 반대의 주장도 진실이고, 따라서 우리 자신의 주장이 허위라고(반대의 주장이 그 주장이 진실일 수 있도록 허용하지 않으니까) 단언하게 되니 말이다. 그런데 만약 모든 것이 허위라고 말한다면 바로 그 주장 자체 역시 허위가 되고 만다. 만약 우리가 우리의 주장에 반대되는 주장만이 허위라거나 우리의 주장만이 허위가 아니라고 단언한다면, 우리는 필경 무수한 진실 혹은 허위의 판단들을 받아들이지 않을 수 없는 입장이 될 것이다. 왜냐하면 어떤 진실한 주장을 내놓는 사람은 그와 동시에 그 주장이 진실임을 말하며, 이런 식으로 무한히 계속될 것이기 때문이다."

이러한 악순환은, 정신이 저 스스로의 모습을 들여다보다가 현기증 나는 소용돌이에 말려들어 혼미해지고 마는 순환 논리의 연쇄 중에서 최초의 것에 불과하다. 이와 같은 역설의 단순성 자체가 그 역설을 넘을 수 없는 장애물로 만든다. 언어의 유희나 논리의 곡예에 호소해봐야 소용없는 일이다. 이해한다는 것은 무엇보다 먼저 통일한다는 것이다. 인간 정신의 깊은 욕구는 그것의 가장 진화된 방식에 있어서조차도 결국 인간이 세계 앞에서 느끼는 무의식적인 감정과 만난다. 그 감정은 바로 친숙함에 대한 요구이며 분명함에의 갈망이다. 인간의 입장에서 세계를 이해한다는 것은 그 세계를 인간적인 것으로 환원시켜서 거기에 인간의 낙인을 찍는 것이다. 고양이의 세계는 개미의 세계가 아니다. "모든 사고는 인간의 모습을 하고 있다"라는 자명한 이치는 바로 그런 의미다. 마찬가지로 현실을 이해하고자 하는 사람은 그 현실을 생각의 표현들로 환원시켜야 비로소 만족을 느낀다. 만약 이 세계도 인간처럼 사랑하고 괴로워할 수 있다고 인정할 수 있게만 된다면 인간은 안심할 것이다. 만약 인간의 사고가 뭇 현상들의 변화무쌍한 거울 속에서, 그 현상들을 요약하고 그 자체도 단일한 원리로 요약될 수 있는 영원한 관계를 발견할 수만 있다면 우리는 정신의 행복을 말할 수 있을 것이다. 그렇게만 된다면 지복을 누리는 자들의 신화는 그런 행복의 한낱 우스꽝스러운 위조품에 불과할 것이다. 이 통일성의 향수, 절대의 갈망은 인간이 겪는 내면적 드라마의 본질적인 움직임이 어떤 것인가를 여실히 보여준다. 그러나 그 향수가 하나의 사실이라고 해서 그것이 당장에 만족되어야 한다는 뜻은 아니다. 왜냐하면 만일 우리가 욕구와 그 정복 사이에 가로놓인 심연을 뛰어넘어 파르메니데스[8]처럼 유일자(그것이 어떤 것이건 간에)의 실재를 단정한다면 우리는 우스꽝스러운 정신적 모순에 빠지고 만다. 완전한 통일성을 단언하는 동시에 그 단언에 의해서, 스스로 해소시킨다고 자처한 자신의 차이와 다양성을 오히려 입증하게 되니 말이다. 또 하나의 악순환은 우리가 품는 희망의 숨통을 조이기에 충분하다.

  이러한 것들 역시 자명한 사실이다. 다시 한번 강조하거니와 흥미의 대상은 그 사실 자체가 아니라 거기에서 끌어낼 수 있는 결론이다. 나는 또 하나의 자명한 사실을 알고 있다. 즉 인간은 반드시 죽게 되어 있는 존재라는 것이다. 그렇지만 그 사실에서 극단적인 결론을 끌어낸 사람은 손가락으로 헤아릴 수 있을 정도다. 이 시론에서는, 우리가 안다고 상상하는 것과 실제로 아는 것 사이의 변함없는 오차, 실제적인 동의와 가장된 무지―만약 진정으로 그런 죽음의 생각을 실감한다면 우리의 인생이 송두리째 뒤집혔을 터인데도, 바로 그 가장된 무지 때문에 우리는 그런 생각을 마음에 담고도 태연하게 살아간다―사이의 오차를 항상 염두에 두고 고려해야 한다. 이와 같은 뒤죽박죽된 정신의 모순들 앞에서 우리는 스스로의 창조물들과 우리를 갈라놓는 절연 상태를 충분히 파악할 수 있다. 인간의 정신이 희망으로만 가득 찬 부동의 세계에서 침묵을 지키고 있는

---

  8 기원전 515년 남부 이탈리아 엘레아 출생의 철학자. 철학 서사시 《자연에 대하여》가 남아 있으며 사상의 핵심은 '존재하지 않는 것'에 대립하는 '존재하는 것'이다.

한 모든 것은 정신의 향수가 만들어내는 통일성 속에서 반영되고 정돈될 것이다. 그러나 정신이 깨어나 조금이라도 움직이기 시작하면 세계는 금이 가서 무너진다. 즉, 무수한 조각으로 파열된 광채가 인식 앞에 나타나는 것이다. 그것을 가지고 우리에게 마음의 평화를 안겨줄 친숙하고 고요한 표면을 재구성하는 것은 바라지도 말아야 한다. 여러 세기에 걸친 온갖 탐구와 뭇 사상가들의 숱한 기권 행위를 목격하고 나서 우리는 이것이야말로 우리의 인식 전체에 해당하는 진실임을 잘 알게 되었다. 직업적인 합리주의자를 제외하면 오늘날 우리 모두는 참된 인식에 절망하고 있다. 인간 사고의 유일하고 의미 있는 역사를 써야만 한다면 우리는 사고의 연속적인 후회와 무력의 역사를 기록해야 할 것이다.

나는 도대체 누구에 대해서, 무엇에 대해서 "그것을 안다!"라고 말할 수 있을까? 내 속의 마음, 나는 이 마음을 느낄 수 있으며 이것이 존재한다고 판단한다. 세계, 나는 이 세계를 만질 수 있으며 이것 역시 존재한다고 판단한다. 나의 모든 지식은 여기서 멈춘다. 그 밖의 것은 만들어낸 것이다. 가령 나 자신이 확신하는 자아조차 막상 포착해보려고 하면, 그것을 정의하고 요약해보려 하면, 그것은 손가락 사이로 새어나가는 물에 불과해지니 말이다. 나는 그 자아가 지닐 수 있는 모든 모습, 남들이 그것에 부여한 모든 모습, 즉 그 교육, 기원, 열정 혹은 모든 침묵, 위대함 혹은 저속함 등을 하나하나 그릴 수 있다. 그러나 이러한 모습들을 덧셈할 수는 없는 법이다. 내 것인 이 마음 자체조차 나에게 영원히 정의될 수 없는 것으로 머물 것이다. 내가 나의 존재에 대해 갖는 확신과 내가 그 확신에 부여하려는 내용 사이에 가로놓인 단절은 결코 메워질 수 없을 것이다. 나는 나 자신에게 영원히 이방인일 것이다. 심리학에 있어서든 논리학에 있어서든, 여러 진리는 있으나 유일한 진리는 없다. "너 자신을 알라"라는 소크라테스의 말에는 고해성사 때 하는 "덕을 행하라"라는 말 정도의 가치밖에 없다. 그런 말들은 어떤 동경과 동시에 어떤 무지를 드러낸다. 이는 거창한 주제들에 대한 소득 없는 유희다. 그것들은 대략적으로만 인정될 수 있다.

또 다른 예로 여기 나무들이 있다. 나는 그 꺼칠꺼칠한 촉감이나 물기를 알고 그 맛을 느낀다. 여기 이 풀잎과 별들의 냄새, 밤, 마음이 느긋해지는 저녁나절들, 내가 이토록 저력과 힘을 실감하는 세계의 존재를 어찌 부정할 수 있겠는가? 그러나 지상의 모든 지식은 이 세계가 나의 것이라고 확신시켜줄 만한 것은 아무것도 내게 주지 못할 것이다. 당신은 나에게 세계를 묘사해 보이고 분류하는 방법을 가르쳐준다. 당신은 세계의 법칙들을 열거하고, 나는 알고자 하는 갈망 속에서 그 법칙들이 옳다는 것에 동의한다. 당신은 세계의 메커니즘을 분해하고, 나의 희망은 부풀어오른다. 종국에 이르러 당신은 이 멋지고 알록달록한 우주가 원자로 이뤄져 있으며 그 원자 자체는 전자로 환원된다는 것을 나에게 가르쳐준다. 그런 건 다 좋으니 나는 당신이 계속해주기를 기대한다. 그런데 당신은 눈에 보이지도 않는 태양계 유성군 얘기를 하면서 그 속에서 전자들이 어떤 핵 주위를 돈다고 설명한다. 이 세계를 어떤 이미지로 설명하는 것이다. 이렇게 되면 나는 당신이 시詩에 도달했다는 걸 알아차린다. 다시 말해서 내가 알기는 아예 글러버린 것이다. 그 점에 대해서 내가 분개할 시간이나 있겠는가? 아니, 당신은 벌써 이론을 바꿔버렸다. 이렇듯 나에게 모든 것을 가르쳐줄 것 같던 과학은 가설로 끝나고, 그 통찰력은 비유 속으로 가라앉고 그 불확실성은 예술 작품으로 낙착되어버린다. 내가 무얼 하자고 그토록 많은 노력을 했던가? 차라리 저 산들의 부드러운 곡선과 이 어지러운 가슴 위에 내려앉는 저녁의 손길이 내게 훨씬 많은 것을 가르쳐준다. 나는 출발 지점으로 되돌아왔다. 만일 내가 과학으로 제반 현상들을 파악하고 열거할 수 있다 해도 그것으로써 세계를 포착할 수는 없다는 것을 나는 깨닫는다. 내가 세계의 들어가고 나온 요철을 손가락으로 남김 없이 더듬어본 후라 할지라도 나는 그 이상은 알지 못할 것이다. 그리하여 당신은 나에게, 확실하긴 하지만 내게 아무것도 가르쳐주지 않는 묘사와, 내게 가르쳐준다고 주장하지만 전혀 확실하지 않은 가설 가운데 그 어느 하나를 선택하라고 한다. 나 자신에 대해, 그리고 이 세계에 대해 이방인인 나, 긍정하는 즉시 스스로를 부정하게 되는 사고만을 유일한 구원 수단으로 갖춘 나, 이런 내가 평화를 얻기 위해서는 알기를 거부하고 살기를 거부할 수밖에 없는 이 조건, 정복의 욕구가 공격을 조롱하는 벽에 부딪치고마는 이 조건이란 도대체 무엇이란 말인가? 바란다는 것, 그것은 곧 온갖 역설을 불러일으킨다는 것이다. 무사태평함, 마음의 졸음 또는 치명적인 체념이 주는 이 독약이 든 평화가 생겨나도록 모든 것이 다 결정되어 있는 것이다.

그래서 지성 역시 이 세계가 부조리하다고 그 나름대로 내게 말한다. 그와 반대되는 맹목적 이성이 모든 것은 분명하다고 제아무리 주장해봤자 아무 소용이 없다. 나는 그렇다는 증거를 기대하고 그 이성이 옳기를 바랐다. 그러나 잘난 체하는 그 많은 세기에도 불구하고, 요란스럽고 그럴듯하게 떠드는 숱한 논객에도 불구하고, 나는 그것이 허위라는 것을 안다. 적어도 이러한 면에서, 만약 내가 알지 못한다면 행복이란 없다. 실제적인 혹은 정신적인 그 보편적 이성, 그 결정론, 모든 것을 설명해주는 그 범주들이란 정직한 사람이라면 우습게 여길 만한 것이다. 그런 것들은 정신과는 아무 상관이 없다. 그것들은 정신의 심오한 진리, 즉 정신이 사슬에 묶여 있다는 진리를 부정한다. 이처럼 판독 불가능하며 한정된 우주 속에서 이제부터 인간의 운명은 그 의미를 갖게 된다. 한 무리의 비합리가 벌떡 일어나 인간이 최후에 이르기까지 인간의 운명을 에워싼다. 다시 회복되어 준비가 된 통찰력 속에서 부조리의 감정은 빛을 받아 명확해진다. 앞에서 나는 이 세계가 부조리하다고 말했는데 그것은 지나치게 성급한 말이었다. 이 세계 자체는 합리적이지 않다. 이것이 우리가 말할 수 있는 전부다. 그러나 부조리한 것은 바로, 이 비합리와 명확함에 대한 미칠 것 같은 열망의 맞대면이다. 그 명확함에 대한 호소가 인간의 가장 깊은 곳에서 메아리친다. 부조리는 인간과 세계에 똑같이 관련된다. 지금으로서는 부조리만이 그들을 이어주는 유일한 매듭이다. 오직 증오만이 인간들 사이를 비끄러매듯 부조리가 그 양자를 서로 묶어놓는다. 나의 모험이 계속되는 이 지표도 척도도 없는 세계에서, 내가 명확히 분간할 수 있는 것은 이것뿐이다. 여기서 일단 멈춰보자. 만약 내가 나와 내 삶의 관계를 조절하는 부조리를 진실이라고 믿는다면, 그리고 만약 이 세계가 보여주는 온갖 광경 앞에서 나를 사로잡는 이 감정을, 지식의 탐구가 나에게 강요하는 통찰을 확신한다면, 나는 모든 것을 희생해 이러한 확신들을 지켜야 하며, 이 확신들을 똑바로 바라보면서 지탱해야 할 것이다. 특히 나는 이 확신들에 따라 나의 행동을 조절하며 모든 결과에 있어서 그 확신들을 믿고 나가야 한다. 지금 나는 정직성에 대해 말하고 있다. 그러나 그보다 먼저 인간의 사유가 과연 이런 사막에서 살아갈 수 있을지 알고 싶다.

*

사유가 적어도 이 사막으로 들어섰다는 것을 나는 이미 안다. 사유는 그곳에서 양식을 발견했다. 그것은 지금까지 환상을 먹고 자라왔다는 것을 거기서 깨달았다. 사유는 인간적 성찰의 가장 절박한 몇몇 과제의 구실이 되었다.

부조리는 일단 인정되는 순간부터 하나의 열정, 모든 열정 중에서 가장 비통한 열정이 된다. 그러나 과연 인간이 그 열정들과 더불어 살아갈 수 있는지, 가슴을 열광케 하는 동시에 불살라버리는 열정의 심오한 법칙을 받아들일 수 있는지, 모든 문제는 바로 여기에 있다. 그러나 그것은 아직 우리가 제기하려는 문제가 아니다. 이 문제는 바로 이 경험의 핵심이다. 이 문제는 다시 언급할 기회가 있을 것이다. 그보다 지금은 사막에서 태어난 그 주제와 충동을 식별하는 것이 좋겠다. 아마 그것들을 열거하는 것만으로 충분할 것이다. 이 역시 오늘날 모든 사람이 다 아는 것들이다. 비합리의 권리를 옹호하는 사람은 어느 때나 늘 존재해왔다. 소위 굴욕의 사유라고 불릴 수 있는 것의 전통은 한 번도 끊어지지 않고 활기를 띠어왔다. 합리주의에 대한 비판은 더 이상 필요가 없으리만큼 수없이 되풀이되었다. 그럼에도 우리 시대에는, 마치 이성이 언제나 당당하게 전진하기라도 했다는 듯, 그 이성을 비틀거리게 하기에 부심하는 역설의 체계들이 생겨나는 것을 볼 수 있다. 그러나 이것은 이성의 실제 효능보다는 차라리 그 이성의 희망이 얼마나 강렬한가를 증명한다. 역사적 측면에서 보면 그 두 가지 태도가 꾸준히 존재해왔다는 것은 통일을 향한 호소와 자신을 속박하는 있는 벽들의 존재에 대한 명확한 인식 사이에서 분열된 인간의 본질적인 열정을 말해준다.

그러나 우리 시대처럼 이성에 대한 공격이 활발했던 시대는 아마도 없었을 것이다. "우연하게도 그것은 세상에서 가장 오래된 고귀함이다. 내가 세상의 그 어떤 영원한 의지도 그것 이상을 원하지는 않았다고 말했을 때 나는 모든 사물에게 그 고귀함을 되돌려주었던 것이다"라고 한 차라투스트라의 위대한 절규 이래로, "그 뒤에는 더 이상 아무것도 존재하지 않는, 죽음에 이르는 병"이라고 말한 키르케고르의 저 치명적인 병 이래로, 부조리의 사유에 대한 의미 있고 괴로운 주제들은 그치지 않고 잇달아 등장했다. 아니, 적어도 이 뉘앙스 차이는 극히 중요한 것이지만, 합리성을 초월한 종교적 사유의 주제들은 그랬다. 야스퍼스에서 하이데거, 키르케고르에서 셰스토프, 현상학자들에서 셸러에 이르기까지 논리적인 면이나 윤리적인 면에서, 방법과 목적에 있어서는 서로 대립되어 있으되 그들의 공통된 열망으로 보아 혈통이 같은 한 무리의 정신이 이성의 왕도를 차단하고 진리로 나아가는 정직한 길을 다시 찾는 데 열중했다. 나는 여기서 이 사상들이 이미 잘 알려지고 체험되었다고 간주한다. 이러한 사상들은 야심이 어떤 것이었든 간에 모두가 모순과 이율배반과 고뇌 혹은 무력이 지배하는, 말로 설명할 수 없는 그 세계로부터 출발했다. 그리하여 그들에게 공통된 것은 바로 우리가 지금까지 드러내 보인 주제들이다. 그들에게 역시 무엇보다 중요한 것은 이러한 발견에서 끌어낼 수 있었던 결론이라는 것을 분명히 지적해둬야겠다. 이 점은 너무나도 중요하므로 그 결론들은 나중에 별도로 검토할 필요가 있다. 그러나 지금 당장 살펴볼 것은 오직 그들의 발견과 최초의 경험들이다. 여기서는 다만 그들의 공통점을 확인해보자는 것이다. 그들의 여러 철학을 운위한다는 것이 외람된 일일지 모르지만, 여하간 그들 모두에게 공통된 풍토를 느끼게 하는 것은 가능한 일이며 또한 그것으로 충분하다.

하이데거는 인간 조건을 냉정하게 고찰한 다음, 그 실존은 굴욕적인 것이라고 단언한다. 유일한 현실, 그것은 바로 여러 존재들이 갖는 모든 차원에서의 '관심souci'이다. 세계와 그 위희divertissement 속에서 길을 잃은 인간에게 있어 관심이란 잠깐 지나가는 두려움이다. 그러나 두려움이 일단 그 자체를 의식하면 그것은 "실존이 그 자체의 모습으로 되돌아가게 되는" 명철한 인간의 항구적 풍토, 즉 불안이 되어버린다. 이 철학 교수는 확고하고도 가장 추상적인 언어로 "인간 실존의 한정되고 유한한 성격은 인간 그 자체보다 더 근원적이다"라고 쓴다. 그는 칸트에 관심을 기울이지만 그것은 칸트의 '순수이성'의 한정된 성격을 인식하기 위해서다. 그것은 여러 분석 끝에 "세계는 고뇌에 사로잡힌 인간에게 이제 더 이상 줄 것이 없다"라고 결론내리기 위해서다. 그가 볼 때 그 관심은 추론의 범주들을 훨씬 뛰어넘는 것이어서 그는 오직 그것만을 생각하고 그것에 관해서만 이야기한다. 그는 관심의 갖가지 모습들을 열거한다. 가령 평범한 인간이 그 관심을 자기 안에서 평준화시켜 얼버무릴 때 볼 수 있는 권태의 모습, 정신이 죽음을 바라볼 때 나타나는 공포의 모습 등이 그것이다. 하이데거 역시 의식을 부조리와 떼어놓고 생각하지 않는다. 죽음에 대한 의식은 곧 관심의 부름이며 "그때 실존은 의식이라는 매개를 통해 나름의 방식으로 호소한다." 죽음의 의식은 고뇌의 음성 자체이며, 실존을 향해 "무명의 존재 속에서 길을 잃고 있던 상태로부터 자기 자신으로 되돌아오라"라고 요구한다. 그 역시 잠들어서는 안 되며 마지막까지 깨어 있어야 한다고 믿는다. 그는 이 부조리한 세계에서 버티면서, 소멸할 수밖에 없도록 되어 있는 이 세계의 성격을 밝혀낸다. 그는 폐허의 한복판에서 자신의 길을 찾는 것이다.

야스퍼스는 모든 존재론에 절망한다. 우리가 '순진성'을 잃어버렸기를 바라기 때문이다. 그는 우리가 겉모습의 치명적인 유희를 초월하는 어떠한 것에도 도달할 수 없음을 안다. 정신의 끝이 실패라는 것도 알고 있다. 그는 역사가 우리에게 보여주는 정신적 모험들을 차례로 관찰함으로써 각 체계의 빈틈, 만사에 구원이 되어주었던 환상, 속이 뻔히 들여다보이는 선전을 가차 없이 폭로한다. 인식의 불가능성이 증명되고 허무가 유일한 현실로 보이고 구원 없는 절망만이 유일한 태도로 여겨지는 황무지로 변한 세계에서 그는 완벽한 비밀들로 인도하는 아리아드네의 실을 발견하고자 시도한다.

한편 셰스토프도 항상 동일한 진리를 지향하는 놀랍도록 단조로운 작품을 통해, 가장 치밀한 체계나 가장 보편적인 합리주의도 결국은 인간 사고의 불합리에 부딪치고야 만다는 것을 줄기차게 증명한다. 그는 인간의 이성의 가치를 떨어뜨리는 것이면 그 어떤 냉소적 자명함도, 그 어떤 하찮은 모순도 놓치지 않고 간파한다. 오직 한 가지만이 그의 관심을 사로잡는다. 그것은 바로 심정의 역사나 정신의 역사에서의 예외다. 사형수가 겪는 도스토옙스키적 경험, 니체적 정신의 치열한 모험, 햄릿의 저주나 입센의 쓸쓸한 귀족주의를 통해 그는 돌이킬 수 없는 것에 맞서는 인간의 반항을 추적하고 조명하며 찬양한다. 그는 이성이 제시하는 이유를 거부하고, 모든 확실성이 돌로 변해버린 빛 잃은 사막 한복판에서야 비로소 어떤 결의가 엿보이는 발걸음을 떼기 시작한다.

모든 사람 중에서 아마도 가장 흥미를 끄는 인물인 키르케고르는, 적어도 그의 생애의 한 시기 동안은 부조리를 발견하는 것 이상으로 몸소 부조리를 산다. "침묵 중에서 가장 확실한 침묵은 무언이 아니라 말을 하는 것이다"라고 쓴 그는 대뜸 그 어떤 진리도 절대적이지 않아서 본래 불가능한 것인 실존을 만족시킬 수 없다고 단언한다. 인식에 있어서의 돈 후안격인 그는 숱한 가명들을 사용하고 온갖 모순을 되풀이하며《교훈적 논설》을 쓰는가 하면 동시에《유혹자의 일기*Le Journal du séucteur*》라는 냉소적인 유심론唯心論 교본을 쓰기도 한다. 그는 위안, 도덕, 일체의 안식의 원리를 거부한다. 그는 자신의 심장에 박힌 가시의 고통을 진정시킬 생각을 하지 않는다. 오히려 그 고통을 일깨우며 십자가형을 달게 받는 자가 느끼는 절망적 기쁨 속에서 통찰, 거부, 희극 등 마귀에 홀린 자의 종목을 하나씩 구축해나간다. 다정하면서도 냉소적인 이 얼굴, 영혼의 밑바닥에서 터져 나오는 절규에 뒤이은 이 표변豹變들, 이것은 바로 자신을 초월하는 현실과 대결하는 부조리의 정신 그 자체다. 그리하여 키르케고르를 그의 소중한 추문들로 인도해가는 정신적 모험 역시 아무런 장식 없이 본래의 지리멸렬로 환원된 경험의 혼돈 속에서 시작한다.

전혀 다른 분야, 즉 방법의 분야에서 후설과 현상학자들은, 그들의 과도함 그 자체를 통해서 세계를 그 다양성 상태로 복원하며 이성의 초월적 능력을 부정한다. 정신의 세계는 그들과 더불어 가늠할 수 없을 만큼 풍부해진다. 장미의 꽃잎, 이정표 또는 인간의 손 같은 것들도 사랑, 욕망 또는 중력의 법칙 못지않게 중요하다. 생각한다는 것은 이제 더 이상 통일한다든가 어떤 대원칙의 얼굴로 겉모습을 친근하게 만드는 것이 아니다. 생각한다는 것은 보는 방법, 주의를 기울이는 방법을 다시 배우는 일이며, 자신의 의식을 인도해 생각 하나하나,

영상 하나하나를 프루스트처럼 특권적 장소로 만드는 일이다. 역설적이게도 모든 것이 특권적 지위를 가진다. 사고를 정당화하는 것은 그것이 지닌 극단적인 의식이다. 키르케고르나 세스토프의 경우보다 한결 적극적인 것이 되기 위해 후설이 제시한 방법은 원래 이성의 고전적 방법을 부정하고 희망을 저버리며, 현상들이 무수하게 증식되어 그 풍부함에서 어딘가 비인간적인 면이 느껴질 정도로 세계를 직관과 마음에 열어 보이는 것이다. 이 길들은 모든 지식으로 인도하든가 그 무엇으로도 인도하지 않든가 둘 중 하나다. 말하자면 여기서는 목적보다 방법이 더 중요하다고 하겠다. 중요한 것은 오직 "인식을 위한 하나의 태도"일 뿐 결코 위안이 아니다. 다시 한번 말하거니와 적어도 출발에 있어서는 그러하다.

  이 모든 정신을 서로 이어주는 깊은 혈연을 어떻게 느끼지 못하겠는가! 그 정신들이 어떤 특별하고 쓰라린 한 곳으로, 더 이상 희망이 개입할 여지가 없는 한 곳으로 무리지어 모인다는 것을 어떻게 모르겠는가? 나는 모든 것이 내게 설명되기를, 만약 그렇지 못하다면 무無를 원한다. 그런데 마음속의 절규 앞에서 이성은 무력하다. 이 요청에 깨어난 이성은 답을 찾지만 발견하게 되는 것은 오로지 모순과 궤변뿐이다. 내가 이해할 수 없는 것은 합리적인 것이 아니다. 세계는 이러한 비합리로 가득 차 있다. 내가 이 세계의 유일한 의미를 이해하지 못하는 이상 이 세계는 엄청난 비합리 덩어리에 불과하다. 단 한 번만이라도 "이건 분명하다"라고 말할 수만 있다면 모든 것이 구원될 수 있으리라. 그러나 열망뿐인 사람들은 서로 다투며, 아무것도 분명한 것이 없고, 모두가 혼돈이며, 인간이 가진 것이라고는 오직 그의 통찰력과 그를 에워싸고 있는 벽에 대한 명확한 인식뿐임을 공언한다.

이 모든 경험이 서로 부합하고 일치한다. 궁극적 한계점에 도달한 정신은 판단을 내리고 결론을 택해야 한다. 바로 여기에 자살과 대답이 자리 잡는다. 그러나 나는 탐구의 순서를 뒤집어서 지적 모험에서 출발해 일상적인 동작으로 되돌아오고자 한다. 여기 열거한 경험들은 사막에서 태어난 것이므로 우리는 그 사막을 떠나서는 안 된다. 적어도 이 경험들이 과연 어디까지 도달했는지를 알아야 한다. 노력이 그 정도에 이르면 인간은 비합리와 마주하게 된다. 그는 자신 속에서 행복과 합리의 욕구를 느낀다. 부조리는 인간의 호소와 세계의 비합리적 침묵의 대면에서 생겨난다. 이 점을 잊어서는 안 된다. 바로 여기에 매달려야 한다. 생의 결론이 송두리째 그것에서 나올 수 있기 때문이다. 비합리와 인간의 향수 그리고 그 두 가지의 대면에서 솟아나는 부조리, 이것이 바로 한 실존이 감당할 수 있는 모든 논리와 더불어 필연적으로 끝나게 되어 있는 드라마의 세 등장인물이다.

철학적 자살

 그렇다고 부조리의 감정이 곧 부조리의 개념은 아니다. 전자가 후자에 근거를 제공한다는 것, 그뿐이다. 부조리의 감정은, 그것이 우주에 대해 판단을 내리는 짧은 순간만을 제외하고 부조리의 개념에 요약되지 않는다. 그다음에도 갈길이 남았다. 부조리의 감정은 살아 있다. 다시 말해 죽어버리지 않는다면 더 멀리 반향을 일으키게 되어 있다. 우리가 한데 모아놓은 주제들도 그렇다. 그러나 여기서도 내 관심의 대상은 어떤 작품이나 인간 정신들이 아니라―이들에 비판을 가하자면 다른 형태와 다른 장소가 필요할 것이다―그것들의 결론들 가운데서 공통점을 찾아내는 일이다. 아마도 정신들이 이렇게까지 서로 달랐던 적은 없었을 것이다. 그러나 그 정신들이 자극을 받아 움직이는 정신적 풍경은 동일하다는 것을 우리는 인정한다. 마찬가지로 그들과 그토록 다른 과학들도 거쳐간 그 여정의 끝에서 솟아오르는 외침은 똑같은 방식으로 메아리친다. 방금 우리가 예로 들어 보인 정신에는 분명 어떤 공통된 풍토가 있다는 것을 느낄 수 있다. 그 풍토가 살인적이라고 말한다 해도 그것을 말장난이라고만 할 수는 없을 것이다. 그런 숨 막히는 하늘 아래서 살게 되면 거기서 빠져나오든가 아니면 그곳에서 버티고 있든가 둘 중 하나뿐이다. 그러니까 전자의 경우 어떻게 하면 거기에서 빠져나올 수 있는가를, 후자의 경우 왜 거기에 그대로 머물러 있어야 하는가를 알아야 한다. 자살의 문제 그리고 실존 철학의 결론에 대해 우리가 가질 수 있는 관심을 나는 이렇게 규정한다.

그 전에 나는 잠시 본론에서 벗어나보고자 한다. 지금까지 우리는 부조리를 겉모습에만 한정하여 살펴보았다. 그렇지만 동시에 우리는 이 개념이 분명히 담고 있는 것이 무엇인가를 자문해보고, 직접적인 분석을 통해 한편으로는 그 의미를, 다른 한편으로는 그 개념으로부터 이끌어낼 수 있는 결론들을 되찾고자 노력할 수 있다.

만약 내가 어떤 무고한 사람을 흉악한 죄인으로 몰거나 도덕적인 사람에게 그가 자기 누이를 탐냈다고 주장한다면 그 사람은 내게 터무니없는(부조리한) 말이라고 항변할 것이다. 그런 분노의 표현에는 희극적인 면이 있다. 그러나 한편 거기에는 나름대로 심각한 이유도 있다. 도덕적인 사람은 이 항변을 통해 내가 그에게 뒤집어씌운 행동과 그의 전 생애의 원칙

사이의 결정적 모순을 명시한다. "그것은 부조리하다"라고 말하는 것은 "그것은 있을 수 없는 일이다"라는 의미이고 "그것은 모순이다"라는 뜻이기도 하다. 만약 어떤 사람이 단신으로 칼을 뽑아들고 기관총소대를 공격하는 걸 본다면 나는 그의 행동이 부조리하다고 판단할 것이다. 그러나 그 행동은, 오직 그의 의도와 그를 기다리는 현실 사이의 불균형, 그의 실력과 그가 지향하는 목적 사이에서 확인되는 모순을 근거로만 부조리하다고 말할 수 있다. 마찬가지로 우리가 어떤 판결을 부조리하다고 생각할 경우, 외견상 여러 사실들이 요구하는 판결과 그것을 대비해봄으로써 그 판결이 부조리하다고 생각하는 것이다. 또한 마찬가지로 귀류법에 의한 논증, 즉 부조리에 의한 증명도 그 추론의 결론을 우리가 세우고자 하는 논리적 실제와 비교함으로써 이루어진다. 가장 단순한 것에서 가장 복잡한 것에 이르기까지 이 모든 경우에 있어 내가 비교하는 두 항 사이의 간격이 증가할수록 부조리는 더욱 커질 것이다. 세상에는 부조리한 결혼도 있고 부조리한 멸시, 원한, 침묵, 전쟁, 그리고 부조리한 평화도 있다. 그 어느 경우에든 부조리함은 두 항의 비교에서 생겨난다. 따라서 내가, 부조리의 감정은 어떤 사실 또는 인상에 대한 단순한 검토에서 생겨나는 것이 아니라, 어떤 사실과 일정한 실제 현실의 비교, 어떤 행동과 그것을 초월하는 세계의 비교에서 태어난다고 말하는 것은 근거가 있다. 부조리라는 것은 본질적으로 일종의 이혼, 즉 절연이다.

그것은 서로 비교되는 두 요소의 어느 한쪽에만 있는 것이 아니다. 부조리는 그 둘의 대비에서 생겨난다.

이해를 돕는 차원에서, 부조리는 인간 안에 있는 것도 아니고, (이와 같은 은유가 어떤 의미를 가질 수 있다면) 세계 안에 있는 것도 아니고 오직 양자가 함께 있는 가운데 있을 뿐이라고 나는 말할 수 있다. 지금으로서는 부조리야말로 양자를 묶어주는 유일한 끈이다. 명백한 사실의 차원에 국한해 말하자면, 나는 인간이 원하는 바가 무엇인지 알며 세계가 인간에게 제공하는 것이 무엇인지 알 뿐만 아니라 나아가 그 양자를 결합시키는 것이 무엇인지도 안다고 말할 수 있다. 더 이상 파고들 필요가 없다. 탐구하는 사람에게는 단 하나의 확실성만으로 족하다. 중요한 것은 오직 거기에서 모든 결과를 도출해내는 일이다.

당장에 나타나는 결과는 동시에 하나의 방법적 규칙이기도 하다. 이렇게 밝혀지는 기이한 삼위일체는 갑자기 발견한 무슨 아메리카 대륙 같은 것이 결코 아니다. 그러나 그 삼위일체는 무한히 단순하면서도 무한히 복잡하다는 점에서 경험의 여건들과 공통점을 가진다. 이 점에서 첫째가는 특징은 바로 삼위일체가 서로 분리될 수 없다는 점이다. 세 가지 중 어느 한 항이라도 파괴하면 그것은 전체를 파괴하는 것이 된다. 인간의 정신을 벗어나면 부조리는 없다. 그렇기에 모든 것이 그렇듯 부조리 역시 죽음과 더불어 끝난다. 물론 세계를 벗어나도 부조리란 있을 수 없다. 바로 이 기본적인 표준에 따라 나는 부조리의 개념이 본질적인 것이라고, 그것이 나의 진리들 가운데 첫째가는 것이라고 판단한다. 앞에서 말한 방법적 규칙은 바로 여기서 나타난다. 만일 내가 어떤 것을 진실이라고 판단한다면 나는 그것을 그대로 보존해야 한다. 만약 내가 어떤 문제에 대한 해결책을 찾아내려고 노력한다면, 적어도 내가 이 해결책 자체에 의해, 문제를 구성하는 항들 중 하나를 슬그머니 은폐해서는 안 된다. 나에게 주어진 유일한 여건은 부조리다. 문제는 어떻게 그 부조리에서 빠져나올 수 있는가, 과연 자살이 그 부조리의 결론이 되어야 하는가를 알아보는 데 있다. 나의 탐구의 첫째가는, 그리고 사실상 유일한 조건은 나를 깔아뭉개는 그것 자체를 그대로 보존하는 것, 따라서 그것 가운데 본질적이라고 판단되는 것을 존중하는 일이다. 나는 이제 막 그것을 끊임없는 상호 대조와 투쟁이라고 정의했다.

이 부조리의 논리를 극한까지 밀고 나가면서 나는 이 투쟁이 희망의 전적인 부재(이것은 절망과 아무 상관이 없다), 계속되는 거부(이것을 포기와 혼동해서는 안 된다) 그리고 의식적인 불만족(이것을 젊은 시절의 불안과 동일시할 수는 없을 것이다)을 전제로 한다는 점을 인정하지 않을 수 없다. 이러한 요구를 파괴하거나 은폐하거나 교묘히 비켜 가거나 하는 모든 것(그중에도 특히 이혼, 즉 절연을 파괴하는 동의)은 부조리 자체를 파괴하고, 우리가 제시할 수 있는 태도의 가치를 떨어뜨린다. 부조리는 오로지 우리가 그것에 동의하지 않음으로써만 비로소 의미를 갖는다.

*

완전히 도덕적인 것처럼 보이는 명백한 사실이 한 가지 있으니, 그것은 인간이 항상 자신의 진리에 사로잡혀 있다는 점이다. 일단 그 진리들을 인정하고 나면 그는 거기서 벗어날 수 없다. 어느 정도 대가를 치러야 한다. 부조리를 의식하게 된 인간은 영원히 그것에 매인다. 희망 없는 인간, 희망 없음을 의식한 인간은 이제 더 이상 미래에 속하지 않는다. 그것은 당연한 일이다. 그러나 그가 자기 자신이 창조자인 세계에서 빠져나오기 위해 노력한다는 것 역시 당연한 일이다. 지금까지 설명한 모든 것은 이러한 역설을 고려할 때에야 비로소 의미를 갖는다. 이런 점에서 볼 때 합리주의에 대한 비판을 출발점으로 해서 부조리의 풍토를 확인한 사람들이 어떤 방식으로 그들의 논리적 결과를 밀고 나가는가를 검토해보는 것보다 유익한 일은 없을 것이다.

그런데 여러 실존 철학에 국한할 때 나는 그 모든 철학이 예외 없이 도피évasion를 권한다는 것을 알 수 있다. 닫혀진, 그리고 인간적인 것에 한정된 세계에서, 이성의 폐허 속 부조리로부터 출발한 그들은, 기묘한 논리에 의해 그들을 깔아뭉개는 것을 신격화하고 그들을 헐벗게 만드는 것 속에서 희망의 이유를 발견한다. 누구의 경우든 이 강요된 희망의 본질은 종교적인 것이다. 이 점을 우리는 잠시 주목할 필요가 있다.

나는 여기서 한 예로, 셰스토프와 키르케고르에 있어서 특별한 몇 가지 주제를 분석하는 것으로 그치겠다. 그러나 야스퍼스는 희화적일 정도로, 그러한 태도의 전형적 예를 우리에게 보여줄 것이다. 그 나머지도 그로 인해 한층 명백해질 것이다. 그는 초월적인 것을 실현할 힘도 없고 경험의 깊이를 헤아릴 능력도 없이 그러한 실패로 말미암아 붕괴된 이 세계를 의식하는 상황에 놓인다. 그는 앞으로 나아갈 것인가? 아니, 적어도 이 실패에서 어떤 결론을 이끌어낼 것인가? 그는 새로운 것을 전혀 찾지 못한다. 그가 경험 속에서 찾아낸 것이라곤 자신의 무력함의 고백뿐이다. 그 어떤 만족스러운 원리를 이끌어낼 아무런 구실도 찾아내지 못했다. 그럼에도 정당한 이유도 제시하지 못한 채―그 자신이 그렇게 말하고 있다―단숨에 초월적인 것, 경험의 존재 그리고 삶의 초인적 의미를 동시에 단정하면서 이렇게 쓴다. "실패가 가능한 일체의 설명과 해명을 초월해, 허무가 아닌 초월적인 존재를 보여주는 것이 아니면 무엇인가?" 돌연히 인간적 믿음이라는 맹목적인 행위에 의해 모든 것을 설명하는 이 존재를 그는 "보편적인 것과 개별적인 것의 상상할 수 없는 통일"이라고 정의한다. 이리하여 부조리는 신神(이 말의 가장 넓은 뜻에 있어서)이 되고, 이해의 무능력 그 자체가 모든 것을 밝혀주는 존재로 돌변한다. 논리적인 차원에서 이런 추론을 성립시키는 것은 아무것도 없다. 나는 이것을 비약이라고 이름 지을 수 있다. 그리고 역설적으로, 초월자의 경험을 실현 불가능한 것으로 돌리려는 야스퍼스의 고집과 무한한 인내를 우리는 이해할 수 있다. 왜냐하면 초월자에 대한 접근이 어려울수록 그것을 정의하는 것은 더욱 무용한 것으로 밝혀지고 초월자는 그에게 더욱 현실적인 것으로 느껴질 테니 말이다. 왜냐하면 결국 초월자를 긍정하는 데 바치는 그의 열정은 바로 그의 설명 능력과 세계 및 경험의 비합리성 사이의 거리와 정비례하기 때문이다. 이렇듯 보다 근본적인 방식으로 세계를 설명하려 할수록 야스퍼스는 더욱더 이성의 편견들을 파괴하는 데 열중하는 것 같다. 이 굴욕적인 사고의 사도使徒는 굴욕의 극한점 자체에서 존재를 근원적으로 회생시킬 만한 그 무엇을 발견하게 되는 것이다.

신비 사상 덕분에 이와 같은 방법은 우리에게 익숙해졌다. 이 방법들은 어떤 정신적 태도와 마찬가지로 나름대로 정당성을 지닌다. 그러나 지금 나는 마치 어떤 문제에 심각하게 매달리는 것처럼 행동하고 있다. 그런 태도의 보편적인 가치나 그것의 교육적인 힘에 대해 미리부터 속단하는 일 없이 나는 다만 스스로에게 제시한 조건에 이 태도가 부합하는지, 그 태도가 내가 관심 갖는 갈등에 걸맞은 것인지를 검토하고자 할 뿐이다. 이리하여 나는 다시 셰스토프로 돌아온다. 어느 주해자

註解者는 다음과 같은 흥미로운 말을 전한다. "단 한 가지 진정한 해결책은 바로 인간의 판단에는 해결책이 없다는 데 있다. 그렇지 않다면 우리가 왜 신을 필요로 하겠는가? 우리가 신에게로 향하는 것은 오직 불가능을 얻기 위해서다. 가능한 것이라면 인간으로 충분하다." 만약 셰스토프의 철학이라는 것이 있다면 그것은 전적으로 이렇게 요약될 것이다. 왜냐하면 열정적인 분석의 종국에 이르러 모든 존재의 근원적인 부조리성을 발견하게 되자, 셰스토프는 "이것이 바로 부조리다"라고 말하지 않고 "여기 신이 있다. 비록 그가 우리 인간 이성의 어떤 범주와도 부합하지 않는다 해도 그에게 의지하는 것이 마땅하다"라고 말하기 때문이다. 오해를 없애기 위해 이 러시아 철학자는, 문제의 신이 아마도 증오의 신이자 혐오스럽고 이해할 수 없으며 모순으로 가득 찬 신일지도 모르지만 그 신의 모습이 가장 추악한 것일수록 자신의 위력을 최고로 입증하는 것이라고 암시하기까지 한다. 신의 위대함은 바로 그의 자가당착이다. 그의 존재 증명, 그것은 바로 그의 비인간성이다. 우리는 그의 품 안으로 비약해야 하고 이 비약으로 합리라는 환상에서 해방되어야 한다. 이렇듯 셰스토프에게는 부조리의 수용이 부조리 자체와 동시적이다. 부조리를 확인함이 곧 이를 수용함이며 사고의 모든 논리적 노력은 부조리를 드러내서 그것에 따르는 엄청난 희망이 동시에 뿜어져 나오게 하려는 데 있다. 다시 한번 더 말하거니와 이러한 태도는 정당하다. 그러나 여기서 나는 단 하나의 문제와 거기서 도출되는 모든 귀결만 검토할 것을 고집한다. 여기서 내가 어떤 사상이나 신념에 찬 행동이 얼마나 비장한지를 검토할 필요는 없다. 그런 것을 생각해볼 시간은 앞으로 얼마든지 있다. 합리주의자는 셰스토프의 태도를 못마땅하게 여긴다는 것을 나도 잘 알고 있다. 그러나 나는 합리주의자가 틀리고 셰스토프가 옳다는 것 또한 느낄 수 있다. 다만 나는 셰스토프가 부조리의 계율을 충실히 지키는지 알고 싶을 따름이다.

그런데 부조리가 희망의 반대라는 것을 인정한다면, 우리는 셰스토프에게 있어 실존 사상은 부조리를 전제하기는 하지만 그 부조리를 증명해 보이는 목적이 오로지 그것을 해소하는 데 있다는 것을 알아야 한다. 이토록 섬세한 사유 방식은 마술사의 방식만큼이나 비장한 곡예다. 한편 셰스토프는 자신의 부조리를 일상적인 도덕과 이성에 대립적인 것이라고 보면서 그것을 진리라고, 속죄라고 부른다. 따라서 그 부조리에 대한 이런 식의 정의에 대해 셰스토프는 근본적으로 어떤 동의 표시를 하는 것이다. 부조리 개념의 힘은 우리의 기본적인 희망과 충돌하는 방식에 있다는 것을 인정한다면, 그리고 부조리는 소멸되지 않고 존재하기 위해 우리가 부조리에 동의하지 않기를 요구한다는 것을 느낀다면, 부조리가 이해할 수 없는 동시에 만족을 주는 영원성으로 들어가기 위해 그 참다운 모습을, 인간적이고 상대적인 성격을 상실해버렸다는 것을 우리는 잘 알 수 있다. 만약 부조리라는 것이 존재한다면 그것은 인간의 세계 안에 존재한다. 그 개념이 영원성으로 가는 도약대로 변하는 순간, 그것은 이미 인간의 통찰과는 아무 관계가 없어지는 것이다. 그리하여 부조리는 더 이상 인간이 동의하지 않은 채 그 존재를 인정하는 자명한 사실이 아니다. 투쟁은 회피되었다. 인간은 부조리를 통합하고 그 합체에 의해 대립, 분열, 절연(이혼)이라는 본질적인 성격을 소멸시킨다. 이러한 비약은 일종의 회피다. 셰스토프는 "**바야흐로 시간의 나사가 빠져버렸도다**The time is out of joint"라고 한 햄릿의 말을 즐겨 인용한다. 그렇게 쓰면서 그가 갖는 일종의 거센 희망은 누구보다도 자신의 것이라고 할 수 있다. 햄릿이 그렇게 말하고 셰익스피어가 그렇게 쓴 것은 그런 뜻에서가 아니었으니 말이다. 비합리의 도취와 법열의 취향이 명철한 정신으로 하여금 그만 부조리로부터 돌아서게 만든다. 셰스토프가 볼 때, 이성은 헛된 것이지만 그래도 이성 너머에는 무언가가 있다. 부조리의 정신이 볼 때 이성은 헛된 것이고 이성 너머에는 아무것도 없다.

*

이러한 비약은 적어도 우리에게 부조리의 참다운 본질을 좀 더 구체적으로 밝혀줄 수 있다. 부조리란 오직 둘 사이의 균형 속에서만 의미를 가질 수 있으며, 비교되는 어느 한쪽 항이 아니라 무엇보다도 두 항의 비교에 의해서만 존재한다는 것을 우리는 안다. 그러나 셰스토프는 바로 그 두 항 중 어느 하나에 모든 무게를 실음으로써 균형을 파괴한다. 이해하려는 우리의 욕구와 절대에 대한 향수는 바로 우리가 많은 것을 이해하고 설명할 수 있다는 점에서 설명될 수 있을 뿐이다. 이성을 절대적으로 부정하는 것은 헛된 일이다. 이성은 나름대로 효력을 발휘하는 자신의 고유한 영역을 가지고 있다. 다름 아닌 인간적 경험의 영역이 그것이다. 그렇기에 우리는 만사를 명백히 밝히기를 원한다. 우리가 그렇게 할 수 없게 되고 그리하여 부조리가 태어난다면 그것은 바로 유효하지만 한계가 있는 이성과 항상 되살아나는 비합리가 서로 만날 때이다. 그런데 셰스토프는 "태양계의 운동이 불변의 법칙들에 따라 이루어지며 이 법칙들은 곧 태양계의 이성이다"라는 헤겔의 명제에 염증이 날 때나 스피노자의 합리주의를 기어코 무너뜨리고 싶을 때에는 바로 이성이란 모두 공허하다는 못을 박는다. 그러다 보니 자연스럽고도 부당한 반동에 의해 비합리의 우위 쪽으로 결론을 내리는 것이다.[9] 그러나 그 이행은 쉬운 것이 아니다. 왜냐하면 여기에 한계의 개념과 차원의 개념이 개입할 수 있기 때문이다. 자연의 법칙은 어느 한계까지는 유효할 수 있

---

9 특히 예외의 개념에 대해, 그리고 아리스토텔레스에 반대하여. (원주)

지만 일단 그 한계를 넘어서면 그것 자체에 반격을 가해 부조리가 생겨난다. 나아가서 또 그 법칙들은 묘사 및 기술記述의 차원에서는 정당화될 수 있어도 설명의 차원에서는 그러지 않을 수 있다. 셰스토프의 세계에서는 모든 것이 비합리에 희생되고 명백함의 요구가 슬쩍 감춰지면서 부조리는 비교의 한쪽 항과 더불어 사라져버린다. 이와 반대로, 부조리의 인간은 평준화의 방식을 택하지 않는다. 그는 투쟁을 인정하고 이성을 전적으로 경멸하지 않으며 비합리를 받아들인다. 그는 이렇게 경험의 모든 소재를 시선으로 감싼다. 그는 알기도 전에 비약하려고 하지 않는다. 다만 주의 깊은 의식 속에 희망이 들어설 자리가 없다는 것을 알 뿐이다.

레프 셰스토프에게서 느껴지는 것이 아마도 키르케고르에게서는 한층 더 잘 느껴질 것이다. 물론 키르케고르처럼 손안에 잘 잡히지 않는 사상가의 경우 분명한 명제들을 짚어 말하기는 어렵다. 그러나 우리는 표면상 서로 대립하는 듯 보이는 글들에도 불구하고, 우리는 여러 가명, 장난 그리고 미소 너머로 그의 전 작품을 통해 어떤 진리의 예감(동시에 두려움) 같은 것이 나타나는 것을 느낄 수 있는데, 결국 그것은 만년의 작품에서 명백히 드러난다. 즉 키르케고르 역시 비약한다. 어린 시절에 그토록 기독교를 두려워했음에도 그는 끝내 기독교의 가장 가혹한 얼굴로 되돌아온다. 그의 경우에도 이율배반과 역설은 종교적인 것의 기준이 된다. 그리하여 그에게 인생의 의미와 깊이에 대해 절망케 했던 바로 그것이 이제는 그에게 진리와 빛을 준다. 기독교는 스캔들이다. 키르케고르가 솔직하게 요구하는 것은 이냐시오 데 로욜라가 요구했던 제3의 희생, 신이 가장 기뻐하시는 '이지理智의 희생'이다.[10] 이 '비약'의 결과는 괴상한 것이지만 이제 더 이상 우리에게 놀라울 것이 없다. 부조리는 이 세상 경험의 찌꺼기에 불과한데도 비약은 부조리를 저쪽 세상의 기준으로 삼는다. "신앙인은 자신의 패배 속에서 승리를 발견한다"라고 키르케고르는 말한다.

이와 같은 태도가 어떤 감동적인 예측과 결부되는지 굳이 자문해볼 필요는 없다. 나는 단지 부조리의 풍경과 그 고유한 성격이 이런 태도를 정당화할 수 있는지 자문해볼 필요가 있다. 이 점에서 그렇지 않다는 것을 나는 알고 있다. 다시 한번 부조리의 내용을 살펴보면 우리는 키르케고르의 사고가 진행된 방법을 더 잘 알게 될 것이다. 그는 세계의 비합리와 부조리의 반항적 향수 사이에서 균형을 유지하지 못하고 있다. 정확하게 말해 부조리의 감정을 만들어내는 것이 바로 그 관계인

---

[10] 내가 여기서 가장 핵심적인 문제, 즉 신앙의 문제를 소홀히 하고 있다고 생각하는 사람이 있을지도 모른다. 그러나 나는 지금 키르케고르나 셰스토프나 뒤에서 다룰 후설의 철학을 검토하고 있는 것이 아니라(그러자면 지금과는 다른 자리와 다른 정신적 태도가 필요할 것이다) 그들에게 한 가지 주제를 빌려와 그 결론들이 이미 정해진 규칙에 부합하는지를 살펴보고 있을 뿐이다. 여기서 중요한 것은 끝까지 밀고 나가는 집요함이다. (원주)

데 그는 그 관계를 존중하지 않는다. 비합리에서 빠져나올 수 없음을 확신한 그는 적어도 그의 눈에 소득도 가망도 없어 보이는 그 절망적인 향수로부터라도 도망쳐 나올 수 있다. 그러나 설사 이 점에 대한 그의 판단이 옳다 할지라도 그의 부정에 있어서도 마찬가지로 옳다고 할 수는 없을 것이다. 반항의 외침을 열광적인 동의로 바꿔버림으로써 그는 바야흐로 지금까지 자기의 의식을 비춰주던 부조리를 무시하기에 이르고 앞으로 그가 갖게 될 유일한 확신, 즉 비합리를 신격화하기에 이른다. 중요한 것은 고난에서 치유되는 것이 아니라 고난과 더불어 사는 것이라고 갈리아니 신부는 데피네 부인에게 말한 바 있다.[11] 그런데 키르케고르는 치유되기를 원한다. 치유야말로 그의 열광적인 소원, 그의 일기 전편에 흐르고 있는 소원이다. 그의 지성의 모든 노력은 온통 인간 조건의 이율배반에서 빠져나오려는 데 있다. 그는 예컨대 신에 대한 두려움도 신앙도 그에게 평안을 줄 수 없다는 듯 자신의 마음을 털어놓을 때면 순간적으로 그 노력이 헛된 것임을 깨닫곤 하기에 그것은 그

---

11 데피네 부인의 친구였던 갈리아니 신부는 1759~1769년에 나폴리 대사의 비서였다. 그는 1777년 2월 8일 데피네 부인에게 보낸 편지에서 이렇게 썼다. "자신의 고난과 함께 살아야 합니다. 문제는 사는 것이지 치유하는 것이 아닙니다." 니체는 《선악의 저편》에서 갈리아니의 서한문을 여러 번 인용한다.

만큼 더 절망적인 노력이다. 이리하여 그는 어떤 고통스러운 책략에 따라 비합리에 얼굴을 부여하고 그의 신에게 불공정, 모순, 불가해성 같은 부조리의 속성들을 부여한다. 오직 이지만이 그의 내면에서 인간의 마음의 절실한 요구를 억누를 수 있는지 시험해본다. 아무것도 증명된 것이 없기에 모든 것이 증명될 수 있는 것이다.

자신이 걸어온 길을 우리에게 드러내 보여주는 것은 바로 키르케고르 자신이다. 나는 여기서 아무런 암시도 하고 싶지 않다. 그러나 그의 작품들 속에서 부조리를 훼손하는 데 동의하는 태도 앞에서 영혼의 거의 자발적인 훼손의 징조를 어찌 보지 않을 수 있겠는가. 이것이 그의 **일기**에 흐르는 일관된 테마다. "나에게 결여된 것은, 그 또한 인간 운명의 일부인 짐승이다. (…) 그러니 나에게도 육체를 다오." 좀 뒤로 가면, "아아! 초년기 젊은 시절에, 단 육 개월만이라도 인간이 될 수 있다면 내 무슨 대가인들 치르지 않으랴. (…) 실상 나에게 결여된 것은 육체이며 존재의 육체적 조건이다." 그런데 또 다른 대목을 보면, 이 사람은 여러 세기를 통해 부조리의 인간을 제외한 수많은 사람의 마음을 고무해온 커다란 희망의 외침을 자신의 것으로 삼는다. "그러나 기독교에 있어 죽음은 결코 모든 것의 종말이 아니다. 죽음은 건강과 힘이 넘쳐나는 삶이 우리에게 가져다주는 것보다도 무한히 더 많은 희망을 전제로 한다." 스캔들에 의한 화해도 역시 일종의 화해다. 보다시피 이 화해는 아마도 희망을 그것의 반대인 죽음에서 이끌어내도록 해주는 것 같다. 그러나 설사 공감한 나머지 이런 태도 쪽으로 기울어진다 할지라도 도를 지나치면 아무것도 정당화하지 못한다는 점을 말하지 않을 수 없다. 이것은 인간의 척도를 넘어서는 것이고 따라서 초인간적인 것이라고 봐야 한다고 사람들은 말한다. 그러나 '따라서'라는 말은 지나친 것이다. 여기에 논리적 확실성은 조금도 없다. 실험적 개연성 또한 없다. 내가 말할 수 있는 것은 오직 그것이 실제로 나의 척도를 초월한다는 한 가지 사실뿐이다. 나는 이 사실로부터 부정否定의 결론을 끌어내지는 않을지라도 적어도 이해할 수 없는 것의 바탕 위에는 아무것도 세우고 싶지 않다. 나는 내가 알고 있는 것, 오로지 그것만 가지고도 살 수 있는지 알고 싶은 것이다. 사람들은 또한, 여기서 이지는 오만을 버려야 하고 이성은 스스로를 굽혀야 한다고 말한다. 그러나 내가 이성의 한계를 인정하지만 그 상대적인 능력을 시인하므로 이성을 부정하는 것은 아니다. 나는 다만 지성이 밝은 빛을 잃지 않고 버티는 그 중간적인 길을 고수하고자 할 따름이다. 바로 이 점이 지성의 오만이라 해도 그것을 포기해야만 할 이유를 나는 모른다. 가령 "절망은 하나의 사실이 아니라 상태, 즉 죄의 상태 그 자체"라고 말한 키르케고르의 관점보다 심오한 것은 없다. 왜냐하면 죄야말로 신에게서 멀어지게 하는 것이기 때문이다. 의식적인 인간의 형이상학적 상태인 부조리는 신에게로 인도되지 않는다.[12] 만약 내가, '부조리란 신이 없는 상태에서의 죄'라고 감히 엄청난 표현을 한다면 아마도 이 개념은 보다 분명해질 것이다.

중요한 것은 바로 그 부조리의 상태에서 사는 것이다. 나는 그것이 무엇에 기반을 두는지 안다. 이 정신과 세계는 서로 부둥켜안지 못한 채 힘겨루듯이 떠밀며 버티고 있다. 나는 이 상태에서의 삶의 규범을 묻는다. 그런데 사람들이 내게 내놓는 제안은 그 기반을 무시하며, 고통스러운 대립의 항들 중 하나를 부정하고 나에게 기권을 요구한다. 나는 내 것임을 인정하는 이 조건이 어떤 귀결에 이르는지 묻는다. 이 조건이 어둠과 무지를 전제로 함을 나는 안다. 그런데 사람들은 무지가 모든 것을 설명해준다며 어둠이 나의 빛이라고 단언한다. 그러나 여기서 그들은 내 물음에 답하지 않는다. 그 열광적 고양감이 역설을 보지 못하도록 내 눈을 가리지는 못한다. 그러니 나는 돌아설 수밖에 없다. 키르케고르는 이렇게 외치며 경고할 수도 있다. "만약 인간에게 영원한 의식이 없다면, 만약 모든 사물의 근저에 오직 어둠침침한 열광의 소용돌이 속에서 큰 것과 하찮은 것 등 모든 사물을 생산하는 원시적이고 격렬한 어떤 힘밖에 없다면, 만약 세상 만물의 저 뒤에 그 무엇으로도 채

---

12 나는 '신을 배제한다'고는 말하지 않았다. 그랬다면 그것 역시 단정하는 것이 될 것이다. (원주)

워지지 않는 바닥없는 공허가 숨어 있다면 도대체 삶이란 절망이 아닌 무엇이란 말인가?" 이 외침은 부조리의 인간의 걸음을 멈추게 할 만한 것은 아니다. 무엇이 진실인가를 찾는 것은 무엇이 바람직한가를 찾는 것과는 다르다. 만약 "삶이란 도대체 무엇이란 말인가?"라는 괴로운 질문에서 빠져나오기 위해 당나귀처럼 환상이라는 장미꽃을 먹고 살아야 한다면, 단념하고 거짓에 몸을 내맡길 것이 아니라 부조리의 정신은 차라리 "절망"이라는 키르케고르의 대답을 두려움 없이 받아들일 것이다. 결국 단호한 정신은 언제나 이를 잘 감당해낼 것이다.

*

나는 여기서 실존적 태도를 감히 철학적 자살이라 부르고자 한다. 그러나 이것은 어떤 비판을 전제로 하는 것은 아니다. 이것은 한 사상이 그 자체를 부정하고서 바로 자기 부정을 통해서 스스로를 초월하려고 애쓰는 경향을 지칭하는 하나의 편리한 방법이다. 실존적인 사람들에게는 부정否定이 곧 그들의 신이다. 정확히 말해 이 신은 인간 이성의 부정에 의해서만 존립한다.[13] 그러나 자살과 마찬가지로 신도 사람에 따라서 달라진다. 핵심은 비약이지만 비약에도 여러 방법이 있다. 속죄하는 방법으로서의 부정, 아직 뛰어넘지도 않은 장애물을 미리부터 부정하는 최후의 모순들은(이 추론이 겨냥하는 것이 바로 패러독스지만) 어떤 종교적 영감에서 태어날 수도 있고 이성적 차원에서 태어날 수도 있다. 그 모순들은 항상 영생을 갈망하는데, 바로 그 점에서만 그것들은 비약하는 것이다.

다시 한번 분명히 말해두지만, 이 글의 추론에서 우리는 양식 있는 우리 시대에 가장 널리 퍼져 있는 정신적 태도, 즉 모든 것은 이성에 따른다는 원칙에 따라 세계를 설명하고자 하는 정신적 태도는 전연 고려하지 않고 있다. 세계는 명확한 것이어야 한다고 인정할 때 그에 대한 명확한 관점을 제시하는 것은 당연하다. 이것은 정당하지만 우리가 여기서 추구하는 추론과는 관련이 없다. 사실 추론의 목적은 세계의 무의미성의 철학에서 출발해 마침내 하나의 의미와 깊이를 발견하기에 이르는 정신의 사유 방식을 밝히는 데 있다. 이와 같은 방식들 중에 가장 비장한 것은 종교적인 본질을 지닌 것이다. 그것은 비합리라는 주제에 현저히 나타난다. 그러나 가장 역설적이고 의미심장한 방식은, 당초 아무런 방향지시적 원리도 없을 것으로 상상했었던 세계에 논리적인 이유를 부여하는 방식이다. 어쨌든 향수에 젖은 정신의 이 새로운 수확을 어느 정도 해명하지 못하고서는 우리의 흥미를 끄는 결론에 이를 수 없을 것

---

13 다시 한번 밝혀두지만, 여기서 문제 삼고 있는 것은 신의 존재에 대한 긍정 그 자체가 아니라, 그것으로 인도해가는 논리다. (원주)

이다.

나는 다만 후설 및 여러 현상학자들 덕분에 널리 유행된 '지향intention'이라는 주제만을 검토해보겠다. 이것은 이미 앞에서 암시적으로 언급된 바 있다. 원래 후설의 방법은 이성의 고전적인 추론 방식을 부인한다. 다시 한번 반복하지만, 사유한다는 것은 통일하는 것이 아니며, 현상을 어떤 커다란 모습의 원리로 친근하게 만드는 것도 아니다. 사유한다는 것은 보는 방법을 다시 배우고 자신의 의식이 향하는 방향을 정해주며 개개의 이미지가 특권적인 장소가 되도록 하는 것이다. 다시 말해 현상학은 세계를 설명하기를 거부하고 단지 경험된 것에 대한 묘사나 서술에 그치고자 한다. 세상에 불변의 진리란 존재하지 않으며 오직 여러 진리들이 존재할 뿐이라는 원초적 주장에 있어서 현상학은 부조리의 사상과 일치한다. 저녁 바람부터 어깨 위에 얹히는 이 손에 이르기까지 모든 것은 각기 그것 자체의 진리를 가지고 있다. 오직 의식만이 진리에 주의를 기울임으로써 빛을 던져준다. 의식은 대상에 형태를 부여하는 것이 아니라 오직 그 대상을 주시할 뿐이다. 그것은 주의를 기울이는 행위이며 베르그송의 비유를 빌리자면 단번에 어떤 영상 위에 고정되는 영사기와 같은 것이다. 차이가 있다면 시나리오는 없고 밑도 끝도 없이 이어지는 화면뿐이라는 점이다. 이 마술적인 환등 속에 나타나는 모든 영상은 하나하나가 특권을 가진다. 의식은 주목받은 대상들을 경험 속에 고정시킨다. 의식은 기적과도 같은 위력에 의해 대상들을 분리해낸다. 이렇게 되면 대상들은 모든 판단 밖으로 벗어난다. 의식을 특징짓는 것은 바로 이 '지향'이라는 것이다. 그러나 이 말은 어떤 목적성의 관념을 전제로 하지 않는다. 이 말은 그 속에 내포된 '방향'의 의미로만 사용돼 오직 지형학적인 뜻밖에는 없다.

그러므로 언뜻 보기에 부조리의 정신과 반대되는 것은 아무것도 없어 보인다. 대상을 설명하기를 거부하고 오로지 묘사하고 기술하는 데 그치는 사유의 표면적인 겸손, 역설적으로 경험을 깊고도 풍요롭게 하고 세계를 그 장황한 모습으로 되살아나게 만드는 이 단호한 규율, 이것이야말로 부조리의 방법들이다. 적어도 언뜻 보기에는 그렇다는 말이다. 다른 경우와 마찬가지로 여기서도 사유의 방법들은 항상 두 가지 측면, 즉 심리학적 측면과 형이상학적 측면을 지니고 있으니 말이다.[14] 그런 점에서 그것들은 두 가지의 진리를 내포하는 셈이다. 만약 지향성이라는 테마가 현실을 설명하는 것이 아니라 현실을 밑바닥까지 다 고찰하려는 심리학적 태도만 드러내 보인다면, 사실 그것은 부조리의 정신과 전혀 상충하지 않는다. 그것은 초월할 수 없는 것을 열거하고자 한다. 그것은 오직 통

---

14 가장 엄밀한 인식론조차도 여러 형이상학을 전제로 한다. 대다수 현대 사상가들의 형이상학은 바로 단 한 가지 인식론밖에는 가진 것이 없다는 점에 있다고 할 수 있을 정도이다. (원주)

일의 원리가 전혀 없는 가운데에서도 사고는 경험 하나하나의 모습을 서술하고 이해하는 것에서 기쁨을 맛볼 수 있다는 점을 확인할 뿐이다. 이때 이러한 경험의 모습 하나하나에 거론되는 진리는 심리학적 범주에 속한다. 이 진리는 다만 현실이 보여줄 수 있는 '흥미'를 입증하는 데 그친다. 그것은 졸고 있는 세계를 흔들어 깨워 정신을 생생하게 느끼도록 하는 하나의 방법이다. 그러나 만약 진리의 개념을 확장해 합리적 근거를 설정하려 한다면, 그리하여 각 인식 대상의 '본질'을 발견하겠다고 나선다면 그것은 곧 경험에 깊이를 회복시켜놓는 것이 된다. 부조리의 정신으로서는 이해할 수 없는 일이다. 그런데 지향적 태도 속에서 느껴지는 것은 곧 겸손과 확신 사이에서의 흔들림이며, 현상학적 사유의 유동적 번뜩임은 무엇보다도 부조리의 추론을 한결 잘 밝혀줄 것이다.

왜냐하면 후설 역시 지향이 드러내 보여주는 '초시간적 본질'을 이야기하고 있으니 말이다. 그 말에서는 마치 플라톤의 목소리가 들리는 것 같다. 모든 사물을 단 한 가지 사물이 아니라 모든 사물을 통해서 설명한다는 것이다. 나는 그 두 가지가 어떻게 다른지 알 수 없다. 물론 의식이 각각 서술의 끝에 가서 '현실화하는' 이 관념 혹은 본질이 아직은 완전한 모델이기를 바라지 않는다. 그러나 그 본질들이 지각의 여건 속에 직접 현존하는 것이라고 그들은 주장한다. 이제 더 이상 모든 것을 다 설명해주는 단 하나의 관념은 존재하지 않지만 무한한 대상들에 의미를 부여하는 무한한 본질들이 존재한다는 것이다. 세계는 움직임을 멈추지만 조명을 받는다. 플라톤의 실재론은 직관적인 것으로 변하지만 그래도 그것은 여전히 실재론이다. 키르케고르는 그의 신에게로 빠져들었고, 파르메니데스는 유일자唯一者로 사고를 몰고 갔다. 그런데 여기서 사고는 일종의 추상적 다신교 속으로 몸을 던진다. 아니, 그 정도가 아니다. 심지어 환각과 허구까지도 '초시간적 본질'의 일부를 이룬다. 이 관념의 신세계에서는 반인반마半人半馬의 범주가 지하철이라는 보다 평범한 범주와 서로 협력한다.

부조리의 인간이 볼 때, 세계의 모습들이 어느 것이든 다 특권적이라는 순전히 심리학적인 견해에는 하나의 진리와 동시에 씁쓸한 맛이 담겨 있었다. 모든 것이 특권적이란 말은 결국 모든 것의 가치가 동등하다는 의미가 된다. 그러나 이 진리의 형이상학적 국면을 너무나 극단적으로 믿은 나머지 후설은 초보적인 반동에 따라 아마도 자신이 플라톤에 더욱 가까워진 것으로 느낀 모양이다. 과연 저마다의 영상 뒤에는 마찬가지로 특권적인 어떤 본질이 전제되어 있다는 가르침을 받은 것이다. 이 계급 없는 관념의 세계에서 정규군은 오직 장군들로만 편성된다. 분명 초월성은 이미 제거되어 문제가 되지 않는다. 그러나 사고의 돌연한 전환으로 인해 일종의 단편적 내재성이 세계에 재도입되고 이리하여 우주는 그 깊이를 다시 찾아 갖게 되는 것이다.

정작 창조한 장본인들이 보다 신중히 다뤘던 주제를 내가 너무 멀리 발전시킨 것이 아닌가 하고 걱정해야 옳을까? 나는 다만 다음과 같은 후설의 단언을 읽을 수 있기에 하는 말이다. 그 단언은 표면상 역설적인 것으로 보이지만, 그 앞에 나오는 말을 인정한다면 우리는 엄밀한 논리를 감지할 수 있다. "진실한 것은 그 자체에 있어 절대적으로 진실하다. 진리는 하나이며, 그것을 인지하는 존재가 인간, 괴물, 천사 또는 신 그 어떤 것이든 간에 그것 자체와 동일하다." 이 말로써 '이성'은 승리의 나팔을 분다. 나는 이를 부인할 수 없다. 부조리의 세계에서 그의 단언은 무슨 의미를 지닐 수 있을까? 천사나 신의 지각이라는 것은 내게 아무런 의미가 없다. 신성한 이성이 나의 이성을 인준해주는 이 기하학적 장소는 나에게는 영원히 불가해하다. 여기서도 역시 나는 또 한 가지의 비약을 보게 된다. 추상抽象 속에서 이루어진 것이긴 해도 내가 볼 때 그것은 역시 내가 잊지 않으려고 애쓰는 것의 망각을 의미하는 것이다. 또 좀 더 뒤에서 후설의 "비록 인력의 지배를 받는 모든 물체가 사라진다 할지라도 인력의 법칙 자체는 파괴되지 않은 채 그저 적용될 곳이 없는 상태로 머물러 있을 것이다"라는 외침과 마주칠 때 나는 그것이 일종의 위안의 형이상학임을 알 수 있다. 그리하여 만약 사고가 자명함의 길로부터 이탈하는 전환점이 어딘지를 찾아내고 싶다면 그저 후설이 정신에 관해서 제시해 보이는 유사한 추론을 다시 읽어보기만 하면 된다. "만약 우리가 심적 과정의 정확한 법칙들을 똑똑히 관찰할 수만 있다면 그 법칙들은 이론적 자연과학의 기본 법칙처럼 영원하고 불변한 것으로 나타날 것이다. 따라서 아무런 심적 과정이 없더라도 그 법칙들은 유효할 것이다." 설사 정신이 존재하지 않는다 해도 그 법칙들은 존재할 것이라고! 여기서 나는 후설이 하나의 심리학적 진리를 합리적 법칙으로 만들려 한다는 것을 깨닫는다. 결국 인간 이성의 통합적 능력을 부인하고 나서 그는 이를 핑계삼아 영원한 '이성'으로 비약하는 것이다.

이렇게 되면 '구체적 우주'라는 후설의 테마도 내게는 새롭고 놀라울 것이 없다. 모든 본질이 다 형식적인 것은 아니고 물질적인 본질도 있다든가, 전자는 논리학의 대상이고 후자는 제반과학의 대상이라고 말하는 것은 한낱 정의定義의 문제일 따름이다. 추상이라는 것은 어떤 구체적 보편의 본래부터 불확실한 한 부분을 가리키는 것에 불과하다는 설명도 없지 않다. 그러나 이미 이쪽저쪽으로 흔들리고 있음이 드러난 이상 이런 혼란스러운 표현들의 혼란이 내게는 분명해진다. 왜냐하면 이것은 곧 내가 주목하는 구체적 대상, 이 하늘, 이 외투 자락에 어리는 물의 반사가 그 자체로 나의 관심이 세계 속에서 분리해내는 현실로서의 특권을 지닌다는 의미일 수도 있기 때문이다. 나도 이 점만은 부정하지 않겠다. 그러나 그것은 또한 외투 자체는 보편적인 것으로 고유하고 충족된 본질을 가지고 있으면서 형상들의 세계에 속한다는 것을 의미할 수도 있다.

이렇게 되면 나는 단지 행렬의 순서가 달라졌을 뿐임을 깨닫게 된다. 이 세계는 이제 더 이상 어떤 보다 높은 우주에 그림자를 던지고 있지 않지만, 형상의 하늘은 이 땅의 수많은 이미지 무리 가운데 그 모습을 드러낸다. 그렇다면 실제로 달라진 것은 아무것도 없는 셈이다. 내가 여기서 만나게 되는 것은 결코 구체적인 것에 대한 존중이나 인간 조건의 감각이 아니라 구체적인 것 자체를 일반화하려는 한참 고삐 풀린 주지주의일 뿐이다.

*

굴욕을 맛본 이성과 승리에 도취한 이성이라는 서로 상반된 길을 거쳐서 사유가 결국은 사유 그 자체를 부정하게 된다는, 그런 표면상의 역설에 너무 놀라워할 것은 없다. 후설의 추상적 신에서 키르케고르의 섬광과도 같은 신까지의 거리는 실상 그다지 멀지 않다. 이성도 비합리도 똑같은 포교로 인도한다. 사실상 어느 길로 가느냐 하는 것은 별로 중요하지 않고 오직 목적지에 도달하려는 의지만으로 충분하기 때문이다. 추상적인 철학자와 종교적인 철학자는 동일한 혼미昏迷에서 출발해 같은 고뇌 속에서 서로를 부축해준다. 그러나 핵심은 설명을 하는 일이다. 여기서는 향수가 인식보다 더 강하다. 이 시대의 사상이 세계의 무의미성의 철학에 가장 깊이 젖어 있는 사상들 중 하나면서, 동시에 거기서 도달한 결론에 있어서는 가장 분열된 사유들 중 하나라는 점은 매우 의미심장한 일이다. 이 사상은 현실을 유형별 이성들로 세분하는 현실의 극단적 합리화와, 현실을 신격화하도록 부추기는 극단적인 비합리화 사이를 끊임없이 오간다. 그러나 이와 같은 분열은 표면적인 것에 불과하다. 문제는 화해하는 일인데, 두 경우 모두 비약만 하면 화해는 충분히 가능하다. 흔히들 이성의 개념은 일방통행이라고 믿지만 그것은 잘못된 생각이다. 의도에 있어서 아무리 엄격하다 할지라도 실제로는 그 개념도 다른 개념들과 마찬가지로 유동적이다. 이성은 전적으로 인간적인 모습을 지니지만 그것은 또한 신을 향해서 돌아설 줄도 안다. 이성과 영원의 풍토를 처음으로 화해시켰던 플로티노스 이래로 이성은 그의 가장 소중한 원리인 모순을 저버리고 가장 기이한 원칙, 즉 협력이라는 마술적 원리를 자기 것으로 만드는 재주를 배웠다.[15] 이성은 사유의 도구지 사유 자체는 아니다. 한 인간의 사유란

---

15 A: 그 시대에 이성은 적응하거나 죽거나 둘 중 하나였다. 그래서 이성은 적응한다. 플로티노스와 더불어 이성은 논리적인 것에서 미적인 것으로 변한다. 은유법이 삼단 논법을 대신한다.
B: 사실 이것만이 현상학에 끼친 플로티노스의 유일한 공헌은 아니다. 이러한 태도는 이미 이 알렉산드리아 사상가가 그토록 소중히 여겼던 생각, 즉 인간의 관념만이 아니라 소크라테스의 관념도 있다는 생각 속에 포함되어 있었다. (원주)

무엇보다 먼저 그의 향수이다.

    이성은 플로티노스의 우수憂愁를 진정시킬 수 있었듯이 영원성이라는 낯익은 무대장치 속에서 아픔을 달랠 수 있는 수단들을 현대의 고뇌에 제공한다. 부조리의 정신은 그만한 행운을 얻지는 못했다. 그의 입장에서 보면 세계는 그렇게 합리적인 것도 비합리적인 것도 아니다. 세계는 비이성적이다. 그뿐이다. 후설의 경우 이성은 마침내 아무런 한계도 갖지 않기에 이른다. 반대로 부조리는 그의 한계를 분명히 정한다. 이성은 부조리의 고뇌를 진정시킬 힘이 없기 때문이다. 한편, 키르케고르는 단 하나의 한계만 있어도 이성을 부정하기에 충분하다고 단언한다. 그러나 부조리는 그렇게까지 멀리 가지 않는다. 부조리에 있어서 이 한계는 다만 이성의 여러 야심들만 겨냥하는 한계다. 실존주의자들이 생각하는 비합리의 테마는 바로 정신이 흐려진 이성, 그리하여 스스로를 부정함으로써 해방되는 이성이다. 부조리는 자신의 한계를 확인하는 명철한 이성이다.

    바로 이 험난한 길의 끝에 가서야 비로소 부조리의 인간은 진정한 그의 이유를 발견하게 된다. 그의 마음속 깊은 곳에서 솟아오르는 요청과 사람들이 그에게 제공하는 것을 비교할 때 그는 돌연 자기가 돌아서리라는 것을 느낀다. 후설의 우주에서는 세계가 명확해져서 인간의 마음을 사로잡는 친숙함에의 욕구는 필요 없는 것이 된다. 키르케고르의 묵시록적 세계에서 명석明晳에의 욕구는 그 욕구를 포기해야만 비로소 만족될 수 있다. 아는 것이 죄가 아니라(이 점에서 모든 사람은 무죄다) 오히려 알기를 원하는 것이 죄다. 바로 이것이야말로 부조리의 인간이 자신의 유죄와 동시에 무죄를 이루는 것이라고 느낄 수 있는 단 하나의 죄. 사람들은 그에게 어떤 결말을 제시한다. 그것은 과거의 모든 모순이 한낱 논쟁을 위한 유희에 불과하게 되는 결말이다. 그러나 부조리의 인간은 모순을 그런 식으로 느낀 것이 아니었다. 결코 만족스럽게 해소될 수 없다는 점이 이 모순들 특유의 진실이기에 이 진실을 간직해야 한다. 부조리의 인간은 설교를 원하지 않는다.

나의 추론은 추론을 유발시킨 자명함 자체에 충실하기를 원한다. 그 자명함이란 곧 부조리다. 욕망하는 정신과 실망만 안겨주는 세계의 절연, 통일에의 향수, 지리멸렬의 우주 그리고 그 양자를 한데 비끄러매놓는 모순이 바로 부조리다. 키르케고르가 나의 향수를 말살해버리는 한편 후설은 이 우주를 하나로 합친다. 내가 기대한 것은 그런 것이 아니었다. 중요한 것은 이러한 분열과 함께 살고 생각하는 것이며, 받아들일 것인가 거부할 것인가를 알아내는 일이다. 자명한 것을 은폐한다거나 방정식의 한쪽 항을 부인함으로써 부조리 자체를 제거해버리자는 것이 아니다. 부조리로 살아갈 수 있는가, 아니면 논리가 부조리로 말미암아 죽을 수밖에 없다고 명하는가를 알아야 한다. 내가 관심 있는 것은 철학적 자살이 아니라 그냥 자살 그 자체다. 나는 다만 자살에서 감정적인 내용을 걸러내고 그것의 논리와 정직함을 알고 싶을 따름이다. 그 외의 모든 태도는 부조리의 정신에는 속임수요, 정신이 명백히 보여주는 것 앞에서 뒷걸음질하는 것에 불과하다. 후설은 "익히 잘 알고 있고 편안한 생존 조건 속에서 살고 생각하는 고질적인 습관"에서 벗어나고 싶은 욕구에 순응하라고 말한다. 그러나 그에 있어 최후의 비약은 우리들로 하여금 영원과 이 영원 속에서의 안락으로 되돌아가게 한다. 비약은 키르케고르가 원했던 것 같은 극단적인 위험의 모습을 보여주지 않는다. 오히려 진정한 위험은 비약하기 바로 전의 미묘한 순간에 있다. 현기증 나는 순간의 모서리 위에서 몸을 지탱할 줄 아는 것, 그것이 바로 성실성이다. 그 외의 것은 속임수일 뿐이다. 나는 또한 인간의 무력함이 키르케고르의 그것만큼 감동적인 일치를 이끌어낸 예는 일찍이 없었다는 것을 안다. 그러나 무력함이 역사의 무심한 풍경들 속에서는 나름의 자리를 차지하겠지만, 이제 그 요청하는 바가 무엇인지를 잘 알게 된 터인 추론에 그것이 들어설 자리는 없을 것이다.

부조리의 자유

 이제 주된 논의는 끝났다. 나는 결코 모르는 체할 수 없는 몇 가지 자명한 사실들을 거머쥐고 있다. 내가 아는 것, 확실한 것, 내가 부정할 수 없는 것, 내가 버릴 수 없는 것, 바로 이것이 중요한 것이다. 나는 불확실한 향수에 의지해 살아가는 나의 몫을 송두리째 부정할 수는 있어도 이 통일에의 욕구, 답을 얻고자 하는 이 열망, 명백함과 수미일관함에 대한 이 요청만은 부정할 수 없다. 나는 나를 에워싸고 나에게 부딪쳐오거나 나를 싣고 가는 이 세계의 모든 것을 반박할 수는 있으나 오직 이 혼돈, 이 설쳐대는 우연, 그리고 무정부 상태로부터 생겨나는 이 기막힌 등가성만은 물리칠 수 없다. 나는 세계가 그 자체를 초월하는 어떤 의미를 지니는지 어떤지 모른다. 그러나 나는 그 의미를 이해하지 못하며 지금 나로서는 그것을 인식할 길이 없다는 것을 안다. 나의 조건을 벗어나는 의미가 존재한들 그것이 나에게 무슨 의미가 있겠는가? 나는 오직 인간적인 언어로 된 것만을 이해할 수 있을 따름이다. 내 손에 만져지는 것, 나에게 저항해오는 것, 이것이 바로 내가 이해하는 것이다. 그리하여 나는 절대와 통일을 향한 나의 열망과 이 세계를 합리적이고 순리적인 원리로 환원시킬 수 없다는 불가능성, 이 두 가지 확신을 서로 타협시킬 수 없다는 것도 알고 있다. 거짓말을 하지 않고서, 내가 가지고 있지도 않은 희망, 내 조건의 한계 안에서는 아무런 뜻도 없는 희망을 개입시키지 않고, 도대체 내가 그 밖에 무슨 다른 진실을 인정할 수 있겠는가?

만일 내가 뭇 나무들 중 한 그루의 나무라면, 뭇 짐승들 중 한 마리의 고양이라면, 이 삶에 어떤 의미가 있을지도 모른다. 아니 차라리 이런 문제 자체가 제기되지 않았을 것이다. 왜냐하면 나는 이 세계의 일부분이기 때문이다. 나는 지금 내 모든 의식과 친숙함에의 요구를 통해서 내가 맞서는 세계 자체가 **되어버릴테니** 말이다. 나를 모든 창조물과 대립하게 하는 것은 바로 이 보잘것없는 이성이다. 나는 펜으로 확 그어버리듯 그 이성을 부정해버릴 수는 없다. 그러므로 내가 진실이라고 믿는 것을 나는 마땅히 견지해야 한다. 나에게 그처럼 분명하게 나타나 보이는 것이라면 그것이 비록 적대적인 것일지라도 지탱해야 한다. 그런데 이 세계와 내 정신의 갈등과 마찰의 근본을 이루는 것은 바로 그에 대한 내 의식 자체가 아니고 무엇이겠는가? 그러므로 만약 내가 그것을 견지하고자 한다면 그것은 항상 새로워지고 항상 긴장을 유지하는 항구적인 의식에 의해서만 가능하다. 지금 당장 내가 인식해둬야 할 것은 바로 이 점이다. 이렇게 되면 그토록 명백하고 그토록 정복하기 어려운 부조리는 한 인간의 삶 속으로 되돌아와 그의 고향을 되찾는다. 이때 정신은 명석한 정신의 노력이라는 삭막하고 메마른 길에서 벗어날 수 있다. 그 길은 이제 일상생활 속으로 접어든다. 그 길은 이름 없는 '세인'의 세계와 합류하지만 인간은 이제부터 그의 반항과 통찰력을 간직한 채 그곳으로 되돌아간다. 그는 희망을 갖지 않는 법을 배운 것이다. 현재라는 이름의 지옥, 이것은 마침내 그의 왕국일 수밖에 없다. 모든 문제들은 또다시 날카로운 날을 세운다. 추상적인 자명함은 형태와 색채들의 서정성 앞에서 뒤로 물러선다. 정신적인 갈등들은 구체적인 현실의 모습을 갖추며 인간의 마음이라는 보잘것없으면서도 찬란한 피난처를 되찾는다. 아무것도 해결된 것은 없다. 그러나 모든 모습이 달라졌다. 이제 죽을 것인가, 비약을 통해 문제를 모면할 것인가, 아니면 제 분수에 맞는 관념과 형상의 집을 지을 것인가? 아니면 차라리 부조리의 비통하고도 멋들어진 내기를 지탱해나갈 것인가? 이 점에 관해 마지막으로 한 번 더 노력을 기울여보자. 그리하여 가능한 모든 결론을 끌어내보자. 이때 육체, 사랑, 창조, 행동, 인간적 고귀함은 이 비상식적인 세계에서 그들의 자리를 재발견할 것이다. 마침내 인간은 거기서 부조리라는 술과 무관심이라는 빵을 되찾을 것이며 그것을 자양분으로 그의 위대함을 키워갈 것이다.

다시 한번 방법 문제를 강조해두자. 방법이란 바로 고집스럽게 버티는 것이다. 길을 가다 보면 어느 길목에선가 부조리의 인간은 그에게 손짓하는 유혹을 만난다. 역사 속에는 온갖 종교, 온갖 예언자들이 가득하다. 심지어는 신 없는 종교나 신 없는 예언자도 있다. 그리하여 부조리의 인간에게 비약할 것을 요구한다. 그가 할 수 있는 유일한 대답은 잘 이해할 수 없다는 것, 도무지 분명치 않다는 것뿐이다. 그는 자신이 잘 아는 것만 행하고자 한다. 사람들은 그것을 오만의 죄라고 역설하지만 그는 죄의 개념을 이해하지 못한다. 가는 길의 저 끝에는 지옥이 기다리고 있다고들 역설하지만 그는 기이한 미래를 머릿속에서 그려볼 수 있을 만큼 풍부한 상상력을 갖지 못했다. 또 그러다간 영원한 삶을 잃는다고들 하지만 그에게는 다 헛된 말 같아 보인다. 사람들은 그가 자신의 유죄를 인정하기를 바랄지도 모른다. 그러나 그는 자기가 무죄임을 느낀다. 사실 그가 느끼는 것은 오직 그것, 돌이킬 수 없는 그 무죄뿐이다. 그에게 모든 것을 다 허용하는 것은 다름 아닌 바로 이것이다. 이리하여 그가 스스로에 요구하는 바는 '오직' 자신이 아는 **것만** 가지고 살고, 실재하는 것으로써 자족하고, 확실치 않은 것이라면 아무것도 개입하지 않는 것이다. 세상에 확실한 것은 아무것도 없다고 사람들은 그에게 응수한다. 그러나 적어도 이것 하나만은 확실하다. 그가 상대하는 것은 다름 아닌 확실성이다. 즉 그는 구원을 호소하지 않고 사는 것이 가능한지 알고 싶은 것이다.

*

이제 나는 자살의 개념에 접근할 수 있게 되었다. 우리는 앞에서 이미 이 문제에 대한 해결책이 어떠해야 할 것인지를 생각해봤다. 이 점에 있어서 문제가 반대로 변했다. 앞에서는 인생이 과연 살 만한 의미를 가지는지 어쩌는지가 문제였다. 이번에는 그와 반대로 인생에 의미가 없으면 없을수록 더 훌륭히 살아갈 수 있다고 여기는 것이 문제다. 어떤 경험, 어떤 운명을 산다는 것은 그것을 남김없이 다 받아들인다는 것이다. 그런데 만약 의식에 의해 백일하에 드러난 부조리를 자신의 눈앞에 지탱시키려고 최선을 다하지 않는다면, 운명이 부조리하다는 것을 잘 알면서 그 운명을 살아가는 것이라고 할 수 없을 것이다. 부조리는 대립에 의해 존재하는데 그 대립의 항목들 중 어느 하나를 부정하는 것은 부조리를 기피하는 것이 된다. 의식적인 반항을 폐기하는 것은 곧 문제 자체를 폐기하는 것과 같다. 이처럼 항구적인 혁명이라는 주제는 개인적 경험 속으로 옮겨진다. 산다는 것은 곧 부조리를 살려놓는 것이다. 부조리를 살린다는 것은 무엇보다 먼저 부조리를 주시하는 것이다. 에우리디케[16]의 경우와는 반대로, 부조리는 오직 우리가 그것을 주시하던 눈길을 딴 데로 돌릴 때 죽어버린다. 따라서 유일하게 일관성 있는 철학적 태도는 곧 반항이다. 반항은 인간과 그 자신의 어둠의 끊임없는 대면이다. 반항은 어떤 불가능한 투명에의 요구다. 반항은 매 순간 세계를 재고할 대상으로 삼는다. 위험이 인간에게 반항해야 할 유일무이한 기회를 제공하듯이, 형이상학적 반항은 경험 전반에 의식을 펼쳐놓는다. 반항은 인간이 자신에게 끊임없이 현존함을 뜻한다. 반항은 동경이 아니다. 반항에는 희망이 없다. 그 반항은 깔아뭉개려 드는 운명에 대한 확인, 그러나 그에 따르기 마련인 체념을 거부하는 확인일 뿐이다.

바로 여기서 우리는 부조리의 경험이 자살과는 얼마나 거리가 먼 것임을 알 수 있다. 자살은 반항에 뒤이어 오는 것이라고 생각하는 사람이 있을지 모른다. 그러나 그것은 잘못이다. 왜냐하면, 자살은 반항의 논리적 귀결을 나타내는 것이 아니기 때문이다. 자살은 그 속에 동의同意의 의미가 전제되므로 반항과는 정반대다. 자살은 비약과 마찬가지로 한계점에 이르러서의 수용이다. 모든 것이 탕진된 인간은 그의 본질의 역사 속으

---

16 오르페우스는 지옥에서 자기의 아내 에우리디케를 뒤돌아본 탓으로 그녀를 영원히 잃고 말았다.

로 되돌아간다. 그의 미래, 그의 하나뿐인 가공할 미래를 식별하고는 그 속으로 뛰어드는 것이다. 자살은 그것 나름의 방식으로 부조리를 해소해버린다. 자살은 부조리를 바로 죽음 속으로 끌고 들어간다. 그러나 나는 부조리가 지탱되려면 부조리 자체가 해소되어버려서는 안 된다는 것을 안다. 부조리는 죽음에 대한 의식인 동시에 죽음의 거부라는 점에서 자살에서 벗어난다. 부조리는 사형수의 마지막 생각이 극한에 이르렀을 때, 현기증 나는 추락의 막다른 벼랑 끝에서 어쩔 수 없이 바라보게 되는 저 한 가닥의 구두끈이다. 자살자의 반대, 그것은 다름 아닌 사형수다.

이 반항은 삶에 가치를 부여한다. 한 생애의 전체에 걸쳐 펼쳐져 있는 반항은 그 삶의 위대함을 회복시킨다. 편협하지 않은 사람의 눈에는, 인간의 지성이 자신을 넘어서는 현실을 부둥켜안고 대결하는 광경보다 아름다운 광경은 없을 것이다. 인간적 오만이 펼쳐 보이는 그 광경은 그 무엇과도 비길 수 없는 것이다. 그것을 평가절하하려고 제아무리 애써봐야 헛수고가 될 것이다. 정신이 스스로에게 부과하는 이 규율, 불 속에서 통째로 단련해낸 이 의지 그리고 정면대결에는 무엇인가 강력하고 비범한 것이 있다. 현실의 비인간적인 면 때문에 바로 인간이 더욱 위대해지는데, 이러한 현실을 보잘것없는 것으로 평가절하한다는 것은 곧 인간 자신을 평가절하하는 것이 된다. 그러기에 나는 내게 모든 것을 설명해주는 이론들이 어떻게 동시에 나 자신을 약하게 만드는지 알 수 있게 된다. 그런 이론들이 나 자신의 삶의 무게를 덜어준다. 그러나 나는 이 무게를 혼자서 짊어지고 가야만 한다. 이 지점에서 나는 회의적 형이상학이 포기의 모럴과 손잡는다는 것을 도저히 이해할 수 없다.

의식과 반항, 이 거부 행위는 포기와는 정반대다. 인간 가슴 속에 깃들인, 환원될 수 없고 정열에 찬 모든 것이 함께 그의 삶에 맞서서 거부하기를 고무한다. 중요한 것은 죽더라도 화해하지 않고 죽는 것이지 기꺼이 받아들이면서 죽는 것이 아니다. 자살은 삶의 진가를 몰라서 저지르는 행위다. 부조리의 인간은 오직 남김없이 소진하고 자기 자신의 전부를 마지막까지 소진할 뿐이다. 부조리는 인간의 극단적인 긴장, 고독한 노력으로써 끊임없이 지탱하는 긴장이다. 왜냐하면 그는 자신이 매일의 의식과 반항을 통해 운명에 대한 도전이라는 그의 유일한 진실을 증언하고 있음을 알기 때문이다. 이것이 첫 번째 귀결이다.

*

만약 내가 어떤 개념을 발견하고 그 개념에 따르는 모든 결과를 남김없이(그리고 오직 이 결과만을) 이끌어낸다는 일관된 입장을 견지한다면, 나는 두 번째 역설과 마주하게 된다. 이 방법에 충실하기 위해서 나는 형이상학적 자유의 문제에 아무런 관심도 가지지 않는다. 인간이 자유로운 존재인가 아닌가를 아는 것은 나에게 흥밋거리가 아니다. 나는 오직 나 자신의 자유를 경험할 따름이다. 이 자유에 대해 내가 가질 수 있는 것은 일반적인 개념이 아니라 몇 가지 분명한 단편적 모습이다. '자유 그 자체'의 문제는 아무런 의미도 없다. 왜냐하면, 이 문제는 전혀 다른 방식으로 신의 문제에 결부되기 때문이다. 인간이 자유로운지를 알기 위해서는 인간이 주인을 가질 수 있는지 알 필요가 있다. 이 문제가 안고 있는 독특한 불합리는 자유의 문제를 가능케 하는 개념 그 자체가 동시에 이 문제에서 모든 의미를 앗아가버린다는 점에 있다. 왜냐하면, 신 앞에서는 자유의 문제보다 오히려 악의 문제가 더 크기 때문이다. 우리는 다음과 같은 양자택일의 경우를 알고 있다. 우리에게는 자유가 없다. 따라서 전능한 신이 악에 대한 책임을 진다. 그런 것이 아니라면 우리에게는 자유와 책임이 있다. 따라서 신은 전능하지 않다. 모든 학파의 기발한 기교들도 칼날처럼 단호한 이 역설에 무엇을 더하거나 덜어내지 못했다.

  그렇기 때문에 나는 개인적 경험의 범위를 넘어서는 즉시 나에게서 빠져나가고 그 의미를 상실하는 개념을, 치켜세우거나 단순히 정의하는 일에 빠져들 수는 없다. 나는 어떤 우월한 존재에 의해서 주어지는 자유가 어떤 것일지 이해하지 못한다. 나는 위계의 감각을 상실했다. 내가 자유에 대해 가질 수 있는 것은 죄수의 개념이나 국가 안에서의 근대적 개인의 개념뿐이다. 내가 아는 유일한 자유는 정신과 행동의 자유다. 그런데 부조리가 영원한 자유에 대한 나의 모든 기회를 말살하는 것이라면 그것은 반대로 내 행동의 자유를 나에게 돌려주고 강화시킨다. 희망과 미래를 박탈당했다는 것은 곧 인간의 정신적 개방성의 증대를 의미한다.

부조리를 만나기 전의 일상적 인간은 여러 목적이나 미래나 정당화(누구에 대한 또는 무엇에 대한 정당화냐 하는 것은 문제가 되지 않는다)에 대한 관심 속에서 살아간다. 그는 자기의 운수를 가늠해보며 장래에, 정년퇴직 후 또는 자식들이 하는 일에 기대를 건다. 아직도 그는 자신의 인생에서 무엇인가를 뜻대로 이끌어갈 수 있으리라고 믿는다. 실제로 그는 마치 자기가 자유로운 존재이기라도 한 것처럼 행동한다. 어느 모로 보나 이 자유란 것이 매번 부인당하고 있는데도 말이다. 부조리를 만나면 모든 것이 흔들려버린다. '나는 존재한다'라는 생각, 모든 것이 다 어떤 의미를 지니고 있다는 듯이(이따금 의미 있는 것은 아무것도 없다고 말하긴 하지만) 행동하는 나의 태도, 이런 모든 것은 가능한 죽음이라는 부조리에 의해 현기증 날 것 같은 방식으로 부정되어버린다. 내일을 생각하고 어떤 목적을 설정하고 이것보다 저것을 선호하는 이런 모든 것은, 비록 그 자유가 실감되지 않음을 분명히 아는 경우가 더러 있더라도, 그것은 역시 자유에 대한 믿음을 전제로 하는 것이다. 그러나 부조리와 맞닥뜨린 이 순간, 그 대단한 자유, 어떤 진리를 성립시킬 수 있는 유일한 토대인 **존재**être의 자유가 존재하지 않는다는 사실을 나는 잘 안다. 죽음이 여기, 유일한 현실로서 버티고 있다. 죽음 다음에는 내기가 이미 끝난 것이다. 나 역시 이제 더 이상 영원히 생명을 이어갈 자유가 없는 노예일 뿐이다. 더군다나 혁명의 희망도 없고, 경멸에 호소할 길도 없는 영원한 노예인 것이다. 그런데 혁명도 경멸도 없이 계속 노예로만 머물러 있을 수 있는 자가 어디 있겠는가? 영원의 보장도 없이 충만한 의미의 자유가 어떻게 존재할 수 있겠는가?

그러나 이와 동시에 부조리의 인간은 자신이 지금까지 자유의 전제에 매인 채 그 환상을 먹으며 살아왔다는 것을 깨닫는다. 어떤 의미에서 그것이 그에게는 속박이었던 것이다. 자기 인생에 어떤 목표를 상정함으로써 그는 달성하고자 하는 목표의 요청에 순응했고 그리하여 스스로 자유의 노예가 되었다. 그 결과 나는 가족의 아버지(혹은 기술자, 민족의 지도자, 혹은 우체국 수습직원)로밖에 행동할 수 없게 되고 그것이 되려고 만반의 준비를 하게 되었다. 나는 다른 것보다 이것이 되는 것을 스스로 선택할 수 있다고 믿는다. 사실 그것은 무의식적인 믿음이다. 그러나 그와 동시에 나는 내 주위 사람들의 믿음과 내가 속한 인간 사회의 편견(다른 사람들이 자신들의 자유를 저토록 확신하고 있고 저 흐뭇해하는 기분은 너무나도 전염성이 강한 것이다!) 나의 가정假定을 지탱한다. 일체의 도덕적, 사회적 편견을 제아무리 멀리한다 할지라도 사람은 얼마간 그 영향을 받게 되고, 나아가서는 그중 최상의 경우(편견에도 좋은 것과 나쁜 것이 있다) 그것에 맞추어 삶을 살아가기도 한다. 이리하여 부조리의 인간은 자신이 실제로 자유롭지 않았다는 것을 깨닫는다. 보다 분명하게 말하면 나의 미래에 희망을 가짐으로써, 나만의 진리, 존재하는 방식 혹은 창조하는 방식에 깊은 관심을 기울임으로써, 그리고 끝으로 나의 삶에 질서를 부여하고 그리하여 삶에 의미가 있다는 것을 시인하고 입증함으로써 나는 스스로에게 온갖 울타리를 만들어놓고 그 속에 나의 삶을 가두는 것이다. 나는 내게 오로지 혐오감만을 주는, 정신과 마음을 다스리는 무수한 관료들과 다름없이 행동한다. 이제야 잘 알게 된 사실이지만, 그 관료들이 하는 일이라고는 오직 인간의 자유를 진지하게 생각하는 것뿐이다.

부조리는 나에게 이 점을 분명하게 보여준다. 즉 내일은 존재하지 않는다는 사실을 말이다. 이제부터 이것이 바로 나의 깊은 자유의 이유다. 나는 여기서 두 가지 비유를 들어보고자 한다. 우선 신비주의자들은 자기에게 부여할 자유를 찾아낸다. 자신들의 신에게 몰입하고 신의 규율에 동의함으로써 이번에는 그들이 은밀하게 자유로워진다. 그들이 절실한 독립을 되찾는 것은 자발적으로 동의한 노예 상태에서인 것이다. 그러나 이런 자유가 무슨 의미가 있을까? 그들은 자신에 대해 스스로가 자유롭다고 **느끼는** 것일 뿐 실제로 자유롭다기보다는 해방감을 맛보는 것이라고 말할 수 있다. 이와 마찬가지로 전적으로 죽음(여기서는 가장 명백한 부조리라고 여겨지는)만 향하는 부조리의 인간은 자신의 내면에 결집된 그 치열한 관심 이외의 것에서는 완전히 벗어났다고 느낀다. 그는 일상적인 규칙들로부터 자유로움을 맛본다. 여기서 우리는 실존 철학의 최초 주제들이 그 모든 가치를 간직하고 있음을 알 수 있다. 의식으로의 복귀, 일상적인 삶의 졸음으로부터의 탈출은 부조리의 자유의 첫걸음이다. 그러나 그 철학의 목표는 실존적 **설교**이며, 이와 더불어 사실상 의식의 기피인 정신적 비약인 것이다. 마찬가지로(이것이 나의 두 번째 비유다) 고대의 노예는 자유로운 결정권을 갖지 못했다. 그러나 그들도 자유를 맛볼 수 있었는데 그것은 바로 책임을 느끼지 않는 자유였다.[17] 죽음 역시 노예를 짓뭉개지만 해방시켜주는 로마 특권 계급과 같은 손을 가지고 있다.

바닥없는 이 확실성 속으로 빠져드는 것, 이제부터 자신의 삶에 대해 스스로가 이방인임을 확실히 느낌으로써 그 삶을 확장시키고, 사랑에 빠진 사람처럼 근시안이 되지 않고 삶을 관통하는 것, 그것이야말로 어떤 해방의 원리라고 할 수 있

---

17 여기서 보여주고자 하는 것은 사실의 비유일 뿐 굴욕의 옹호가 아니다. 부조리의 인간은 화해한 인간의 반대다. (원주)

다. 새로운 독립은 모든 행동의 자유가 다 그렇듯이 기한부다. 그것은 영원을 담보로 한 수표를 끊지 않는다. 그러나 독립은 **자유**의 환상들을 대신한다. 그 환상들은 모두가 다 죽음 앞에서 무효가 되고 만다. 어느 이른 새벽 감옥의 문이 열릴 때 그 문 앞으로 끌려나온 사형수가 맛보는 기막힌 자유, 삶의 순수한 불꽃 이외의 모든 것에 대한 엄청난 무관심, 죽음과 부조리야말로 단 하나의 온당한 자유의 원리, 즉 인간의 가슴이 경험하고 체현할 수 있는 자유의 원리임을 우리는 분명히 느낄 수 있다. 이것이 두 번째 귀결이다. 부조리의 인간은 이렇게 불처럼 뜨거우면서도 얼어붙은 듯 싸늘하고, 투명하고 한정된 세계, 아무것도 가능한 것이 없으면서도 모든 것이 주어진 세계, 한계 밖으로 넘어서면 붕괴와 허무뿐인 하나의 세계를 엿보게 된다. 이리하여 그는 그 같은 세계 속에서 살아가기로, 그 세계에서 힘을, 희망의 거부를, 그리고 위안 없는 한 삶의 고집스러운 증언을 이끌어내기로 결심할 수 있는 것이다.

*

그러나 그와 같은 세계에서의 삶이란 무엇을 의미하는가? 당장은 미래에 대한 무관심과 주어진 모든 것을 남김없이 소진하겠다는 열정 이외에 아무것도 아니다. 삶에 의미가 있다는 믿음은 언제나 어떤 가치 척도, 선택, 이것보다 저것이 낫다는 우리의 선호를 전제로 한다. 우리가 정의하는 바에 따르건대 부조리에 대한 믿음은 그와 반대되는 것을 가르친다. 그러나 이 문제는 여기서 잠시 검토할 가치가 있다.

인간은 과연 구원을 호소하지 않고 살아갈 수 있는가? 이 문제가 바로 나의 관심의 전부다. 나는 이 영역에서 결코 벗어나지 않을 생각이다. 나에게 주어진 삶의 이런 모습에 나는 과연 적응할 수 있을까? 그런데 이 특이한 관심사를 앞에 놓고 볼 때 부조리를 믿는다는 것은 결국 경험의 질을 양으로 바꾸는 것을 의미한다. 만약 내가 삶에 부조리의 모습 외 다른 모습은 없다는 것을 믿는다면, 만약 이 삶의 균형이 송두리째 나의 의식적인 반항과 삶이 몸부림치는 어둠의 끊임없는 대립에 달려 있다는 것을 실감한다면 그리고 만약 나의 자유가 한정된 운명과 관련해서만 의미 있다는 것을 인정한다면, 그때 나는, 중요한 것은 가장 잘 사는 것이 아니라 가장 많이 사는 것이라고 말해야 한다. 나는 그것이 천한 일인지 구역질나는 일인지, 혹은 우아한 것인지 유감스러운 것인지를 굳이 생각할 필요가 없다. 여기서는 돌이킬 수 없을 만큼 결정적으로 가치 판단은 폐기되고 사실 판단만 남는다. 나는 오로지 내가 내 눈으로 볼 수 있는 것에서만 결론을 이끌어낼 뿐 그 어떤 가설도 함부로 내세워서는 안 된다. 만약 이렇게 사는 것이 성실한 것이 아니라고 가정한다면 진정한 성실성은 나에게 불성실할 것을 명하는 것이 되리라.

가장 많이 산다는 것—넓은 의미에서 이 삶의 규칙은 아무런 의미도 없다. 따라서 이 규칙을 명확히 규정해야 한다. 첫째, 사람들은 양의 개념을 충분히 심사숙고하지 않았던 것 같다. 이 개념은 인간 경험의 광범위한 부분을 설명할 수 있기에 하는 말이다. 한 인간의 모럴과 가치의 척도는 그가 축적할 수 있었던 경험의 양과 다양성에 비춰볼 때 비로소 그 의미를 갖는다. 그런데 현대 생활의 제반 조건은 대다수의 사람에게 동일한 양의 경험을, 따라서 동일한 깊이의 경험을 부과한다. 물론 개인이 본래부터 가지고 있었던 몫, 즉 그의 안에 '주어진' 것 또한 고려해야 할 것이다. 그러나 나는 이에 대해 판단을 내릴 수 없다. 나의 규칙은 여기서도 역시 직접적으로 자명하다고 인정되는 것들만 다루자는 것이다. 그리하여 나는, 어떤 보편적 도덕의 특유한 특성은 그것을 작동하게 하는 여러 원칙의 관념적 중요성보다는 오히려 측정 가능한 경험의 규범에 있다는 것을 알 수 있다. 다소 무리하게 말해보면 마치 오늘날의 우리가 여덟 시간 노동의 도덕을 가지고 있듯이 희랍 사람들은 그들만의 여가생활의 도덕을 가지고 있었다고 할 수 있다. 그러나 이미 많은 사람이, 그것도 가장 비극적인 사람들이 보다 오랜 경험이 가치의 도표를 바꿔놓는다는 사실을 우리로 하여금 예감케 한다. 그들은, 단순히 경험의 양으로써 모든 기록을 깨뜨리고(나는 일부러 이 스포츠 용어를 사용한다) 이로써 자신의 고유한 모럴을 획득하게 되는 일상생활의 모험가를 우리로 하여금 상상케 한다.[18] 그러나 낭만주의와는 거리를 두기로 하고 다만 자신이 건 내기를 관철하면서 내기의 규칙이라고 여겨지는 바를 엄격히 지키고자 결심한 인간에 있어 이러한 태도가 무엇을 의미하는지를 살펴보기로 하자.

모든 기록을 깨뜨린다는 것, 그것은 무엇보다 먼저, 그리고 가능한 한 자주 세계와 접촉한다는 것이다. 언어의 희롱이 아니고서야 이것이 어떻게 모순 없이 가능해질 수 있겠는가? 부조리가 한편으로는 모든 경험에 차별이 없다는 것을 가르치고 다른 한편으로는 가장 많은 양의 경험 쪽으로 밀어붙이고 있으니 말이다. 그렇다면 어떻게 위에서 언급한 그 많은 사람들처럼 행동하지 않을 수 있으며, 인간적 소재를 가장 많이 가져다주는 삶의 형태를 선택하지 않을 수 있으며, 그리하여 한쪽으로는 포기한다고 한 모종의 가치체계를 도입하지 않을 수 있겠는가?

그러나 우리에게 가르침을 주는 것은 또다시 부조리이며 그것의 모순된 삶이다. 이 경험의 양이 오직 우리 자신에 달려 있

---

[18] 때로는 양이 질을 만들어낸다. 과학이론의 최근 학설에 따르면 모든 물질은 에너지 핵으로 구성되어 있다고 한다. 핵의 양이 많고 적음에 따라 차별성이 각기 다른 특성이 생겨난다. 10억 개의 이온과 한 개의 이온은 양에 있어서 다를 뿐만 아니라 질에 있어서도 다르다. 이러한 것과의 유추를 인간 경험 속에서 찾아내는 일은 어렵지 않다. (원주)

음에도 불구하고 우리의 삶의 상황에 달려 있다고 생각하는 데 잘못이 있는 것이다. 여기서는 극도로 단순하게 생각할 필요가 있다. 같은 햇수를 사는 두 사람에게 세계는 항상 같은 양의 경험을 제공한다. 이를 의식하는 것이 우리가 할 일이다. 자신의 삶, 반항, 자유를 느낀다는 것, 그것을 최대한 많이 느낀다는 것, 그것이 바로 사는 것이며 최대한 많이 사는 것이다. 통찰력이 지배하는 곳에서는 가치의 척도는 무용해진다. 좀 더 단순하게 생각해보자. 유일한 장애, 유일한 '손해'는 너무 이른 죽음으로 이루어진다고 할 수 있겠다. 여기 암시된 세계는 죽음이라는 불변의 예외와의 대립에 의해서만 존립할 수 있다. 그러기에 그 어떤 깊이, 그 어떤 감동, 그 어떤 정열, 그 어떤 희생도 부조리한 인간에게는 (비록 그가 원한다 할지라도) 40년 동안의 의식적 삶과 60년에 걸쳐 펼쳐진 통찰을 동등한 것으로 보이게 할 수는 없을 것이다.[19] 광기와 죽음은 인간의 돌이킬 수 없는 몫이다. 인간이 선택하는 것이 아니다. 부조리와 부조리가 내포하는 덤으로서의 삶은 **따라서 인간의 의지에**

---

19 무無에 대한 생각처럼 전혀 다른 개념에 대해서도 똑같은 방식으로 생각해볼 수 있다. 무의 개념은 현실에 대해 아무것도 가감하는 것이 없다. 무의 심리학적 경험에 있어서 우리 자신의 무가 진정으로 어떤 뜻을 갖는 것은 2000년 후에 일어날 일을 생각해볼 때다. 어떤 면에서 보면 무는 정확히 말해 우리의 삶이 아닌, 우리의 것과 무관한 미래 삶들의 합으로 이루어진다. (원주)

달린 것이 아니라 그 의지의 반대인 죽음에 달려 있다.[20] 뜻을 잘 헤아리며 해야 할 말이지만, 이건 오로지 운의 문제다. 운을 받아들일 줄 알아야 한다. 20년간의 삶과 경험이란 결코 그 무엇으로도 대치될 수 없는 것이다.

희랍인들은, 그처럼 깨어 있는 민족치고는 이상하게도 앞뒤가 안 맞지만, 젊어서 죽는 사람들이야말로 신들의 사랑을 받은 것이라고 생각했다. 그런데 제신의 그 보잘것없는 세계로 들어가는 것은 곧 살아서 느낀다는 기쁨, 이승의 땅에서 살고 느낀다는, 기쁨 중에서도 가장 순수한 기쁨을 영영 잃어버리게 되는 것이라는 사실을 인정할 때 비로소 그러한 생각은 옳다고 할 수 있다. 끊임없이 의식의 날을 세우고 있는 한 영혼 앞에 놓이는 현재, 그리고 줄지어서 지나가는 수많은 현재, 그것이 바로 부조리 인간의 이상이다. 그러나 이때 '이상'이라는 말에는 오해의 소지가 있다. 사실 그것은 부조리한 인간의 사명이라고 할 수 없는 것으로 오직 그의 추론의 세 번째 귀결에 불과한 것이다. 부조리에 대한 성찰은 비인간적인 것을 고통스럽게 의식하는 데서 출발해 그 여정의 종점에 이르면 인간

---

20 여기서 의지는 하나의 작용 주체에 불과하다. 그것은 의식을 지탱하려 한다. 의지는 삶의 규율을 공급하는 것이니 이는 평가받을 만한 일이다. (원주)

적 반항이라는 열정에 찬 불꽃 속으로 되돌아오는 것이다.[21]

*

 이리하여 나는 부조리에서 세 가지 귀결을 이끌어낸다. 그것은 바로 나의 반항, 나의 자유, 그리고 나의 열정이다. 오직 의식의 활동을 통해 나는 죽음으로의 초대였던 것을 삶의 법칙으로 바꿔놓는다. 그래서 나는 자살을 거부한다. 살아가는 나날 동안 줄곧 끊이지 않고 따라다니며 둔탁하게 울리는 이 소리를 모르지 않는다. 그러나 내가 할 수 있는 말은 오직 하나, 이 소리는 꼭 필요하다는 것뿐이다. 니체는 "하늘에서 그리고 땅 위에서 가장 중요한 일은 오랫동안, 같은 방향으로 **복종하는** 일이라는 것이 분명해 보인다. 그 결과 마침내는 가령 덕, 예술, 음악, 무용, 이성, 정신과 같은, 이 땅에서 사는 보람을 느끼게 하는 그 무엇, 변화를 가져오는 그 무엇, 무엇인가 세

---

21 중요한 것은 일관성이다. 여기서 우리는 세계에 대한 동의에서부터 출발한다. 그러나 동양 사상은 세계에 '대항해서' 선택하면서도 똑같은 논리적 노력에 몰두할 수 있음을 가르쳐준다. 그것 역시 정당한 것으로 우리의 논고에 전망과 한계를 부여한다. 그러나 세계의 부정이 마찬가지로 엄격하게 이뤄질 경우 가끔(베다 철학의 어떤 학파에 있어서 그렇듯이), 예컨대 작품들에 나타나는 무관심과 관련된 것에 있어서, 우리의 것과 흡사한 결과에 도달하는 일이 있다. 장 그르니에는 매우 중요한 저서 《선택 Le Choix》에서 이런 방식으로 진정한 '무관심의 철학'의 기반을 닦았다. (원주)

련되고 광적인 혹은 신성한 그 무엇이 생겨난다"라고 썼는데, 그는 그 말로써 위대한 풍모의 모럴을 보여주는 것이다. 그러나 그는 또한 부조리의 인간이 가는 길을 보여준다. 불꽃에 복종한다는 것, 그것은 가장 쉬우면서도 동시에 가장 어려운 일이다. 그러나 인간이 이따금 어려움에 맞닥뜨려 겨뤄봄으로써 자신을 판단하는 일은 유익하다. 인간은 그렇게 할 수 있는 유일한 존재다.

"기도는 생각 위로 밤이 찾아올 때 하는 것이다"라고 알랭은 말한다. 이에 신비주의자와 실존주의자들은 대답한다. "그러나 정신은 밤을 만날 필요가 있다." 물론 그렇다. 그러나 감은 눈 밑에서 오직 인간의 의지로 생겨나는 밤, 정신이 그 안에 빠져들기 위해 불러일으키는 캄캄하고 닫힌 밤은 아니다. 만약 정신이 밤을 만나야 한다면 그것은 오히려 맑은 정신을 간직한 절망의 밤, 극지極地의 밤, 정신이 깨어 있는 밤, 하나하나의 대상이 지성의 불빛 속에서 또렷이 보이는 희고도 때 묻지 않은 광명이 비쳐올 밤이어야 한다. 이 정도에 이르면 등가성은 열정적인 이해와 만나게 된다. 이렇게 되면 실존적 비약을 비판하는 것 따위는 더 이상 문제가 되지 않는다. 그것은 여러 세기에 걸친 인간의 태도들을 보여주는 벽화 속 제자리로 되돌아갈 것이다. 관객이 볼 때—그의 의식이 또렷하다면—이 비약 또한 부조리하다. 비약은, 그것이 역설을 해소시킨다고 여긴다는 점에서 바로 역설을 고스란히 되살려놓는다. 이 점에서 비약은 감동적이다. 이 점에서 모든 것은 제자리를 되찾고 부조리의 세계는 휘황하고 다양한 모습으로 되살아난다.

그러나 가던 걸음을 멈추고 정지하는 것은 좋지 않다. 단 한 가지의 보는 방법에 만족한 채 모든 정신적 힘들 중에서 가장 미묘한 힘인 모순 없이 산다는 것은 어려운 일이다. 지금까지 서술한 것은 다만 어떤 사고방식을 정의한 데 불과하다. 이제부터는 실제로 사는 문제가 남았다.

부조리한 인간

스타브로긴은 믿는다 해도
자기가 믿는다는 것을 믿지 않는다.
그는 믿지 않는다 해도
자기가 믿지 않는다는 것을 믿지 않는다.
―표도르 도스토옙스키,《악령》

"나의 영역은 시간이다"라고 괴테는 말했다. 이것이야말로 부조리한 말이다. 부조리한 인간이란 실제로 어떤 인간인가? 영원을 부정하지는 않지만 영원을 위해 아무것도 하지 않는 자다. 그가 영원에 대한 향수를 조금도 느끼지 않아서가 아니다. 그러나 그는 향수보다는 자신의 용기와 이성 쪽을 택한다. 용기는 그에게 구원을 호소하지 않은 채 살아가고 자신이 소유한 것만으로 자족하는 것을 가르쳐주며, 이성은 그의 한계를 가르쳐준다. 시한부의 자유와 미래가 없는 반항과 소멸하고야 말 의식을 확신하는 그는 자신이 사는 시간 속에서 모험을 추구한다. 그곳에 그의 영역이 있고 그의 행동이 있다. 그는 이 행동을 자신의 판단 이외의 그 어떤 판단에도 맡기지 않는다. 그에게 보다 큰 삶이란 저세상에서의 다른 삶을 뜻하는 것이 아니다. 만약 그런 삶을 기대한다면 그것은 염치 없는 바람일 것이다. 그렇다고 내가 여기서 이른바 후세後世라는 터무니없는 영원을 말하는 것도 아니다. 롤랑 부인은 자신을 후세에 맡겼다. 그런 불찰로 따끔한 맛을 보았다. 후세는 즐겨 그의 말을 들먹이지만 그에 대해 판단하는 것은 까맣게 잊어버린다. 후세 사람들은 롤랑 부인에 대해 아무런 관심이 없는 것이다.[1]

  도덕에 관해 길게 논하자는 것은 아니다. 나는 사람들이 도덕에 대해 잘 알면서도 나쁜 행동을 하는 것을 보았다. 정직한 사람은 규칙 따위를 필요로 하지 않는다는 것을 나는 매일같이 확인한다. 부조리한 인간이 용납할 수 있는 도덕은 단 하나밖에 없으니 그것은 신에게서 분리되지 않는 도덕, 즉 당연히 요구되는 도덕이다. 그러나 부조리의 인간은 바로 신 밖에서 살고 있다. 그 밖의 도덕들(배덕주의도 포함해)로 말하면 부조리의 인간은 그런 것들이 기껏해야 자기변명이라고밖에는 보지 않는다. 그러나 그에게는 변명할 것이 아무것도 없다. 그래서 나는 그의 무죄라는 원리에서 출발한다.

---

[1] 롤랑 부인은 파리에서 유명한 살롱을 열고 지롱드당의 정치사상에 많은 영향을 끼치며 자신의 남편을 내무장관으로 만들었으나 과격파의 미움을 받아 교수형에 처해졌다. 감옥에서 〈내무장관의 아내인 시민 롤랑이 불편부당한 후세인들에게 보내는 호소문〉을 써서 남겼다. 괴테는 《잠언집》에서 이 호소문에 관해 언급했지만 롤랑 부인의 이름은 무시했다.

이 무죄는 무서운 것이다. "모든 것이 허용된다"라고 이반 카라마조프는 외친다. 이 말에도 역시 나름의 부조리가 느껴진다. 그러나 이 말을 천박하게 해석하지 않는다는 조건하에서 그렇다. 과연 사람들이 똑똑히 주목해봤는지 모르겠지만, 그것은 해방과 기쁨의 외침이 아니라 하나의 쓰라린 확인인 것이다. 인생에 의미를 부여해줄 어떤 신이 있다는 확신은 벌받지 않고 악을 행할 수 있는 능력보다 훨씬 더 매혹적이다. 그러니 선택은 어렵지 않을 것이다. 그러나 선택의 여지가 없으면 여기서 쓰라림이 시작된다. 부조리는 해방하는 것이 아니라 서로를 결박한다. 부조리가 무슨 행동이든 다 허용하는 것은 아니다. 모든 것이 허용된다는 것은 아무것도 금지된 것이 없다는 뜻이 아니다. 부조리는 다만 행위들의 결과에 동일한 가치를 부여할 따름이다. 부조리는 범죄를 저지르라고 권하지 않는다. 만약 그렇다면 그것은 우스꽝스러운 일이 될 것이다. 다만 부조리는 후회에 그것 본래의 무용성을 회복시켜놓는다. 마찬가지로, 모든 경험 간에 차이가 없다면 의무의 경험도 다른 경험 못지않게 정당하다. 사람은 어쩌다 기분이 내키면 덕이 높은 사람이 될 수도 있는 것이다.

모든 도덕은, 어떤 행위에는 그 행위를 정당화하거나 무효화하는 결과들이 뒤따른다는 생각을 바탕으로 성립된다. 부조리에 투철한 정신은 다만 이와 같은 결과들을 침착한 태도로 고려해야 한다고 판단한다. 그는 대가를 치를 준비가 되어 있다. 다시 말해 그가 볼 때 책임지는 사람은 있을 수 있으나 죄인은 없는 것이다. 기껏해야 그는 미래의 행동을 위한 토대로 과거의 경험을 이용하는 데 동의할 수 있을 것이다. 시간은 또 다른 시간을 살 수 있게 해주고 삶은 또 다른 삶에 도움이 될 수 있을 것이다. 제한적인 동시에 가능성으로 가득한 이 영역 속에서 그의 명석한 정신을 제외한 내면의 모든 것이 그에게는 예측 불가능한 것으로 보인다. 그렇다면 합리성이 결여된 이런 질서로부터 어떤 규칙이 생겨날 수 있겠는가? 그에게 교훈적이라고 여겨질 수 있는 단 하나의 진리는 결코 형식적인 것이 아니다. 그것은 인간들 속에서 살아숨쉬며 전개되는 진리다. 따라서 부조리의 정신이 추론의 끝에 이르러 찾을 수 있는 것은 결코 윤리적 규칙들이 아니라 인간의 삶을 구체적으로 보여주는 예증들과 숨결이다. 이제부터 다룰 몇 가지 이미지는 바로 그런 것들이다. 이 이미지들은 부조리의 추론을 이어가면서 거기에 부조리한 정신의 자세와 그 이미지들의 열기를 부여하게 될 것이다.

　어떤 예를 들어 보인다고 해서 그 예가 반드시 따라야 할 예는 아니며(부조리의 세계에서라면 더군다나), 그러한 구체적 예시들이 반드시 어떤 모범이라는 의미는 아니라는 점을 구태여 길게 설명할 필요가 있을까? 루소를 읽고 나서 짐승처럼 네 발로 걸어야 한다는 결론을 이끌어낸다거나 니체를 읽고 나서 자기 어머니를 학대하는 게 좋다는 결론을 이끌어낸다는 것은 유별난 소명의식을 필요로 할뿐더러 모든 차이를 고려하더라도 우스꽝스러운 일이 될 것이다. "부조리해질 필요가 있다. 속아 넘어가서는 안 된다"라고 오늘날 어느 작가는 쓴다. 우리가 이제부터 논의할 태도들은 그것들과 정반대되는 태도들을 고려하며 생각할 때 비로소 온전한 의미를 지니게 된다. 우체국 수습직원과 정복자는, 만약 둘 다 똑같은 의식을 지니고 있다고 한다면 서로 다를 바 없다. 이런 점에서 볼 때 모든 경험은 서로 차이가 없다. 그중에는 인간에게 유익한 것들도 있고 인간에게 해가 되는 것들도 있다. 인간이 의식적이라면 이 경험들은 유익한 것이 된다. 그렇지 않다면 그것은 전혀 중요한 것이 되지 못한다. 즉 어떤 인간이 패배한다면 그때 심판의 대상이 되는 것은 패배의 정황이 아니라 패배한 인간 자신이다.

내가 선택한 사람들은 다만 자신을 남김없이 다 소진하는 것을 목표로 삼는 사람 혹은 스스로를 남김없이 소진한다는 것을 내가 의식하는 사람뿐이다. 그뿐 더 이상의 의미는 없다. 지금으로서는 사고나 삶이나 다름없이 미래를 박탈당한 어떤 세계에 대해서만 이야기하고자 한다. 인간을 일하고 분주하게 움직이도록 하는 모든 것은 희망을 이용한다. 그러므로 단 한 가지 거짓되지 않은 사고는 열매를 기대하지 않는 불모의 사고다. 부조리의 세계에서 어떤 개념이나 삶의 가치는 그것의 불모성이 측정한다.

돈 후안주의

 사랑하는 것만으로 충분하다면 만사가 너무나도 단순하리라. 사랑하면 사랑할수록 부조리는 더욱 견고해진다. 돈 후안이 이 여자에서 저 여자로 전전하는 것은 결코 애정결핍 때문이 아니다. 그가 완전한 사랑을 추구하는 신비주의자라고 상상하는 것은 우스꽝스럽다. 그러나 그가 타고난 사랑의 재능을 되풀이해 써먹으면서 그 깊이를 더해갈 수밖에 없는 것은 모든 여자를 똑같은 열정으로, 그때마다 자신의 모든 것을 바쳐 사랑하기 때문이다. 그렇기에 여자들은 저마다 어느 누구도 그에게 맛보인 적이 없는 것을 주고 싶어 한다. 그때마다 그 여자들은 심히 잘못 생각하는 것이고 다만 돈 후안으로 하여금 반복의 필요성을 느끼게 만들 따름이다. "드디어 내가 당신에게 사랑을 맛보여줬네요" 하고 그중 한 여자가 소리친다. 그 말을 비웃기라도 하듯이 돈 후안이 이렇게 대답한다고 해서 과연 놀라워해야 할까? "드디어라고? 천만에, 한 번 더지." 어째서 드물게 사랑해야 많이 사랑할 수 있단 말인가?

*

  돈 후안은 슬픈 것일까? 그런 것 같지는 않다. 나는 떠도는 전설에는 별로 귀 기울이지 않을 생각이다. 그 웃음, 승리자 같은 오만방자함, 그 약동과 연극 취미, 이런 것은 밝고 유쾌하다. 모든 건전한 존재는 동시에 여러 존재이고 싶어 하는 경향이 있다. 돈 후안도 마찬가지다. 그러나 슬픈 사람들에게는 슬퍼할 두 가지 이유가 있다. 그들은 알지 못하거나 미래에 대한 희망을 품고 있다. 반면에 돈 후안은 알며 미래에 대한 희망을 품지 않는다. 그는, 자신의 한계를 알며 결코 그 한계를 넘어서지 않는 예술가들, 그리하여 자신의 정신이 자리 잡고 있는 이 덧없는 한시적 공간 속에서도 대가답게 놀라운 넉넉함을 보이는 예술가들을 연상케 한다. 이런 것이 바로 천재, 즉 자신의 한계를 아는 지성인 것이다. 육체적 죽음이라는 경계선에 이르는 날까지 돈 후안은 슬픔을 모른다. 그가 앎을 얻는 순간부터 웃음이 터져 나오면서 모든 것을 용서한다. 미래에의 희망을 품었을 때 그는 슬펐다. 오늘 그는 이 여인의 입술 위에서 단 하나뿐인 지혜의 쓰디쓰면서도 힘나게 하는 맛을 되찾는 것이다. 쓰디쓴 맛? 그건 극소량에 불과하다. 없어서는 안 될

이 불완전함이 행복을 실감나게 해주는 것이다!

돈 후안이 〈전도서〉²에서 자양을 얻은 인간이라고 해석하는 것은 커다란 기만이다. 내세에 대한 희망이라면 모르겠지만 그에게 있어서 이제 더 이상 헛된 것이라곤 아무것도 없으니 말이다. 그는 하늘 자체와 맞서서 내기를 함으로써 그것을 입증한다. 쾌락에 빠져 낭비한 욕망에 대한 회한 따위의 상투적 무력감은 그와 무관하다. 그건 자신을 악마에게 팔아먹을 정도로 신을 믿은 파우스트에게나 어울릴 일이다. 돈 후안에 있어서 일은 더 간단하다. 몰리나³의 《엘 부를라도르》⁴는 지옥으로 보내겠다는 위협에 언제나 "유예기간만 길게 주신다면!"이라고 대답한다. 죽은 뒤에 생기는 일이야 하찮은 것이니 살아 있을 수 있는 사람에게는 얼마나 긴 나날의 연속인가! 파우스트는 현세의 쾌락을 요구했다. 그 불쌍한 사람이 그냥 손을 내뻗기만 하면 손에 닿을 것을. 자신의 영혼을 기쁘게 해줄 줄 모른

---

   2 특히 인생의 허무함을 강조하는 구약성서 중의 한 편이다. "헛되고 헛되다, 헛되고 헛되다, 세상만사 헛되다, 사람이 하늘 아래서 아무리 수고한들 무슨 보람이 있으랴!"로 시작한다.
   3 티르소 데 몰리나Tirso de Molina(1583~1648). 로페 데 베가, 칼데론 데 라바르카와 더불어 스페인 황금세기의 위대한 극작가 중 한 사람이다.
   4 돈 후안(동주앙 돈조바니)의 신화를 주제로 쓴 최초의 문학 작품이다. 티르소 데 몰리나가 1630년에 발표하자 이 작품은 큰 성공을 거뒀고 이어서 1665년에 몰리에르가 다시 해석한 작품을 내놓았으며 그 후 코르네유, 모차르트, 푸시킨, 보들레르 등이 이 신화를 주제로 작품을 발표했다.

다는 것은 이미 그 영혼을 팔아버린 것이나 다름없다. 그와 반대로 돈 후안은 흡족할 정도의 쾌락을 맛보라고 영혼에게 명한다. 그가 한 여인을 떠나는 것은 꼭 그녀를 더 이상 원하지 않기 때문이 아니다. 아름다운 여인은 항상 욕망의 대상이니까. 그 때문이 아니라 그가 다른 여인을 원하기 때문인 것이다. 두 가지 이유는 결코 같은 것이라고 할 수 없다.

이승의 삶이 그에게는 흡족하다. 그 삶을 잃어버리는 것보다 불행한 일은 없다. 이 광인은 위대한 현자다. 그러나 희망을 먹고 사는 사람들은 선량함이 관용에, 애정이 사내다운 침묵에, 그리고 영적 합일이 고독한 용기에 자리를 양보하는 이런 세계를 잘 받아들이지 못한다. 그리하여 모두 말하기를 "그는 약한 자, 이상주의자였거나 아니면 성자였다"라고 한다. 모욕을 주는 위대함이니 깎아내릴 수밖에 없는 것이다.

*

사람들은 돈 후안이 떠벌리는 말에 대해서, 그리고 모든 여자들에게 늘 써먹는 똑같은 말에 대해서 분노를 금치 못한다(혹은 그가 찬양해 마지않는 것을 깎아내리는 공모의 웃음을 짓는다). 그러나 즐거움의 양量을 추구하는 사람에게 중요한 것은 능률이다. 이미 검증된 암호들인데 그것을 공연히 바꾸어 문제를 복잡하게 할 까닭이 어디 있는가? 남자건 여자건 그 암호에 실제로 귀를 기울이는 사람은 아무도 없다. 그보다는 오히려 그것을 말하는 목소리에 귀를 기울인다. 그 암호들은 규칙이요, 관례요, 예의다. 그냥 그 암호를 말하는 것뿐이고 그런 말을 하고 나면 정작 중요한 것은 그 후에 이루어지는 일이다. 돈 후안은 벌써 준비를 갖춘다. 무엇 때문에 그가 도덕 따위를 문제삼겠는가? 그가 자신을 단죄하는 것은 밀로즈[5]의 미겔 마냐라[6]처럼 성인이 되고자 하는 욕망에서가 아니다. 그에게 지옥이란 사람들이 유발하는 것이다. 신의 노여움에 그가 내놓은 응답은 오직 한 가지뿐이니 그것은 바로 인간의 명예다. "나에게는 명예가 있다. 나는 기사이기 때문에 약속을 지키는 것이다"라고 그는 기사령 영주에게 말한다. 그러나 그것 때문에 그를 부도덕한 인간으로 만든다면 그 또한 커다란 잘못일 것이다. 그 점에서 그는 "남들과 다를 것 없다." 그는 자기 나름대로의 호감 또는 반감의 모럴을 가지고 있는 것이다. 평범한 유혹자요 엽색가라는, 통속적인 그의 표상을 염두에 두고 볼 때에야 비로소 우리는 돈 후안을 잘 이해할 수 있는 것이다. 그는

---

[5] 루비츠 밀로즈 L. Milosz(1877~1939). 리투아니아에서 태어났지만 파리로 와서 프랑스어로 글을 쓴 시인, 소설가, 극작가, 외교관.
[6] 루비츠 밀로즈의 수난극 《미겔 마냐라》에서 돈 후안, 즉 돈 미겔 마냐라는 절대를 갈망하는 인물로 피조물인 인간들에게서 만족을 구하려 했지만 헛수고에 그치자 그가 상대해야 할 대상은 오직 신뿐임을 깨닫는다.

평범한 유혹자다.[7] 다른 점이 있다면 스스로가 유혹자임을 의식하고 있다는 사실뿐인데 바로 이 점으로 인해서 그는 부조리한 인간인 것이다. 명철해졌다고 해서 유혹자가 달라지지는 않을 것이다. 유혹하는 것이 그가 하는 일이다. 오직 소설에서나 입장이 달라지거나 더 나은 사람이 된다. 그러나 동시에 아무것도 변하지 않았지만 모든 것이 변모했다고 말할 수 있다. 돈 후안이 행동으로 실천하는 것은 질을 지향하는 성자의 그것과는 반대로 양量의 윤리학이다. 사물들의 심오한 의미를 믿지 않는 점이야말로 부조리의 인간의 특성이다. 그는 열띤 얼굴들 혹은 경이로워하는 저 얼굴들을 두루 훑어보고 머릿속에 저장하고 멈추지 않고 지나친다. 시간이 그와 더불어 지나간다. 부조리의 인간은 시간을 벗어나지 않는 인간이다. 돈 후안은 여인들을 '수집'할 생각이 없다. 그는 최대한 많은 여자를 거치며 그 여자들과 더불어 삶의 기회를 남김없이 소진한다. 수집한다는 것은 자신의 과거를 먹고 살아갈 수 있음을 뜻한다. 그러나 돈 후안은 희망의 또 다른 형태인 후회를 거부한다. 그는 초상화들을 바라볼 줄 모른다.

---

[7] 그 말의 온전한 의미에서, 그리고 특유의 결함까지도 포함하는 의미에서의 평범한 유혹자. 건전한 태도는 결함 '또한' 포함하고 있다. (원주)

*

　그렇다고 해서 그가 과연 에고이스트일까? 아마 자기 방식으로 그럴지도 모른다. 그러나 이 점 역시 제대로 이해할 필요가 있다. 세상에는 살기 위해 태어난 사람도 있고 사랑하기 위해 태어난 사람도 있다. 적어도 돈 후안은 기꺼이 그렇게 말하리라. 그러나 그것은 그가 나름대로 선택한 생략적 표현일 것이다. 왜냐하면 여기서 말하는 사랑은 영원성의 온갖 환상들로 장식된 것이니 말이다. 모든 열정적 사랑의 전문가들이 우리에게 말하듯이, 못하게 막는 것이 있어야 비로소 영원한 사랑이 존재할 수 있는 것이다. 투쟁 없는 정열은 없다. 그와 같은 사랑은 오직 죽음이라는 궁극적인 모순 속에서만 끝이 난다. 베르테르가 되거나 아무것도 아니거나 둘 중 하나일 수밖에 없다. 여기서도 또한 여러 자살 방법이 있을 수 있겠는데, 그중 하나는 전적인 자기 몸바침과 몰아沒我다. 그 누구 못지않게 돈 후안도 이것이 감동적일 수 있다는 것을 안다. 그러나 그는 그게 중요한 것이 아님을 아는 소수의 사람 중 하나다. 그는 또한 위대한 사랑 때문에 자신의 개인적인 삶을 등진 사람들은 스스로 풍성해질지 모르지만 그들이 사랑의 대상으로 택한 사람들을 필경 가난하게 만들리라는 것을 잘 안다. 어머니라든가 정열적인 여인은 필연적으로 메마른 마음을 가지고 있게 마련이다. 왜냐하면 그들의 마음은 세상을 등지고 있기 때문이다. 단 하나의 감정, 단 하나의 존재, 단 하나의 얼굴뿐, 다른 모든 것은 탕진되고 없는 것이다. 돈 후안을 움직이는 것은 이와는 다른 사랑이다. 그것은 해방하는 사랑이다. 그 사랑은 세상의 모든 얼굴을 불러오며 그의 가슴 떨림은 자신이 죽어 없어질 존재임을 의식하는 데서 유래한다. 돈 후안은 아무것도 아니기를 택했다.

그에게 중요한 것은 명확히 보는 일이다. 우리는 우리 자신을 어떤 존재들과 맺어주는 힘을 사랑이라고 부르지만 그것도 오직 책들과 전설들에서 생겨난 집단의 보는 방식에 비추어 그렇게 부르는 것이다. 그러나 사랑에 대해서라면 나는 오직 나를 어떤 존재와 맺어주는 욕망과 애정과 지성의 혼합물밖에 아는 것이 없다. 상대가 달라지면 이 혼합물도 달라질 것이다. 나는 이런 모든 경험을 전부 똑같은 이름으로 뒤덮을 권리가 없다. 이렇게 되면 이 경험들을 같은 방식으로 수행하지 않아도 되는 셈이다. 부조리의 인간은 여기서도 하나로 통일되는 것이 아니라 다양화한다. 이리하여 그는 하나의 새로운 존재 방식을 발견한다. 그 존재 방식은 적어도 그에게 접근하는 사람들을 해방시키는 것 못지않게 그를 해방시킨다. 그것 자체가 덧없는 것인 동시에 독특한 것임을 의식하는 사랑만이 너그러운 사랑이다. 돈 후안에게 그의 삶이라는 하나의 다발을 만들어주는 것은 이 모든 죽음과 부활이다. 이것이 바로 그만의 베푸는 방식이며 삶을 주는 방식이다. 이것을 두고 에고

이즘을 운위할 수 있는지의 여부는 각자의 판단에 맡기겠다.

*

 여기서 나는 돈 후안이 기어이 벌을 받아야 한다고 주장하는 사람들을 생각하게 된다. 비단 저세상에 가서뿐만 아니라 이 세상에서도 벌을 받아야 한다는 것이다. 나는 늙어버린 돈 후안에 대한 그 모든 이야기, 전설, 비웃음 들을 생각한다. 그러나 돈 후안은 벌써 그에 대한 각오가 되어 있다. 의식적인 인간에게 있어 노년과 그 노년이 예고하는 바는 뜻밖의 놀라움이 아니다. 그는 바로 그것에 대한 공포를 스스로에게 숨기지 않는다는 면에서 의식적인 것이다. 아테네에는 노쇠에 바쳐진 사원이 있었다. 사람들은 그곳에 아이들을 데려가곤 했다. 돈 후안의 경우, 사람들이 비웃을수록 그의 얼굴은 더욱 뚜렷해진다. 이렇게 해서 그는 낭만주의자들이 그에게 부여한 모습을 거부한다. 괴로움에 시달린 가련한 돈 후안을 비웃으려는 사람은 아무도 없다. 사람들은 그를 동정하고 하늘도 그를 구원하지 않겠는가? 그러나 그렇지는 않다. 돈 후안이 예감하는 세계에는 우스꽝스러운 것 **또한** 포함되어 있다. 그는 벌 받는 것이 당연하다고 생각할 것이다. 그것이 게임의 규칙이다. 그리하여 모든 게임의 규칙을 통째로 받아들였다는 것이 바로 그의 관대함이다. 그러나 그는 자기가 옳다는 것, 그것이 벌일 수는 없다는 것을 안다. 운명이 벌은 아닌 것이다.

이것이 바로 그의 죄다. 그러니 영원을 믿는 사람들이 그에게 징벌을 내리도록 요구하는 것은 충분히 이해된다. 그는 그래서 그들이 주장하는 모든 것을 부정하는 어떤 환상 없는 앎에 도달한다. 사랑하고 소유하는 것, 정복하고 소진하는 것, 이것이 곧 그의 아는 방법이다(성서에서는 사랑의 행위를 '안다connaître'라고 부르는데, 성서의 이 단골 표현에는 그럴듯한 의미가 있다). 그는 무시한다는 점에서 그들의 최악의 적이 된다. 어떤 연대기 작가는, 진짜 '부를라도르'가 프란체스코 수도사들에 의해 암살당했다고 기록한다. 그들은 "돈 후안이 지체 높은 가문 출생이므로 벌을 받지 않도록 되어 있었지만 그의 방탕과 불경함에 끝장을 내고자 했던 것"이라고 기록했다." 그 후 그들은 하늘이 벼락을 내려 그를 죽였노라고 발표했다. 이 야릇한 종말을 입증한 사람은 아무도 없다. 그와 반대되는 것을 입증한 사람도 없다. 그러나 이것이 진실인지 아닌지는 따지지 않더라도, 나는 그것이 논리적이라고 말할 수 있다. 다만 여기서 나는 '출생naissance'이라는 말을 가지고 말장난을 해보고자 한다. 바로 산다는 것이야말로 그의 무죄를 보증해줬다고 말이다. 반면에 이제는 전설이 되어버린 유죄성은 오직 죽음으로부터 이끌어낼 수 있었다.

그 석기사石騎士, 감히 생각하려고 했던 그 피와 용기를 벌하기 위해 몸을 움직여 걸어나온 써늘한 그 석상이 의미하는 것이 그것 말고 또 무엇이겠는가? 영원한 **이성**理性과 질서와 보편적 도덕의 모든 권능, 여차하면 노여움을 터뜨리는 신의 모든 괴이쩍은 위대함이 그 안에 요약되어 있다. 이 거대하고 혼이 없는 돌덩어리는 돈 후안이 끝내 부인한 권능들을 상징할 따름이다. 그러나 석기사의 사명은 거기까지다. 천둥과 벼락은 사람들의 부름을 받고 내려온 허황한 하늘로 되돌아갈 수 있다. 진정한 비극은 그들의 밖에서 연출된다. 그렇다. 돈 후안은 결코 돌로 된 손에 죽은 것이 아니다. 오히려 나는 전설적인 허세, 존재하지 않는 신에 도전하는 건전한 인간의 무모한 웃음을 기꺼이 믿고 싶다. 그러나 특히 돈 후안이 안나의 집에서 기다리던 그날 밤에 기사가 오지 않았다는 것을, 그리하여 자정이 지나자 이 불경한 자가 자기 생각이 옳았음을 확신하는 사람들 특유의 그 끔찍하고 쓰디쓴 맛을 느꼈으리라는 것을 나는 믿는다. 또한 나는 끝에 가서 그가 수도원에 은거했다는 전기적 이야기를 더욱 흔쾌히 받아들인다. 그 이야기의 교훈적인 면이 그럴 법해서가 아니다. 신에게 무슨 은신처를 구한단 말인가? 오히려 그것은 온통 부조리에 사무쳐 있던 삶의 논리적 귀결이요, 내일 없는 기쁨을 향해 치닫던 존재의 성난 결말이다. 쾌락은 여기서 금욕으로 끝난다. 우리는 이 쾌락과 금욕이 동일한 헐벗음의 두 가지 모습일 수 있음을 깨달아야 한다. 자신의 육체에 배반당하고 제때 죽지 못했기에, 자기가 찬양하지도 않는 신과 얼굴을 마주한 채 삶을 섬겼듯이 신을 섬기며, 허공 앞에 무릎 꿇고 깊이도 없는 무언의 하늘을 향해 손을 벌리고서 종말을 기다리는 가운데 끝까지 희극을 연출하는 한 인간의 모습, 이보다 끔찍한 모습이 어디 있겠는가.

 나는 어느 언덕 위, 외따로 떨어진 스페인 수도원 어느 골방에 파묻혀 지내는 돈 후안의 모습을 그려본다. 혹시 그가 무엇인가 바라보는 것이 있다면 그것은 사라져버린 사랑들의 환영이 아니라, 아마도 뜨겁게 달아오른 총안銃眼을 통해 내다보이는 스페인의 어느 고적한 평원, 자신의 모습이 고스란히 비쳐 보이는 듯한 찬란하면서도 영혼 없는 대지일 것이다. 그렇다. 이제 우수에 차고 햇빛 찬란한 이미지에서 멈춰야겠다. 궁극의 종말, 예상은 했지만 결코 원했던 것은 아닌 그 종말은 경멸할 만한 것이다.

연극

"연극, 이것이 바로 내가 왕의 의식을 낚아챌 수 있는 함정이다"라고 햄릿은 말한다. '낚아채다'는 딱 맞는 말이다. 왜냐하면 의식은 순식간에 지나가버리거나 움츠러드니 말이다. 의식은, 그것이 허공을 날고 있을 때, 스스로에게 순간적으로 눈길을 던지는 그 측정할 수 없는 찰나에 낚아채야 한다. 일상적 인간은 걸음을 멈추고 꾸물거리는 것을 좋아하지 않는다. 반대로 모든 것이 그를 재촉한다. 그러나 동시에 그 자신보다 그의 관심을 끄는 것은 아무것도 없다. 특히 실제 자신보다 장차 자기가 변해서 될 어떤 존재에 대해 온통 관심이 쏠려 있는 것이다. 연극에 대한, 공연물에 대한 호기심은 바로 거기서 생겨나는 것이다. 무대 위에서는 숱한 운명이 그에게 제시되고 그는 이 운명들의 쓰라림을 겪지 않은 채 시적 홍취만 즐길 수 있는 것이다. 우리는 적어도 여기서는 무의식적 인간의 모습을 알아보게 된다. 그는 계속 무엇인지 모를 희망을 향해 분주하게 발걸음을 재촉한다. 부조리한 인간은 바로 희망이 끝나는 곳에서, 정신이 남의 연기를 감탄하며 구경하기를 멈추고 그 속으로 직접 들어가려고 하는 곳에서 시작된다. 그 모든 삶들 속으로 파고들어 다양한 모습의 삶을 경험하는 것, 이것이 바로 그 삶들을 연기하는 것이다. 그렇다고 일반적으로 배우라면 누구나 이런 요청에 응한다거나 누구나 부조리의 인간이라는 말은 아니다. 다만 그들의 운명은 명민한 마음을 매혹하고 끌어당길 수 있는 부조리의 운명이라는 것뿐이다. 지금부터 이야기하려는 것을 오해 없이 이해하기 위해서는 이 점을 분명히 해둘 필요가 있다.

배우는 필연적으로 소멸하는 것 가운데 군림한다. 다 아는 바와 같이 세상의 모든 영광 중에서 배우의 영광이 가장 덧없는 것이다. 적어도 흔히 주고받는 대화에서는 그렇게들 말한다. 그러나 영광이란 모두 덧없는 것이다. 시리우스의 관점에서 내려다본다면 괴테의 작품들도 1만 년 후에는 티끌이 될 것이고 그의 이름은 잊히고 말 것이다. 아마도 몇몇 고고학자들은 언젠가는 우리 시대의 '증거들'을 찾으려고 애쓸 것이다. 이런 생각은 늘 교훈적이었다. 깊이 고찰해보면 이 생각은 우리의 몸부림들을 무관심 속에서 발견할 수 있는 심오한 고귀함으로 환원한다. 특히 그것은 우리의 관심을 가장 확실한 것, 다시 말해서 즉각적인 것 쪽으로 향하게 해준다. 모든 영광 중에서 가장 덜 거짓된 것은 스스로 체험하는 영광이다.

그렇기에 배우는 헤아릴 수 없이 많은 영광, 스스로를 바치고 스스로 체험하는 영광을 선택했다. 모든 것은 언젠가 죽게 마련이라는 사실에서 최선의 결론을 끌어내는 것은 바로 배우다. 배우는 성공하든가 성공하지 못할 뿐이다. 작가는 설사 인정받지 못하더라도 희망을 잃지 않는다. 그는 자신이 어떤 존재였는지 작품이 증언해주리라고 믿는다. 배우는 기껏해야 우리에게 한 장의 사진을 남겨놓을 뿐, 그의 모습, 동작과 침묵, 짧은 숨결 혹은 사랑의 숨소리는 전혀 우리에게까지 전달되지 않을 것이다. 그에 대한 것이 알려지지 않는다는 것은 곧 연기를 하지 않는다는 것이며, 연기를 하지 않는다는 것은 곧 그가 생명을 부여해 새로이 살아나게 할 수도 있었을 모든 존재와 더불어 무수히 여러 번 죽는다는 것이다.

*

창조물 가운데서도 가장 덧없는 것들 위에 세워진 영광이 소멸해버릴 덧 없는 영광이라고 한들 무엇이 놀랍겠는가. 배우는 세 시간 동안 이아고[8]나 알세스트[9], 페드르[10]나 글로스터[11]가 된다. 그 짧은 시간 동안 그는 50제곱미터의 무대에서 그들을 태어나고 죽게 한다. 부조리가 이처럼 훌륭하게 그리고 장시간 동안 구체화되어 나타난 일은 한 번도 없었다. 이 놀라운 인생들, 벽과 벽 사이에서 몇 시간 동안 자라나고 완결되는 이 하나뿐인 완전한 운명들, 이보다 더 의미심장한 축도를 어떻게 바랄 수 있겠는가. 무대에서 내려오면 시지스몬도[12]는 더 이상 아무것도 아니다. 두 시간 뒤면 그가 시내에서 식사하는 모습을 볼 수 있다. 인생이 한낱 꿈인 것은 아마도 바로 그때일 것이다. 그러나 시지스몬도에 뒤이어 다른 인물이 나타난다. 복수극을 저지른 뒤 울부짖던 인간은 사라지고 이번에는 마음을 정하지 못한 채 괴로워하는 인간이 등장한다. 이렇듯 뭇 세기와 뭇 정신을 편력하고, 있을 수도 있는 모습의 인간 그리고 실제 모습 그대로의 인간을 모방하다 보면 배우는 여행자라는 또 하나의 부조리의 인물과 합류한다. 여행자와 마찬가지로 그는 무언가를 소진하며 끊임없이 편력한다. 그는

---

8 셰익스피어의 희곡 《오셀로》의 등장인물.
9 몰리에르의 희곡 《인간 혐오자》의 등장인물.
10 라신의 희곡 《페드르》의 주인공.
11 셰익스피어의 희곡 《리처드 3세》에 등장하는 공작으로, 후에 리처드 3세가 된다.
12 페드로 칼데론 데 라 바르카의 종교극 《인생은 꿈》의 주인공.

시간의 나그네요, 최상의 경우 숱한 영혼을 편력하며 쫓기는 여행자인 것이다. 만약 양量의 도덕이 일용할 양식을 발견한다면 그것은 분명 기묘한 무대 위에서일 테다. 배우가 어느 정도로 이들 인물들에게 혜택을 입는지는 말하기 어렵다. 그러나 중요한 것은 그것이 아니다. 문제는 오직 그 무엇으로도 바꿀 수 없는 그 인생들에 그가 얼마만큼 동화되느냐다. 사실 배우는 그 인생들을 제 몸 안에 지니고 다니기도 하고 그들이 스스로 태어난 시간과 공간의 범위를 약간 넘어설 수도 있다. 그들이 배우에게 바싹 붙어 있어서 배우는 무대 위의 자신과 분리되지 못한다. 배우는 실제로 잔을 집어들 때 술잔을 들어올리는 햄릿의 동작을 그대로 할 수 있다. 그렇다. 그가 무대 위에서 생생하게 되살린 인물들과 그의 거리는 그리 먼 것이 아니다. 이로써 그는 한 인간이 되고자 하는 존재와 실제의 존재 사이에 경계가 없다는 지극히 의미 깊은 진리를 매월 혹은 매일 유감없이 보여준다. 더욱 실감나는 모습을 보여주고자 늘 고심하는 그가 증명해내는 것은 바로 어느 정도로 외양이 실재를 만들어내는가 하는 점이다. 왜냐하면 절대적으로 흉내내는 것, 자신의 것이 아닌 삶 속으로 가능한 한 깊숙이 들어가는 것, 이것이야말로 그의 예술이기 때문이다. 그의 노력이 종국에 이르면 그의 사명이 무엇인지 밝혀진다. 즉, 마음을 다해 아무것도 아니거나 여러 존재가 되고자 전력투구하는 것이다. 인물 창조를 위해 그에게 부여된 한계가 좁으면 좁을수록 그의 재능이 필요해진다. 오늘 그의 것이 된 모습으로 그는 이제 세 시간 후에 죽을 것이다. 그는 세 시간 동안 예외적인 한 운명을 송두리째 실감하고 또 그것을 표현하지 않으면 안 된다. 이것이 바로 흔히들 말하는, 자신을 되찾기 위해 자신을 잃는 것이다. 세 시간 동안 그는 객석에서 구경하는 관객이 일생에 걸쳐 가는 출구 없는 길의 종착점까지 가는 것이다.

*

소멸하는 것의 무언극 광대인 배우는 오직 겉모습에서만 자신을 단련하고 완성시킨다. 연극의 관습은 오로지 몸짓과 육체로만, 혹은 육체인 동시에 영혼인 목소리로만 인간의 마음을 표현하고 이해시키도록 되어 있다. 이 예술의 법칙은 모든 것이 확대되어 인간의 육신으로 표현되기를 요구한다. 만약 무대 위에서 우리가 현실에서 사랑하듯이 사랑하고, 그 무엇으로도 대신할 수 없는 마음의 목소리를 사용하고, 현실에서 바라보듯이 바라봐야 한다면, 우리의 언어는 남들이 이해할 수 없는 암호의 상태로 남아 있을 것이다. 무대 위에서는 침묵마저 귀에 들려야 한다. 사랑은 어조를 높이고 부동不動 그 자체도 눈에 보이는 구경거리가 된다. 육체가 곧 왕이다. 마음으로 바라는 것은 '연극적인 것'이 아니다. '연극적'이란 말은 어쩌다가 평판이 나빠지는 바람에 어떤 미학, 어떤 윤리 전체를 의미하는 것이 되었다. 인간의 삶의 절반은 마음에 품은 것을 드러내지 않고 암시하거나 얼굴을 돌리고 침묵하는 가운데 지나간다. 여기서 배우는 불청객인 틈입자다. 그가 그 사슬에 묶인 영혼을 마술에서 풀어주자 마침내 온갖 정념이 그들의 무대 위로 쏟아져 나온다. 이 정념들은 온갖 몸짓 속에서 떠들어대고 오직 외침을 통해서만 살아난다. 이렇듯 배우가 인물들을 형상화하는 것은 겉으로 보여주기 위함이다. 그는 인물들을 그리거나 조각한다. 그는 그들의 상상적인 모습으로 흘러들어 그들의 환영들에게 자신의 피를 수혈한다. 물론 나는 여기서 위대한 연극에 대해 말하는 것이다. 배우에게 순전히 육체적인 그의 운명을 실현할 기회를 주는 연극 말이다. 셰익스피어를 보라. 첫 충동의 연극에서 춤을 리드하는 것은 육체의 광란이다. 이 광란이 모든 것을 설명해준다. 이것 없이는 모든 것이 붕괴되고 말 것이다. 코델리아를 추방하고 에드거를 정죄하는 난폭한 행동이 없다면 리어 왕은 결코 광기와 만나는 약속 장소에 가지 않았을 것이다. 따라서 이 비극이 광기의 기치 아래 전개된다는 것은 당연한 일이다. 영혼들은 악마들에게, 그리고 악마들의 떠들썩한 춤에 내맡겨진다. 자그마치 네 명이나 되는 광인들, 하나는 직업 때문에, 다른 하나는 의지 때문에, 나머지 두 사람은 고통 때문에 미쳐버린 것이다. 걷잡을 수 없이 몸부림치는 네 사람의 몸, 똑같은 조건의 형용할 길 없는 네 얼굴이다.

인간의 육체라는 척도만으로는 충분치 않다. 가면과 반장화半長靴, 얼굴을 본질적인 요소들로 환원시켜서 뚜렷하게 만드는 분장, 과장하는 동시에 단순화하는 의상, 이런 것들의 세계에는 외관만 남기고 다른 것은 모두 희생시킨다. 그것은 오로지 눈만을 위해 만들어진 세계다. 그 무슨 부조리의 조화였을까. 여기서도 인식을 가능케 하는 것은 육체다. 나는 이아고[13] 역을 직접 연기해보지 않고서는 결코 이아고를 충분히 이해하지 못할 것이다. 그가 하는 말을 귀로 들어봐야 별 소용이 없다. 나는 그를 눈으로 보는 순간에야 비로소 그를 파악한다. 따라서 배우는 부조리의 인물의 단조로움을 지니게 된다. 그가 그의 모든 주인공을 통해 거느리고 다니는 낯설면서도 친근한, 독특하고 집요한 그 실루엣 말이다. 여기서도 역시 위대한 연극작품은 이러한 단일한 톤에 봉사한다.[14] 바로 이 대목에서 배우는 자기모순을 드러내 보인다. 즉, 동일하면서도 지극히 다양하고, 단 하나의 육체에 그토록 많은 영혼이 요약된다는 배우의 모순이 그것이다. 그러나 모든 것을 성취하고 모

---

13 이아고(Iago). 셰익스피어의 비극 《오셀로》에 등장하는 인물.
14 여기서 나는 몰리에르의 알세스트를 생각하게 된다. 모든 것이 지극히 단순하고 명백하고 거칠다. 필랭트 대對 알세스트, 엘리앙트 대 셀리멘, 자신의 종말을 향하여 떠밀리는 성격의 부조리한 귀결에 송두리째 담긴 주제 전체 그리고 시구詩句 자체, 인물의 성격이 보여주는 단조로움과 마찬가지로 운율상의 강세라곤 거의 찾아볼 수 없는 '서투른 시구'가 그러한 것이다. (원주)

든 것을 살고자 하는 저 인간, 저 헛된 시도, 저 부질없는 고집, 그것은 부조리의 모순 그 자체다. 그럼에도 항상 자기모순에 차 있는 것이 그의 안에서 통일을 이룬다. 그는 육체와 정신이 서로 만나 껴안는 곳, 온갖 실패들에 지친 정신이 그의 가장 충직한 맹우盟友에게 되돌아가는 그곳에 있다. 햄릿은 말한다. "피와 판단이 너무나도 기이하게 서로 뒤섞인 나머지, 운명의 손가락이 제멋대로 노래 부르게 하는 피리가 되지 않는 사람들은 복 있을지어다"라고.

*

배우가 보여주는 이와 같은 행동을 어찌 교회가 정죄하지 않았겠는가. 교회는 이 예술에 있어서 영혼들을 이단적으로 증식시키는 행위, 온갖 질탕한 감정들의 잔치, 단 하나의 운명만으로 살아갈 것을 거부하고 온갖 무절제 속으로 뛰어드는 정신의 파렴치한 주장을 배척했다. 교회는 그들 가운데 교회가 가르치는 모든 것의 부정인, 현재만을 중시하는 경향과 프로테우스[15]의 압도적 힘을 금지했다. 영원은 유희가 아니다.

---

15 포세이돈에게 마음대로 모습을 바꿀 수 있는 능력과 예언의 능력을 받고 돌고래 떼를 지키는 일을 하는 바다의 신.

영원보다 연극을 더 좋아할 만큼 무분별한 정신은 구원의 기회를 잃은 것이다. '도처到處'와 '영원' 사이에는 타협점이 없다. 그렇기에 이처럼 천대받는 이 직업은 엄청난 정신적 갈등을 일으킬 수 있다. 니체는 말한다. "중요한 것은 영원한 삶이 아니라 영원한 생동감이다"라고. 실상 모든 드라마는 이 선택에 있다.

아드리엔 르쿠브뢰르[16]는 임종의 자리에서 고해성사와 성체배령은 하겠다고 했지만 자신의 직업을 부인하기를 거부했다. 이리하여 그녀는 고해의 혜택을 잃어버렸다. 결국 이것은 신의 뜻을 거역하면서까지 자신이 강렬하게 집착하는 것의 편을 든 것이 아니겠는가. 임종에 처한 이 여인은 스스로 자신의 예술이라고 부르는 것에 대한 부정을 눈물로 거부함으로써 일찍이 무대의 조명 아래서 도달하지 못한 위대함을 입증했다. 이것은 그녀의 가장 아름다운 역할이고 가장 감당하기에 어려운 배역이었다. 하늘과 보잘것없는 충실함 중 어느 것을 선택할 것인가, 영원을 포기하고 자신 쪽을 택할 것인가 아니면 신의 뜻에 몰입할 것인가, 이것이 바로 우리가 그 속에서 자기 자리를 맡아야 할 매우 오래된 비극이다.

당시의 배우들은 자신들이 파문당한 존재임을 알았다. 이

---

[16] Adrienne Lecouvreur(1692~1730). 프랑스의 여배우.

직업에 발을 들여놓는다는 것은 지옥을 택하는 것이었다. 그리하여 교회는 그들을 최악의 적으로 보았다. 어떤 문학인들은 분개한다. "아니, 몰리에르에게 최후의 구원을 거절하다니!" 그러나 그것은 합당한 일이었다. 무대 위에서 쓰러져 죽은 그 사람, 송두리째 분산分散에 바쳐진 일생을 분장한 얼굴로 마감한 그 사람에 있어서는 특히 그러했다. 그의 이야기를 할 때면 사람들은 무엇에 대해서든 변명이 되는 천재를 들먹인다. 그러나 천재는 그 어느 것의 변명도 되지 않는다. 바로 변명을 거부하는 것이 천재이기 때문이다.

그러므로 배우는 어떤 벌이 자신에게 약속되어 있는지를 알고 있었다고 할 수 있다. 그러나 삶 자체가 그에게 준비하는 최후의 징벌에 비한다면 그토록 막연하기만 한 위협들쯤이야 무슨 의미가 있었겠는가. 그가 앞질러 느끼고 전적으로 받아들인 것은 바로 이 최후의 징벌이다. 배우에게나 부조리의 인간에게나 때 이른 죽음은 그 무엇으로도 보상할 수 없다. 죽음이 찾아오지만 않았더라면 그가 편력했을 수많은 얼굴과 수많은 세기의 총화를 보상할 수 있는 것은 아무것도 없다. 그러나 어쨌든 문제는 죽는다는 사실이다. 배우는 분명히 도처에 있지만 시간이 또한 그를 이끌어가면서 그의 위력을 발휘하니까 말이다.

따라서 배우의 운명이 무엇을 뜻하는지를 느끼기 위해서는 약간의 상상력만 발휘해봐도 충분하다. 그가 인물들을 구성하고 열거하는 것은 시간 안에서다. 그가 그들을 지배하는 방법을 배우는 것도 역시 시간 안에서다. 그가 서로 다른 수많은 삶들을 체험할수록 그는 더욱 쉽게 그 삶들과 작별한다. 그가 무대에서, 그리고 이 세상에서 죽어야 할 시간이 온다. 그가 겪으며 살아온 것이 그의 면전에 있다. 그는 똑똑히 본다. 그는 이 모험이 지닌 비통하고도 그 무엇으로도 대신할 수 없는 것을 느낀다. 이제 그는 죽을 줄 알며 또한 죽을 수 있다. 세상에는 늙은 배우들을 위한 양로원들이 있다.

정복

정복자는 말한다. "그렇지 않다. 내가 행동을 좋아하다 보니 생각하는 것을 잊어버릴 수밖에 없었다고 여기지는 말라. 오히려 그 반대로, 나는 내가 믿는 것이 무엇인지 완전하게 정의할 수 있다. 왜냐하면 나는 그것을 굳게 믿고 있거니와 확실하고 명확하게 그것을 보고 있으니까 말이다. '이건 내가 너무나 잘 아는 것이어서 말로 표현할 길이 없다'라고 말하는 자를 경계하라." 그들이 표현하지 못한다면 그것은 알지 못하기 때문이고 그게 아니라면 게을러서 겉만 보고 말았기 때문이다.

나는 많은 의견을 가지고 있지 않다. 인생의 종말에 이르러 사람은 단 하나의 진리를 확인하기 위해 여러 해를 보냈음을 깨닫는다. 그러나 만약 단 하나의 진리라도 명백한 것이기만 하다면 그것을 삶의 지표로 삼기에 족하다. 아무리 생각해봐도 내겐 분명히 개인에 대해 무엇인가 할 말이 있는 것 같다.

그런 것은 거칠게, 아니, 필요하다면 적당히 멸시조로 말해야 한다.

한 인간은 그가 말하는 것들에 의해서보다 침묵하는 것들에 의해서 한결 더 인간답다. 내가 말하지 않고 침묵하려는 것은 많다. 그러나 지금까지 개인에 대해 판단을 내려본 사람들은 그 판단의 근거를 확립하기 위해 우리보다는 훨씬 적은 경험을 하고 판단을 내렸다고 나는 굳게 믿는다. 지성, 그 감동적인 지성은 아마도 확인해야 할 것이 무엇인지를 미리부터 예감했을 것이다. 그러나 시대와 그 시대의 폐허와 흘린 피는 우리에게 충분할 만큼 자명한 사실들을 보여준다. 고대인들, 아니 심지어 우리의 기계시대에 이르기 전까지의 가장 가까운 과거 사람들은 사회의 덕목과 개인의 덕목을 비교할 수 있었거니와 어느 편이 다른 편에 봉사하도록 되어 있는 것인지 탐구할 수 있었다. 그것이 가능했던 것은 우선 인간의 마음속에 끈질기게 뿌리박고 있는 판단 착오, 즉 인간들이 봉사하기 위해 태어났는가, 아니면 봉사받기 위해 태어났는가에 대한 판단 착오에 근거를 두었기 때문이다. 그것은 또한 사회도 개인도 아직 그들의 수완을 완전히 발휘하지 않은 상태였었기 때문에 가능했다.

나는 분별 있는 사람들이, 플랑드르의 피비린내 나는 전쟁이 한창일 때 태어난 네덜란드 화가들의 걸작품을 보고 찬양하거나 끔찍한 30년 전쟁[16] 와중에 성장한 슐레지엔의 신비주의자들의 기도문을 읽고 감동하는 것을 보았다. 경탄을 금하지 못하는 그들의 눈에는 변하지 않는 영원한 가치가 속세의 소용돌이를 초월한 저 높은 곳에 부유하고 있는 것이다. 그러나 그 후 시대는 변천했다. 오늘날의 화가들은 그러한 평온을 빼앗겨버렸다. 설사 그들에게 창조자가 갖춰야 할 마음, 즉 메마른 마음이 있다 할지라도 그것은 아무런 쓸모가 없다. 왜냐하면 모든 사람이, 심지어 성인聖人까지도 징집 및 동원되는 시대이기 때문이다. 이것이 아마도 내가 가장 뼈저리게 느낀 바라고 할 수 있을 것이다. 참호 속에서 하나의 형상이 유산될 때마다, 칼날 밑에서 은유 혹은 기도문 같은 하나의 윤곽이 난도질당할 때마다 영원은 승부에서 한 게임씩 패배하는 것이다. 나는 나의 시대와 분리될 수 없다는 것을 뚜렷이 의식하기에 이 시대와 일체가 되기로 결심했다. 내가 개인을 이토록 소중히 여기는 것은 오로지 개인이 보잘것없고 비천한 존재로 보이기 때문이다. 승리로 끝날 대의란 존재하지 않음을 알기에 나는 패배로 끝날 대의을 귀하게 여긴다. 그것들은 일시적인 승리건 패배건 상관없이 영혼을 송두리째 바칠 것을 요구한다. 이 세계의 운명과의 연대를 느끼는 사람에게는 여러 문

---

17 1618년에서 1648년까지 독일을 중심으로 유럽의 여러 나라 사이에서 일어난 종교전쟁.

명들의 충격은 고통스럽기 짝이 없는 그 무엇으로 느껴지는 것이다. 나는 이 고통을 나의 것으로 삼는 동시에 그 안에서 나의 몫을 맡고자 했다. 나는 확실한 것들을 사랑하기에 역사와 영원 두 가지 중에서 역사 쪽을 선택했다. 역사에 대해서라면 적어도 나는 확신할 수 있다. 나를 짓누르는 이 힘의 존재를 어찌 부정할 수 있겠는가.

관조와 행동 중 어느 하나를 택해야만 하는 시대가 늘 찾아오게 되어 있다. 인간이 된다는 것이 바로 그런 것이다. 이 분열의 고통은 끔찍하다. 그러나 자부심을 가진 마음에 중간이란 있을 수 없다. 신이냐 시간이냐, 십자가냐 칼이냐가 있을 뿐이다. 세계는 온갖 소용돌이들을 초월하는 보다 높은 의미를 지니고 있든가 아니면 그 소용돌이들 외에는 그 어떤 진실도 없든가 둘 중의 하나다. 시간과 더불어 살고 시간과 더불어 죽거나 보다 위대한 어떤 삶을 위해 시간을 벗어나야 한다. 나는 타협할 수 있다는 것을, 세기 속에서 영원을 믿을 수도 있다는 것을 안다. 이를 가리켜 동의同意라고 한다. 그러나 나는 이 말을 혐오한다. 나는 전체 아니면 무無를 원한다. 내가 행동을 선택한다고 해서 관조가 내게 미지의 땅과 같은 것이라고 생각하지는 말라. 그러나 관조가 내게 모든 것을 줄 수 없거니와 나는 영원을 갖지 못하기에 시간과 한편이 되고자 한다. 나는 향수도 원한도 고려하고 싶지 않으며 오직 명확히 보고자 할 따름이다. 분명히 말해두지만 내일 당신은 동원될 것이다. 당신에게나 나에게나 그것은 일종의 해방이다. 개인은 아무것도 할 수 없지만 그래도 개인은 모든 것을 할 수 있다. 이 경탄할 만큼 자유로운 처분 가능성 속에서 당신은 왜 내가 개인을 앙양하는 동시에 짓누르는가를 이해한다. 개인을 짓뭉개는 것은 세계이고 그를 해방시키는 것은 나다. 나는 그에게 그의 모든 권리를 제공한다.

*

정복자들은 행동이 그 자체로는 무용하다는 것을 안다. 유익한 행동이란 단 하나밖에 없다. 즉, 인간과 천지를 다시 만드는 것이다. 나는 결코 인간들을 다시 만들지 못할 것이다. 그러나 '마치 그럴 수 있는 것처럼' 해야 한다. 왜냐하면 투쟁의 길이 나로 하여금 육체와 마주치게 하기 때문이다. 비록 욕된 것일지라도 육체는 나의 유일한 확신이다. 나는 오직 육체로만 살 수 있다. 피조물의 세계가 나의 조국이다. 바로 그렇기 때문에 나는 이 부조리하고 보람 없는 노력을 선택한 것이다. 바로 그렇기 때문에 나는 투쟁의 편에 선 것이다. 시대가 그런 선택에 응한다는 것은 이미 말한 바 있다. 지금까지는 정복자의 위대함이란 지리적인 것이었다. 그것은 정복한 영토의 넓이를 보고 측정할 수 있는 것이었다. 이제는 이 말의 뜻이 달라져서 더 이상 승전장군을 가리키지 않게 되었는데 그것은 우연한 일이 아니다. 위대함은 진영을 바꿨다. 그것은 항거抗拒와 내일 없는 희생 속에 있다. 이 경우 역시 패배를 좋아하는 취미가 있어서 그렇게 된 것은 아니다. 당연히 승리가 바람직할 것이다. 그러나 승리는 오직 한 가지일 뿐이니 그것은 바로 영원한 승리다. 그것은 나로서는 절대로 거두지 못할 승리다. 그것이 바로 내가 부딪치는 지점이고 내가 매달리는 지점이다. 현대적 정복자들의 시효인 프로메테우스의 혁명을 위시하여 혁명이란 무릇 신들에게 항거해 성취되는 것이다. 그것은 주어진 운명에 대항하는 인간의 권리 주장이다. 그러니까 가난한 자의 권리 주장은 하나의 구실일 뿐이다. 그러나 나는 오직 그 정신을 그것의 역사적 행위 속에서만 파악할 수 있고 바로 그 점에서 나는 그 정신에 동조한다. 그렇다고 내가 그것에 안주한다고 생각해서는 안 된다. 본질적인 모순과 맞서서 나는 나의 인간적 모순을 지탱한다. 나는 내 통찰을 부정하는 것의 한복판에 그 통찰을 확립시킨다. 나는 인간을 짓누르는 것 앞에서 인간을 찬미하고 그때 나의 자유, 나의 반항, 나의 정열은 그 긴장, 그 통찰 그리고 그 기상천외의 반복 속에서 한 덩어리가 된다.

 그렇다, 인간은 인간 자신의 목적이다. 그의 하나밖에 없는 목적이다. 그가 무엇인가가 되고자 한다면 그것은 바로 삶 속에서다. 이제 나는 그것을 너무나도 잘 안다. 정복자들은 이따금 승리하는 것과 극복하는 것에 대해 말한다. 그러나 그것은 항상 '자신을 극복하는 것'이다. 이것이 무엇을 의미하는지 당신들은 잘 안다. 인간은 저마다 어느 순간 자기가 어떤 신과 동등하다고 느낀 적이 있다. 적어도 사람들은 그렇게 말한다. 그러나 그것은 그가 섬광 같은 한순간 인간 정신의 놀라운 위대함을 느꼈다는 것에서 기인한다. 정복자란 끊임없이 그러한 절정에서, 그런 위대함을 뚜렷하게 의식하며 살아감을 확신할 수 있을 만큼 충분한 힘을 느끼는 사람일 뿐이다. 이는 산술의 문제, 즉 많고 적음의 문제다. 정복자들은 가장 많은 것을 할 수 있다. 그러나 그들은, 인간이 원할 때 인간 자신 이상의 것을 할 수는 없다. 그러기에 그들은 인간적 용광로의 아궁이를 결코 떠나지 않은 채 혁명의 혼 속의 가장 뜨거운 곳으로 깊이 들어간다.

　정복자들은 그곳에서 훼손된 피조물들을 발견하지만 그들은 또한 그들이 사랑하고 찬양하는 유일한 가치, 즉 인간과 인간의 침묵도 만난다. 그것은 그들의 헐벗음인 동시에 그들의 부富다. 그들에게는 오직 하나의 사치가 있을 뿐이니 그것은 다름 아닌 인간 관계의 사치다. 약하고 상처받기 쉬운 세계 안에서 인간적인, 오직 인간적인 것에 불과한 것은 무엇이든 보다 뜨거운 의미를 갖게 된다는 것을 어찌 깨닫지 못하겠는가. 긴장된 얼굴들, 위협받는 동료애, 인간들 상호 간의 지극히 강하고 수줍은 우정, 이러한 것들이야말로 진정한 부다. 왜냐하면 그것들은 언젠가 소멸해버릴 것이기 때문이다. 정신이 그의 능력과 한계, 즉 그의 효력을 가장 깊이 느끼는 것은 바로 그러한 부 가운데서다. 어떤 사람들은 이를 천재라 칭했다. 그러나 천재는 너무 성급한 표현이다. 그보다 내게는 지성이라는 표현이 나아 보인다. 이때 지성은 굉장한 것일 수 있다고 하겠다. 지성은 이 사막을 밝히고 지배한다. 지성은 자신의 굴욕적 상황을 알며 그것을 구체적으로 드러내 보인다. 그것은 이 몸과 동시에 죽으리라. 그러나 그러함을 안다는 것, 바로 여기에 그의 자유가 있다.

*

  모든 교회들이 우리를 반대한다는 것을 우리도 모르지 않는다. 이토록 팽팽하게 긴장된 마음은 영원을 피한다. 그런데 신의 교회건 정치적 교회건 모든 교회가 영원으로 인도하겠다고 나선다. 행복과 용기, 급료나 정의 같은 것은 그들 교회의 시각에서 보면 부차적인 목적일 뿐이다. 그들이 제시하는 것은 교의敎義로, 그것에 복종해야 한다. 그러나 나는 관념이나 영원 따위와는 아무 상관이 없다. 나의 척도로 잴 수 있는 진리는 손으로 만질 수 있는 것들이다. 나는 이러한 진리와 떨어질 수 없다. 바로 그런 이유 때문에 당신은 나를 바탕으로 삼아 내 위에 아무것도 세울 수 없는 것이다. 정복자의 것으로 영속하는 것은 아무것도 없다. 심지어 그의 독트린마저도 영속하지는 못한다.

    이런 모든 것의 끝에는 어쨌든 죽음이 있다. 우리는 이를 안다. 우리는 또한 죽음이 만사를 마감한다는 것도 안다. 그러기에 유럽 대륙을 뒤덮은 이 묘지들, 우리 중 몇몇의 마음에서 떠나지 않는 이 묘지들은 흉물스럽다. 사람들은 오직 자신들이 사랑하는 것만을 아름답게 단장하는데, 죽음은 우리에게 혐오감을 자아내고 우리들을 진저리치게 한다. 죽음도 정복해야 할 대상이다. 페스트로 인적이 끊어지고 베네치아군에 포위된 파도바시市에 갇힌 최후의 카라라 영주는 황량한 궁전의 이 방 저 방을 아우성치며 돌아다녔다. 그는 악마를 부르며 그에게 죽음을 달라고 했다. 그것은 바로 죽음을 극복하는 하나의 방법이었다. 죽음이 섬김받는다고 믿는 무덤들을 그토록 그토록 끔찍한 곳으로 만들었다는 것 또한 서구 특유의 용기의 표현이다. 반항인의 세계에서 죽음은 불의를 선동한다. 죽음은 극도의 월권인 것이다.

    또 다른 사람들 역시 타협하지 않은 채 영원을 택하고 이 세상의 헛됨을 고발했다. 그들의 묘지는 수많은 꽃과 새들에 에워싸인 채 미소짓고 있다. 그것은 정복자에게 어울리며 그가 배척한 것의 명확한 이미지를 그에게 부여한다. 반대로 정복자는 검은 쇠로 된 무덤 장식이나 이름 없는 구덩이를 택했다. 영원의 사람들 중에서 가장 훌륭한 이들은, 자신들의 죽음에 대한 이 같은 이미지를 안고 살아갈 수 있는 사람들 앞에서 이

따금 존경과 연민에 넘친 두려움에 사로잡힌다. 그러나 이런 사람들은 바로 거기에서 그들의 힘과 정당성을 이끌어낸다. 우리의 운명은 바로 우리 앞에 있다. 우리는 바로 이 운명에 도전하는 것이다. 오만해서가 아니라 오히려 가망 없는 우리의 조건을 뚜렷이 의식하기 때문에 그러는 것이다. 우리 역시 우리 자신에게 연민을 느낀다. 이것이 우리가 받아들일 수 있을 유일한 동정이다. 당신으로서는 아마도 이해하지 못할, 그리고 그다지 사내답지 못하다고 여겨질 감정이리라. 그러나 이를 느끼는 것은 우리 중에서 가장 대담한 사람이다. 우리는 통찰력 있는 사람을 사내답다고 부른다. 우리는 통찰과 거리가 있는 힘은 원치 않는다.

*

다시 한번 말하거니와, 이상과 같은 여러 이미지가 제시하는 것은 윤리 도덕이 아니며 판단을 강요하지 않는다. 그 이미지들은 소묘일 뿐이다. 이 소묘들은 단지 어떤 삶의 양식을 보여줄 따름이다. 사랑하는 사람, 배우 또는 모험가는 부조리를 연기한다. 그러나 정숙한 사람, 관리 또는 대통령도 원하기만 하면 똑같이 할 수 있다. 그저 알기만 하면 되고 아무것도 은폐하지 않으면 되는 것이다. 이탈리아의 박물관에 가면 이따금 작은 그림 병풍들을 보게 된다. 그것은 단두대가 보이지 않도록 가리기 위해 사제들이 사형수들의 얼굴 앞에 쳐놓곤 하던 것이다. 온갖 형태의 비약飛躍, 신 또는 영원으로 빠져들기, 일상적인 것 또는 관념의 환상들에 자신을 맡기기, 이런 모든 병풍이 부조리를 가린다. 그러나 그런 병풍이 없는 관리들도 있는데 나는 이제 그들에 대해 말하고자 한다.

나는 가장 극단적인 경우의 사람들을 선택했다. 이 정도가 되면 부조리는 그들에게 왕권을 부여한다. 사실 이들은 왕국을 갖지 못한 왕자들이다. 그러나 그들은 다른 사람에 비해, 모든 왕권이 헛된 것임을 안다는 장점이 있다. 즉, 그들은 알고 있다. 바로 이것이 그들의 위대함이다. 그러므로 그들에 대해 눈에 보이지 않는 불행이니 환멸의 잿더미니 하는 말을 하는 것은 부질없다. 희망이 없다는 것은 절망한다는 것이 아니다. 이 지상의 불꽃들은 천상의 향기에 못지않은 가치가 있다. 나도, 그 어느 누구도 여기서 그들에 대해 판단을 내릴 수는 없다. 그들은 보다 나은 존재가 되려고 애쓰는 것이 아니라 다만 앞뒤가 맞도록 노력할 따름이다. 만약 지혜롭다는 말이 자신이 갖지 않은 것에 대한 생각에 빠져드는 것이 아니라 자신이 가진 것으로 살아가는 인간에 적용된다면 그런 사람들이야말로 지혜로운 사람들이다. 그들 중 한 사람, 가령 정복자(단 정신의), 돈 후안(단 지식의), 배우(단 지성의)는 그것을 누구보다도 잘 알고 있다. 즉, '사람은 양 같은 유순함을 완벽할 정도로 가꿔왔다고 해서 지상에서나 하늘에서나 그 어떤 특권을 누릴 자격이 되는 것은 결코 아니다. 아무리 그래봐야 여전히 뿔이 난 우스꽝스러운 어린 양일 뿐이다. 설령 허영에 들뜨지 않고, 심판관 같은 태도 때문에 추문을 일으키는 일이 없다는 것을 인정한다 할지라도 말이다.'

여하간 부조리의 추론에 보다 따뜻한 체온이 담긴 모습들을 되찾아줄 필요가 있었다. 상상력을 발휘해본다면, 시간에 얽매이고 적지適地에 발목 잡힌 또 다른 많은 얼굴들, 미래도 없고 위축되지도 않은 채 세계의 척도에 따라 살 줄 아는 사람들을 거기에 추가해볼 수도 있다. 그러면 신 없는 이 부조리의 세계는 분명하게 생각하고 아무런 희망도 갖지 않는 사람들로 가득 찰 것이다. 그런데 나는 그런 인물들 중에서도 가장 부조리한 인물, 즉 창조자에 대해 아직 언급하지 않았다.

부조리한 창조

철학과 소설

　부조리의 인색한 공기 속에서 유지되는 이 모든 삶은 거기에 생명력을 불어넣는 어떤 심오하고 한결같은 사상 없이는 지탱할 수 없을 것이다. 이 자리에서 중요한 것은 어떤 특이한 충실성의 감정, 바로 그것일 수밖에 없다. 우리는 의식 있는 사람들이 가장 어리석은 전쟁의 소용돌이 한가운데서도 자기모순을 느끼지 않은 채 스스로의 임무를 충실히 수행하는 것을 보았다. 그 어느 것 하나도 배제해서는 안 된다는 점이 중요하기 때문이다. 이리하여 세계의 부조리를 지탱해나감으로써 맛볼 수 있는 형이상학적 행복이란 것이 존재한다. 정복 혹은 연기, 무수한 사랑, 부조리한 반항 같은 것들은 인간이 미리부터 패배한 전장에서 자신의 존엄성에 바치는 경의인 것이다.
　다만 중요한 것은 전투의 규칙을 충실히 지키는 것이다. 이 생각 한 가지만으로도 정신에 자양을 공급하기에 충분할 수 있다. 그 생각에 의지해 이미 수많은 문명들이 송두리째 지탱해왔고 지금도 지탱하고 있다. 실제로 벌어지고 있는 전쟁을 부정하지는 못한다. 오직 그 전쟁으로 죽든가 살든가 할 수 있을 뿐이다. 부조리도 이와 마찬가지다. 중요한 것은 부조리와 더불어 살아 숨쉬는 것, 그것이 주는 교훈을 인정하고 그것의 살을 되찾는 것이다. 이런 면에서 부조리한 즐거움의 전형은 다름 아닌 창조다. "예술, 오로지 예술. 우리는 예술을 가지고 있기에 진리로 인하여 죽지 않을 수 있다"라고 니체는 말했다.

내가 여러 방식으로 묘사하고 느끼게 하려는 경험에서는 하나의 고뇌가 사라지면 바로 그곳에 또 하나의 고뇌가 태어나는 것이 분명하다. 망각하려는 유치한 노력, 만족의 호소는 이제 아무런 메아리도 불러오지 못한다. 그러나 매 순간 긴장을 유지한 채 세계와 마주 보며 정돈된 광란 속에서 모든 것을 맞아들이려 애쓰는 인간의 마음속에는 또 다른 열기가 남아 있다. 이제 이 세계에서 작품은 그의 의식을 지탱하고 그 의식의 모험들을 고정시킬 수 있는 유일한 기회다. 창조한다는 것은 두 번 사는 것이다. 가령 프루스트 같은 사람이 더듬거리며 불안스럽게 찾아나가는 모색의 과정, 그가 꽃과 태피스트리와 고뇌를 세심하게 수집하는 것이 의미하는 바 역시 그와 다를 바 없다. 그러나 동시에 그것은 배우와 정복자와 모든 부조리의 인간이 나날의 삶 속에서 골몰하는 부단하고 헤아릴 수 없는 창조보다 더 중요한 것은 아니다. 모두가 자신의 현실을 흉

내 내고 반복하고 재창조하려고 고심한다. 결국 우리는 우리의 진실들로 만들어진 얼굴을 갖게 마련이다. 영원에 등을 돌려버린 한 인간에게 생존은 송두리째 부조리라는 가면을 쓰고 하는 엄청난 무언극에 지나지 않는다. 창조란 위대한 무언극이다.

 이 사람들은 우선 앎에서 시작한다. 그다음에 그들이 바치는 노력은 이제 막 접하게 된 내일 없는 섬을 두루 돌아다녀보고 그것을 확장시키며 풍요롭게 만드는 일이다. 그러나 우선은 알아야 한다. 왜냐하면 부조리의 발견은 어떤 한순간의 정지停止와 일치하기 때문이다. 바로 그 순간에 미래의 열정들이 싹트고 정당성을 얻는다. 복음서가 없는 인간들에게도 그들 나름의 올리브산[1]이 있는 것이다. 그들의 올리브산에서 역시 잠이 들면 안 된다. 부조리의 인간에게 중요한 것은 이제 더 이상 설명하고 해결하는 것이 아니라 느끼고 묘사하는 것이다. 모든 것의 시작은 통찰력을 갖춘 무관심이다.

 묘사하는 것, 이것이야말로 부조리한 사고의 최종적 야망이다. 과학 역시 그 역설의 끝에 이르면 제안하기를 그치고 발을 멈춘 채 여러 현상이 보여주는 항상 새로운 풍경을 바라보고 묘사한다. 그처럼 우리는 세계의 모습들 앞에서 솟구치는 이 감동이 세계의 깊이에서가 아니라 그 다양성에서 온다는 것을

---

1 예수가 십자가에 못 박히기 전에 기도드렸던 곳.

마음으로 깨닫는다. 설명은 헛된 것이지만 감각은 없어지지 않고 남는다. 그 감각과 더불어 양적으로 무궁무진한 한 세계가 그칠 줄 모르고 우리를 부르는 것이다. 우리는 여기에서 예술작품이 차지하는 위치를 이해하게 된다.

 예술작품은 한 경험의 소멸과 동시에 그 증식을 나타낸다. 그것은 세계가 이미 작곡해놓은 여러 주제들의 단조롭고도 열정적인 반복과 같은 것이다. 즉, 사원들의 정면에 무수하게 새겨져 있는 무궁무진한 형상인 육체, 형태나 색채, 數 또는 비탄 같은 주제 말이다. 그러므로 끝으로 창조자의 웅장하고도 순진한 세계에서 이 시론의 주된 테마들을 재확인해보는 것은 무의미한 일이 아닐 것이다. 여기서 그들을 어떤 상징으로 보거나 예술작품이 부조리의 피난처가 될 수 있다고 생각한다면 잘못일 것이다. 예술작품은 그 자체가 부조리의 한 현상이다. 중요한 것은 그 현상을 묘사하는 일이다. 그것이 정신의 병에 어떤 해결책을 제공하지는 않는다. 반대로 그것은 한 인간의 사고 전체에 그것을 메아리치게 하는 병의 한 징후인 것이다. 그러나 예술작품은 처음으로 정신이 그것 자체 밖으로 나오게 하여 타자와 대면시킨다. 그렇게 하는 까닭은 정신이 길을 잃고 헤매게 하기 위해서가 아니라 모두가 몰려들고 있는, 출구 없는 막다른 길을 정확히 손가락으로 가리켜 보이기 위해서이다. 부조리의 추론 단계에서 창조는 무관심과 발견의 뒤를 따른다. 그것은 부조리한 정열들이 내닫는 출발점을, 추론이 정지하는 지점을 가리켜 보인다. 이 시론에서 창조의 위치는 이렇게 정당성을 얻는다.

부조리에 연루된 사고의 모든 모순점이 예술작품 속에서 어떻게 나타나 있는가를 재확인하기 위해서는 창조자와 사상가에게 공통된 몇 가지 주제를 밝히는 것으로 충분할 것이다. 사실 서로 다른 여러 지성은 동일한 결론보다는 차라리 그들에게 공통된 모순을 통해 상호 간의 혈연관계를 드러내 보인다. 사고와 창조의 경우도 이와 다르지 않다. 구태여 지적할 필요가 있을지 모르겠으나, 인간은 어떤 동일한 고뇌로 인해 이와 같은 태도들을 취하게 된다. 바로 이 점에 있어서 이런 태도들은 출발에 있어 일치하는 것이다. 그러나 내가 본 바로는 부조리에서 출발한 모든 사상 가운데 그 부조리를 피하지 않고 그 안에서 버텨나가는 사상은 극소수였다. 그리하여 그들의 이탈이나 불충실함을 보면 오로지 부조리에만 속한 것이 무엇인지 잘 알 수 있었다. 이와 병행해서 나는 이렇게 자문하지 않을 수 없다. 부조리한 작품은 과연 가능한가?

*

예술과 철학을 대립된 것으로 생각해온 옛날부터의 관념이 자의적이라는 사실은 상당히 중요하다. 만약 그 대립관계를 지나치게 엄밀한 의미로 해석하려 한다면 그것은 분명 그릇된 것이다. 만약 이 두 분야가 각기 고유한 풍토를 지닌다고 말하는 정도로 그친다면 아마 그 말은 옳을지 모른다. 그러나 그것은 막연한 이야기다. 유일하게 수긍할 수 있는 입론이 있다면 그것은 자신의 체계 **한복판**에 갇혀 있는 철학자와 자신의 **작품만 대면하고 있는** 예술가 사이에서 제기되는 모순에 대한 것이다. 그러나 그것은 우리가 여기서 부차적인 것으로 간주하는 어떤 일정한 형태의 예술과 철학에 대해서나 타당하다. 예술을 그 창조자와 분리해 생각하는 관념은 단순히 시대에 뒤떨어졌을 뿐만 아니라 그릇된 것이다. 예술가와는 달리 한 사람의 철학자 혼자서 여러 체계를 정립한 경우란 없다는 지적이 있다. 그러나 그 어떤 예술가가 표현하는 것도 그 겉모습은 다양하지만 그 속에 담긴 것은 한 가지뿐이라는 시각으로 이해할 때 그 지적은 옳다. 예술이란 순식간의 완성일 뿐이어서 항상 새롭게 할 필요가 있다고 하는 생각은 오직 편견일 뿐이다. 왜냐하면 예술작품 역시 하나의 구성이기 때문이다. 위대한 창조가 얼마나 단조로울 수 있는 것인지는 누구나 다 안다. 예술가도 사상가와 마찬가지로 그의 작품 속에 깊숙이 개입해 있으며 그 속에서 자신의 모습을 만들어간다. 이 상호 침투 관계는 가장 중요한 미학적 문제를 제기한다. 더군다나 정신이 지향하는 목적의 단일성을 확신하는 사람에게 방법과 대상에 따른 이러한 구분보다 무의미한 것은 없다. 인간이 이해와 사랑을 위해 창안해낸 여러 분야 사이에 경계선이란 없다.

그 분야들은 상호 침투하며 동일한 고뇌에 사로잡혀 있어서 서로 분간하기가 어려워진다.

　이 점은 미리 지적해둘 필요가 있다. 부조리의 작품이 가능하기 위해서는 가장 명철한 형태의 사고가 그 속에 개입되어야 한다. 그러나 동시에, 정돈하는 역할의 지성으로서라면 모르지만 그 사고가 겉으로 나타나서는 안 된다. 이 패러독스는 부조리에 의해 설명될 수 있다. 예술작품은 지성이 구체적인 것을 이성적으로 따지기를 포기함으로써 생겨난다. 예술작품은 육체적인 것의 승리를 표시한다. 작품이 생겨나는 발단은 명철한 사고지만 바로 그렇게 하는 행위 속에서 사고는 스스로를 버린다. 사고는 묘사된 것에 보다 깊은 어떤 의미를 덧보태고 싶다는 유혹에 넘어가지 않을 것이다. 그런 의미가 온당치 않다는 것을 아는 것이다. 예술작품은 지성의 드라마를 구체화해 나타내지만 그것을 오직 간접적으로 입증할 따름이다. 부조리한 작품은 이러한 한계를 의식하는 예술가를 요구하며, 구체적인 것은 그냥 그것 자체일 뿐 그 이상의 의미는 없는 예술을 요구한다. 작품은 어떤 인생의 목적도 의미도 위안도 될 수 없다. 창조를 하건 창조를 하지 않건 아무것도 달라지지 않는다. 부조리한 창조자는 자신의 작품에 집착하지 않는다. 그는 작품을 포기할 수도 있다. 실제로 포기하는 경우도 있다. 아비시니아로 떠나고 싶다는 생각만으로도 족히 포기해버리는 것이다.[2]

동시에 우리는 여기서 하나의 미학적 규칙을 발견할 수 있다. 진정한 예술작품은 항상 인간적 척도로 잴 수 있는 것이다. 진정한 작품은 본질적으로 '더 적게' 말하는 작품이다. 한 예술가의 총체적인 경험과 이를 반영하는 작품 사이에는, 가령《빌헬름 마이스터의 수업시대》와 괴테의 원숙기 사이에는 어떤 관계가 있다. 설명적인 문학에서 볼 수 있듯이 레이스로 장식한 종이 위에 자신의 모든 경험을 쏟아 담으려 들 때 이 관계는 좋지 못하다. 작품이 경험 속에서 도려낸 한 토막, 내면의 광채가 제한 없이 요약되는, 다이아몬드의 한 조각일 뿐일 때 이 관계는 좋은 것이다. 전자의 경우 작품은 군더더기가 많고 영원을 지향하는 가당찮은 야망을 드러낸다. 후자의 경우, 작가의 풍부한 경험이 온통 암시되어 있기 때문에 작품은 풍성해진다. 부조리의 예술가에게 중요한 것은 단순한 요령의 차원을 초월해 삶의 지혜를 획득하는 일이다. 결국 이런 풍토에서 위대한 예술가란 무엇보다 먼저 잘 살 줄 아는 사람이다. 물론 여기서 산다는 것은 깊이 생각하는 것 못지않게 느낀다는 의미로 이해

---

2 〈사막〉(《결혼·여름》) 참고. "그러나 명철한 정신이 어느 정도에 이르러 자신의 가슴이 꽉 막히는 것을 느낀 한 인간이 반항의 의지도 딱히 바라는 것도 없이 지금껏 바로 자기의 삶이라고 여겼던 것, 즉 그의 몸부림에 등을 돌려버릴 수 있다. 랭보가 단 한 줄의 시도 쓰지 않은 채 결국 아비시니아로 가고 만 것은 모험 취미나 절필 결심 때문이 아니다."

되어야 마땅할 것이다. 따라서 작품은 지성의 드라마를 구체적으로 육화해서 보여준다고 하겠다. 부조리한 작품은 사고가 그것 본래의 특권을 포기한 채, 한낱 지성의 자격으로 오직 겉모습만을 작품화하고 아무런 이유가 없는 것을 이미지화하는 한낱 지능일 뿐임을 구체적으로 보여준다. 만약 세계가 확실, 명료한 것이었다면 예술은 존재하지도 않을 것이다.

나는 지금 여기서 그 찬란한 겸손의 표현인 묘사만이 군림하는 세계, 즉 형태나 색채의 예술들에 대한 이야기를 하는 것이 아니다.[3] 표현은 사고가 끝나는 곳에서 시작된다. 사원과 박물관에 가득 들어차 있는, 텅 빈 눈을 가진 젊은이들의 조각상을 보라. 그들의 철학은 여러 몸짓 속에 새겨져 있다.[4] 부조리한 인간에게 그런 철학은 세상의 모든 도서관보다 많은 가르침을 준다. 또 다른 면에서 볼 때 음악의 경우도 마찬가지다. 만약 교훈과 무관한 예술이 있다면 그것은 바로 음악일 것이다. 그것은 너무나도 수학을 닮아 수학에서 그 무상성無償性

---

[3] 기이하게도, 회화들 중에서도 가장 지적인 회화, 즉 현실을 본질적 요소들로 환원시키고자 하는 회화가 종국에 이르면 한갓 눈의 즐거움에 지나지 않는다. 이 회화는 세계에서 다른 것은 다 버리고 오직 색채만을 남겨 간직했다. (원주)

[4] 〈삶에의 사랑〉(《안과 겉》) 참고. "그리고 나는 왜 그때 내가 도리아식 아폴론 조각상의 시선 없는 눈, 또는 지오토의 그림 속 저 불타는 듯하면서도 정지된 인물들을 생각했는지를 알고 있다." 헤겔의 《미학》 참고. "눈 없는 조각상이 그의 전신으로 우리를 바라본다."(카뮈가 알랭의 《이데》에서 재인용.)

을 빌려온 것이라 하지 않을 수 없다. 일정한 관습과 절도를 갖춘 법칙에 따라 정신이 자신과 벌이는 이 유희는 바로 우리의 것인 소리 공간에서 전개되지만 동시에 진동은 그 공간을 넘어 어떤 비인간적인 우주에서 서로 만난다. 이보다 순수한 느낌이란 없다. 이러한 예는 너무나도 손쉬운 것이다. 부조리한 인간은 화음과 형식들이 바로 자기의 것임을 깨닫는다.

그러나 나는 여기서, 설명하고 싶은 유혹이 가장 크게 남아 있는 작품, 환상이 스스로 그 모습을 드러내며, 결론이 거의 불가피한 작품에 대해 말하고자 한다. 즉, 소설의 창조 말이다. 나는 부조리가 소설에서 과연 잘 지탱될 수 있는가를 생각해 보려고 한다.

*

생각한다는 것은 무엇보다도 먼저 하나의 세계를 창조하고자 한다는 것이다(혹은 결국 같은 말이지만, 자신의 세계를 한정하고자 한다는 것이다). 그것은 인간을 그의 경험과 갈라놓는 근원적인 불화에서 출발하여 그가 지향하는 화해의 지점을 모색하고자 하는 것이며, 참을 수 없는 절연 상태를 해소하게 해주는 세계, 이성에 의해 완벽하게 규제된, 혹은 유사점들에 의해 환하게 조명된 세계를 찾고자 한다는 의미다. 철학자는 창조자다. 칸트라 할지라도 그렇다. 그에게는 자신만의 인물들과 상징들과 내밀한 행동이 있다. 그에게는 특유의 결말이 있다. 그와 반대로, 시와 에세이에 비해 소설이 우위를 점하는 것은 겉보기와는 달리 그것이 오직 예술의 보다 더한 지성화를 보여주기 때문이다. 오해 없기 바란다. 여기서 말하는 것은 특히 가장 위대한 작품들의 경우다. 한 장르의 풍부함과 위대함은 흔히 그 장르에서 배출되는 쓰레기를 보고 측정할 수 있다. 졸렬한 소설이 많다고 해서 가장 훌륭한 소설들의 위대함을 잊어서는 안 된다. 훌륭한 소설들은 바로 그들의 세계를 그 안에 지니고 있다. 소설은 그 자체의 논리와 추론, 직관과 가설 들을 가지고 있다. 그것은 또한 분명해야 한다는 요청에도 응해야 한다.[5]

앞에서 말한 고전적 대립은 이 특수한 경우에 있어서는 더욱 타당성이 부족하다. 그런 대립은 철학을 그 저자와 분리해 생각하기가 쉬웠던 시대에 통하는 것이었다. 사상이 이제 더 이상 보편성을 표방할 수 없게 된 오늘날 그리고 가장 훌륭한 사상의 역사란 사상의 수정修正의 역사라고 할 수 있는 오늘

---

[5] 잘 생각해볼 일이다. 즉, 이 말은 가장 저질의 소설들이 어떤 것인지 잘 말해준다. 사람은 거의 누구나 자신은 생각할 능력이 있다고 생각한다. 실제로 우열의 차이야 있겠지만 어느 정도 생각한다. 반면에 자신이 시인 또는 문장가라고 생각할 수 있는 사람은 극소수다. 그러나 문체보다 생각이 더 중요해진 순간부터 다수의 대중이 소설을 점령했다.
이것은 흔히 말하는 것처럼 크게 나쁜 일은 아니다. 가장 탁월한 사람들은 결국 그들 자신에 대해 보다 엄격해지는 쪽으로 나가게 된다. 이 길에서 쓰러지는 사람은 살아남을 자격이 없었던 것이다. (원주)

날, 가치 있는 체계는 그것을 만들어낸 저자와 분리해 생각할 수 없다는 것을 우리는 잘 안다. 어떤 면에서 《윤리학》[6] 자체도 하나의 길고 엄격한 자기 고백일 뿐이다. 추상적 사고가 마침내 그 표현 매체인 육체와 하나가 된 것이다. 이와 마찬가지로 육체와 여러 정열들이 소설에서 상관관계를 맺는 방식도 어떤 세계관의 요청에 따라 좀 더 질서 있게 정리된다. 소설가는 이제 더 이상 '이야기'를 지어내 들려주는 것이 아니라 자신의 우주를 창조한다. 위대한 소설가는 철학적 소설가다. 다시 말해 문제소설가écrivain à thèse의 반대다. 발자크, 사드, 멜빌, 스탕달, 도스토옙스키, 프루스트, 말로, 카프카 등은 그런 소설가들의 예라고 하겠다.

그러나 이 소설가들은 논리적 추론보다는 오히려 이미지로 글을 쓰는 쪽을 택함으로써 그들의 공통된 어떤 생각을 드러낸다. 즉 그들은 일체의 설명적 원리란 무용하다는 것과 감각적 외관이 교훈적 메시지를 표현할 수 있음을 굳게 믿는다. 그들은 작품이 끝인 동시에 시작이라고 생각한다. 작품은 대개의 경우 드러내놓고 표현하지 않은 어떤 철학의 귀착점이며, 조명이며, 완성이다. 그러나 작품은 그 철학의 겉으로 표현되지 않은 암시들에 의해서만 완전한 것이 된다. 결국 그 작품

---

[6] 스피노자의 《에티카》를 가리킨다.

은 아주 오래된 어떤 주제의 한 재해석 형식에 정당성을 부여한다. 설익은 사유는 그 주제를 삶에서 멀어지게 하지만 깊이 있는 사고는 그것을 삶으로 되돌아가게 한다. 현실을 승화시킬 수 없게 되면 사유는 현실을 모방하기에 그친다. 여기서 말하는 소설은 상대적이면서도 무궁무진한 인식, 너무나 사랑의 인식을 닮은 인식의 도구다. 소설적 창조는 사랑에서 맛볼 수 있는 첫 만남의 경이로움과 풍요로운 반추의 매혹을 지니고 있다.

*

 이것이 적어도 내가 소설 창조에서 처음에 알아차리게 되는 매력들이다. 그러나 나는 굴욕적 사고의 왕자들에게서도 그런 매력을 발견했지만 그 후 내가 볼 수 있었던 것은 그들의 자살이었다. 나의 관심사는 그들을 환상이라는 공통된 길로 되돌아가게 하는 힘이 무엇인지 알아내 그것을 묘사하는 일이다. 따라서 여기서도 나는 같은 방법을 사용할 것이다. 이미 앞에서 그 방법을 사용한 적이 있었던 만큼 나는 추론을 짧게 줄일 수 있고 한 가지 분명한 예를 통해서 추론을 곧바로 요약할 수 있다. 내가 알고 싶은 것은 구원을 호소하지 않은 채 살아가기로 한 사람이 구원을 호소하지 않은 채 일도 하고 창조도 할 수 있는가, 그렇다면 그와 같은 자유로 인도하는 길은 무엇인가

하는 점이다. 나는 나의 세계를 망령들로부터 해방시키고, 오로지 그 현존성을 부인할 수 없는 육체의 진리로 이 세계를 가득 채우고 싶을 따름이다. 나는 부조리한 작품을 만들 수 있고 무엇보다 창조적 태도를 택할 수 있다. 그러나 부조리한 태도가 부조리한 상태를 유지하기 위해서는 그 무상성을 의식하고 있어야 한다. 작품의 경우도 그와 마찬가지다. 만약 작품에서 부조리의 계율이 지켜지지 않는다면, 만약 작품이 절연과 반항을 조명해 보이지 않는다면, 만약 작품이 환상의 제물이 되어 희망을 사주한다면 그것은 더 이상 무상한 것이 되지 못한다. 그렇게 되면 나는 더 이상 작품과 거리를 유지할 수 없다. 나의 삶은 거기서 어떤 의미를 찾아낼 수 있을 텐데 이는 터무니없는 일이다. 결국 그 작품은 이미 한 인생의 찬란함과 무용함을 완성시켜주는, 저 초연함과 열정의 실천이 더 이상 아닌 것이다.

설명하고 싶은 유혹이 가장 강한 세계가 창조인데 거기서 과연 우리는 그 유혹을 이길 수 있을 것인가? 현실 세계의 의식이 가장 강렬한 곳이 이 허구의 세계인데 과연 나는 결론을 내리고자 하는 욕망에 굴하지 않은 채 끝까지 부조리에 충실할 수 있겠는가? 마지막 남은 힘을 다하여 숙고해봐야 할 문제들은 바로 이런 것들이다. 이 문제들이 무엇을 의미하는지는 이미 충분하게 이해했을 것으로 안다. 이것은 궁극의 환상에 이끌린 나머지 최초의 고달픈 교훈을 저버리게 될까 봐 두

려워하는 의식의 마지막 망설임임을 보여준다. 부조리를 의식하는 인간이 취할 수 있는 태도 중의 **하나**가 창조라고 할 수 있겠는데 그 창조에 있어 타당한 것은 인간에게 제시되는 삶의 모든 양식에 있어서도 타당하다. 정복자나 배우, 창조자나 돈 후안은 그들의 삶의 실천이 필연적으로 그것 특유의 무분별한 성격에 대한 의식 없이는 계속될 수 없다는 사실을 잊어버릴 수 있다. 사람은 너무나도 쉽게 습관에 젖어든다. 사람은 행복하게 살기 위해 돈을 벌려고 하는데 인생의 모든 노력과 최상의 몫이 돈벌이에만 집중되어버린다. 행복은 잊히고 수단이 목적으로 변한다. 이와 마찬가지로 정복자의 모든 노력은 보다 큰 삶을 향해 가는 길에 불과했던 야망 쪽으로 빗나가버린다. 한편 돈 후안 역시 자신의 운명에 동의하게 되어 그러한 생활에 만족하려 한다. 그 생활은 오로지 반항에 의해서만 위대한 가치를 가지는 것인데도 말이다. 전자의 경우는 의식이, 후자의 경우는 반항이 중요한데, 결국 이 두 경우에 있어 부조리는 소멸해버린다. 인간의 마음속에서 집요하게 되살아나는 것이 희망이다. 가장 헐벗은 인간들도 이따금 환상에 동의하고 만다. 평화의 갈망 때문에 어쩔 수 없이 이루어진 이 찬동은 실존적 동의의 내면적 형제다. 이리하여 빛의 제신諸神과 진흙의 우상이 존재하는 것이다. 그러나 진정으로 찾아내야 할 것은 인간의 얼굴들로 인도하는 중간의 길이다.

지금까지 부조리의 요청이 무엇인가 우리에게 가장 잘 가르쳐준 것은 이 요청의 좌절이다. 이와 마찬가지로 소설의 창조도 어떤 철학들과 똑같은 모호성을 드러낼 수 있다는 것을 알아차리기만 한다면 충분히 과오에 대비할 수 있을 것이다. 그러므로 나는 부조리의 의식이 뚜렷하고 이렇게 출발점이 분명하며 풍토가 명료한, 이렇게 모든 것이 한데 갖춰져 있는 작품을 선택하여 그 작품으로 예증할 수 있다. 그 작품의 귀결들은 우리에게 가르쳐주는 바가 있을 것이다. 만약 그 작품에서 부조리가 존중되지 않는다면 우리는 어느 경로를 통해 환상이 끼어드는지 알게 될 것이다. 이를 위해서는 하나의 정확한 예, 하나의 주제, 창조자의 성실만으로도 충분할 것이다. 이것은 지금까지 길게 진행해온 것과 똑같은 분석이다.

나는 이제 도스토옙스키가 즐겨 다루는 한 가지 주제를 검토하려 한다. 물론 다른 작품들을 살펴볼 수도 있었을 것이다.[7] 그러나 도스토옙스키의 작품에서는, 앞서 검토한 실존적 사상들의 경우처럼 위대함과 감동이라는 방향으로 문제가 직접적으로 다루어진다. 이러한 대응 관계가 나의 목적에 도움이 된다.

---

7 가령 말로의 작품을 검토해볼 수도 있을 것이다. 그러나 그러기 위해서는 부조리의 사상이 피해갈 수 없는 사회적 문제도 동시에 다뤄야만 했을 것이다. (비록 그 작품이 부조리의 사상에 제시할 수 있는 해결책들은 여러 가지이고 아주 다른 것들이기는 하겠지만) 그러나 논의의 범위를 제한할 필요가 있다. (원주)

키릴로프

    도스토옙스키의 모든 주인공은 인생의 의미에 대해 자문한다. 바로 이 점에 있어서 그들은 근대적이다. 그들은 우스꽝스러움을 꺼리지 않는 것이다. 근대적 감수성과 고전적 감수성을 구별 짓는 것은 후자가 도덕적 문제들을 바탕으로 성립하는 데 반해 전자는 형이상학적 문제들을 바탕으로 성립한다는 점이다. 도스토옙스키의 소설에서는 문제가 극단적 해결책들을 개입시킬 수밖에 없을 정도로 강렬한 밀도로 제기되어 있다. 존재는 허망한 것이든가 **또는** 영원한 것이든가 둘 중의 하나일 뿐인 것이다. 만약 도스토옙스키가 그러한 검토만으로 그쳤다면 그는 철학자가 되었을 것이다. 그러나 그는 그 같은 정신의 유희가 인간의 삶에 가져올 수 있는 귀결들을 구체적으로 보여준다. 바로 이 점에서 그는 예술가이다. 그 귀결들 중에서 그의 관심을 사로잡는 것은 최후의 것, 즉 그 자신이《작가의 일기》에서 논리적 자살이라고 일컫는 귀결이다. 1867년 12월의 일기에서 과연 그는 '논리적 자살'의 추론을 상상해본다. 불멸에 대한 믿음을 갖지 못한 사람에게 인간의 존재란 완전한 부조리라는 것을 확신하므로 절망자는 다음과 같은 결론에 도달한다.

"행복에 관한 나의 의문에 대해, 나의 의식을 통해 밝혀지는 대답은, 내가 상상할 수도 없고 앞으로도 결코 상상할 수 없을, 거대한 전체와의 조화 속에서가 아니라면 나는 행복해질 수 없다는 것이다. 그러므로 분명한 것은⋯."

"결국 사정이 이러하고 보니 나는 원고의 역할과 변호인의 역할, 피고와 재판관의 역할을 동시에 담당하게 되었으므로, 또한 내가 볼 때 자연 쪽에서 벌이는 이 연극이 너무나도 어처구니 없는 것이므로, 나아가 나로서 이런 연극의 배역을 수락하는 것은 굴욕적이라고 판단하기 때문에⋯."

"원고인 동시에 변호인, 재판관인 동시에 피고라는 이견 없는 자격으로 나는, 너무나도 파렴치하고 뻔뻔스럽게 나를 세상에 태어나게 만들어 고통받게 하는 이 자연을 단죄한다―나는 자연이 나와 함께 소멸될 것을 선고한다."

이러한 입장에는 아직도 약간의 해학이 섞여 있다. 이 자살자는 형이상학적인 면에서 **삐쳤기** 때문에 스스로 목숨을 끊는 것이다. 어떤 의미에서 그는 복수하는 셈이다. 그것은 '호락호락 넘어가지 않겠다'는 것을 증명하는 그 나름대로의 방식이다. 그러나 《악령》의 등장인물이며 마찬가지로 논리적 자살의 지지자인 키릴로프에 이르면 똑같은 주제가 가장 놀라운 차원으로 확대되어 구체적 표현을 얻고 있는 것을 볼 수 있다. 엔지니어 키릴로프는 스스로의 목숨을 끊으려 하는데 그 까닭은 그것이 '그의 생각'이기 때문이라고 어디선가 말한다. 물론 이 말은 문자 그대로의 뜻으로 이해하면 안 된다. 그는 바로 하나의 생각, 하나의 사상을 위해 죽음을 준비하는 것이다. 이것은 고차원적 자살이다. 여러 장면을 통해 키릴로프의 마스크가 조명되어감에 따라 점진적으로 그를 움직이는 치명적 사상이 점차 우리에게 알려진다. 과연 키릴로프는 《작가의 일기》의 추론들을 되풀이한다. 그는 신이 필요하다는 것, 신이 존재하지 않으면 안 된다는 것을 느낀다. 그러나 신은 존재하지 않으며 존재할 수도 없다는 것을 안다. "이것만으로 자살할 만한 이유가 충분히 된다는 것을 어찌 그대는 깨닫지 못하는가?" 그는 이렇게 외친다. 그의 경우 이 태도는 또한 부조리의 귀결 중 몇 가지를 끌어들인다. 그는 자신이 경멸하는 목적에 자신의 자살이 이용되어도 그것을 무관심하게 받아들인다. "그날 밤, 나는 그렇게 되어도 상관없다고 마음먹었다." 결국 그는 반항과 자유가 한데 섞인 감정으로 그의 행동을 준비한다. "나는 나의 불복종, 나의 새롭고 무시무시한 자유를 확인하기 위해 자살하겠다." 문제는 이미 복수가 아니라 반항이다. 그러므로 키릴로프는 한 사람의 부조리한 인물이다. 다만 자살한다는 점에서 본질적으로 차이가 있기는 하지만, 그러나 그는 이러한 모순을 스스로 설명한다. 이리하여 그는 동시에 지극히 순수한 상태의 부조리한 비밀을 드러내 보인다. 사실 그는 자신의 치명적 논리에 엄청난 야망을 한 가지 추가하는데, 그 야망이야말로 이 인물의 전모를 알 수 있게 해준다. 즉, 그는 신이 되기 위해 자살하려는 것이다.

  이 추론은 고전적 명료함을 보여준다. 만약 신이 존재하지 않는다면 키릴로프가 신이다. 만약 신이 존재하지 않는다면 키릴로프는 자살해야 한다. 따라서 키릴로프는 신이 되기 위해 자살해야 한다. 이 논리는 부조리하지만 필요하다. 그러나 흥미로운 것은 지상으로 내려온 이 신에게 어떤 의미를 부여한다는 점이다. 그것은 결국 "만약 신이 존재하지 않는다면 내가 신이다"라는, 아직도 여전히 불분명한 전제를 해명하는 것이나 다름없다. 우선 이러한 비상식적인 주장을 내세우는 사람이 분명 이 세상 사람이라는 사실을 지적해두는 것이 중요하다. 그는 건강을 유지하기 위해 아침마다 체조를 한다. 그는 부인과 다시 만나게 된 샤토프의 기쁨에 감동한다. 장차 그가 죽은 뒤 사람들이 발견하게 될 종이에 그는 혀를 날름 내미는 얼굴을 그려놓고 싶어한다. 그는 유치하고 성 잘 내고 열정적이고 조직적이고 예민하다. 초인적인 면이라고는 논리와 고정 관념뿐이며, 그 밖에는 무엇에나 속속들이 범인이다. 그런데도 바로 이 사람이 자신의 신성神性에 관해 태연히 말하는 것이다. 그는 광인이 아니다. 만약 그렇지 않다면 도스토옙스키가 광인이다. 따라서 이것은 무슨 과대망상증 환자의 환상에 사로잡혀 발광하는 자의 환상이 아니다. 그러니 이 경우에 말을 문자 그대로의 의미로 받아들인다는 것은 우스꽝스러운 일이 될 것이다.

키릴로프는 스스로 우리가 보다 잘 이해하도록 도와준다. 스타브로긴의 물음에 대답하면서 그는 어떤 인간-신dieu-homme에 대해 말하는 것이 아님을 분명히 한다. 이것은 그리스도와 자신을 구별 지으려는 배려에서라고 생각할 수도 있다. 그러나 실제 그의 관심사는 그리스도를 합병하는 일이다. 사실 잠시 동안 키릴로프는 죽어가는 예수가 **천국으로 돌아간 것이 아니**라고 상상한다. 그때 그는 그리스도의 수난이 무용한 것이었음을 알았다. "자연의 법칙은 그리스도를 기만 속에서 살게 하고 기만을 위해 죽게 만들었다"라고 엔지니어 키릴로프는 말한다. 오직 이러한 의미에서만 예수는 인간의 드라마를 송두리째 체현한다고 볼 수 있다. 그는 가장 부조리한 조건을 실현한 사람이기에 완전한 인간인 것이다. 그는 인간-신이 아니라 신-인간homme-dieu이다. 그리하여 그와 마찬가지로 우리들 각자도 십자가에 못 박히고 기만당할 수 있다―어떤 점에서는 실제로 그렇게 되고 있는 것이다.

그러므로 여기서 말하는 신성은 전적으로 지상적인 것이다. "나는 삼 년 동안 나의 신성의 속성이 무엇인지를 알아내려고 고심했는데 마침내 이를 발견했다. 나의 신성의 속성은 바로 독립이다"라고 키릴로프는 말한다. 이제 우리는 "만약 신이 존재하지 않는다면 내가 신이다"라는 키릴로프의 전제의 의미를 깨달을 수 있다. 신이 된다는 것, 그것은 오직 이 지상에서 자유로워진다는 것, 그 어떤 불멸의 존재도 섬기지 않는다는 것이다. 특히 그것은, 두말할 것도 없이 고통에 찬 독립으로부터 있을 수 있는 모든 귀결을 끌어낸다는 의미다. 만약 신이 존재한다면 모든 것은 그에게 달려 있으니 우리는 그의 의지에 반대하는 그 어떤 것도 할 수 없다. 만약 신이 존재하지 않는다면 모든 것은 우리에게 달려 있다. 니체에게나 키릴로프에게나, 신을 죽인다는 것은 자기 자신이 신이 되는 것—그것은 이미 이 지상에서부터 복음서가 말하는 영원한 삶을 실현하는 것이다.[8]

    그러나 만약 이 형이상학적 범죄가 인간의 완성에 충분하다면 무엇 때문에 거기에 자살을 추가한단 말인가? 자유를 획득했는데 무엇 때문에 자살하고 이 세상을 떠난단 말인가? 이것은 모순이다. 키릴로프는 이를 잘 알고 있기에 이렇게 덧붙여 말한다. "만약 그대가 이것을 느낀다면 그대는 황제다. 그리하여 자살하기는커녕 영광의 절정에서 살게 될 것이다." 그러나

---

    [8] "스타브로긴: 당신은 저세상에서의 영생을 믿습니까?
      키릴로프: 아니요, 바로 이 세상에서의 영생을 믿습니다." (원주)

사람들은 이를 알지 못한다. 그들은 '이것'을 느끼지 못한다. 프로메테우스의 시대와 같이 그들은 자신들의 내부에 온갖 맹목적인 희망들을 배양한다.[9] 그들은 누군가 길을 인도해주기를 바라고 있다. 그들은 설교 없이는 살아갈 수 없다. 그러기에 키릴로프는 인류에 대한 사랑 때문에 자살해야 한다. 그는 그의 형제들에게 자기가 앞장서서 가야 할 험난한 왕도를 보여줘야 한다. 이것은 하나의 교훈적 자살이다. 따라서 키릴로프는 자신을 희생시킨다. 그러나 그는 비록 십자가에 못 박힌다 해도 속아 넘어가지는 않을 것이다. 그는 죽음 다음에 미래란 없다는 것을 확신하고 복음적 슬픔에 사무친 채 신-인간으로 머무른다. 그는 말한다. "나는 나의 자유를 **긍정하지 않으면 안 되기에** 불행하다." 그러나 그가 죽고 마침내 사람들이 깨달음을 얻게 되면 이 땅은 황제들로 득실거리고 인간적 영광으로 휘황하게 빛날 것이다. 키릴로프의 권총 한 발은 궁극적 혁명의 신호가 될 것이다. 이렇듯 그를 죽음으로 몰아간 것은 절망이 아니라 이웃에 대한 사랑이다. 형언할 수 없는 정신적 모험을 피로 끝장내기 전에 키릴로프는 인류의 고통만큼 역사적으로 오래된 한마디를 남긴다. "모든 것이 잘됐다."

---

[9] "인간은 자살하지 않기 위해 신을 만들어낸 것일 뿐이다. 이것이 지금까지의 보편 역사의 요약이다." (원주)

따라서 도스토옙스키에게 자살의 주제는 분명 부조리한 주제다. 다만 더 깊이 파고들기 전에, 키릴로프가 또 다른 인물들 속에서 다시 살아 일어난다는 것을, 그리하여 이번에는 그들이 또 다른 부조리한 주제들을 개입시킨다는 것을 주목하자. 스타브로긴과 이반 카라마조프는 실생활에서 부조리의 진리들을 실천한다. 키릴로프가 죽음으로 해방시킨 것이 바로 그들이다. 그들은 황제가 되려고 시도해보았다. 스타브로긴은 '아이로니컬한' 삶을 산다. 우리는 그것이 어떤 것인가를 잘 안다. 그는 주위에 증오를 불러일으킨다. 그러나 이 인물의 비밀을 푸는 말은 그의 유서에 담겨 있다. "나는 아무것도 증오할 수 없었다." 그는 무관심 속의 황제다. 이반 역시 정신적 왕권의 포기를 거부함으로써 황제다. 그의 형제처럼, 믿기 위해서는 자신을 낮춰야 한다는 사실을 생활로써 증명하는 사람들에게 그는 조건이 맞지 않는다고 대답할지 모른다. 그의 비밀을 푸는 말은 적당한 비애의 뉘앙스가 섞인, "모든 것이 허용된다"라는 말이다. 물론 신을 죽인 자들 중에서 가장 널리 알려진 니체와 마찬가지로 그 역시 광기 속에서 끝장을 보았다. 그러나 이런 위험은 마땅히 각오하지 않으면 안 되므로 비극적 종말 앞에서 부조리한 정신이 나타내는 본질적 반응은 "이것은 무엇을 증명하는 것인가?"라는 물음이다.

　　　　　　　　＊

　이렇듯 소설들은 《작가의 일기》와 마찬가지로 부조리의 문제를 제기한다. 소설들은 죽음이라는 궁극에 이르는 논리, 열광, '무시무시한' 자유, 인간적으로 변한 황제들의 영광을 내세운다. 모든 것이 잘됐고, 모든 것이 허용되며, 그 어느 것도 증오할 것은 없다. 이것이 바로 부조리의 판단이다. 그러나 불과 얼음으로 된 이 존재들이 우리에게 이토록 친근하게 느껴지도록 만들어놓은 창조의 세계는 얼마나 경이로운가! 그들의 마음속에서 노도처럼 으르렁거리는 무관심의 정열에 넘친 세계가 우리에게 조금도 기괴하게 여겨지지 않는 것이다. 우리는 거기에서 우리가 일상적으로 겪는 고뇌들을 다시 만난다. 아마 그 누구도 도스토옙스키처럼 부조리의 세계에 그토록 친근하고 그토록 고통스러운 마력을 부여한 적은 없을 것이다.

　그러나 그의 결론은 어떤 것인가? 두 가지의 인용문을 읽어보면 작가를 다른 계시들로 넘어가게 만든 완전한 형이상학적 전도顚倒 과정을 알 수 있을 것이다. 논리적 자살자의 추론이 비평가들 쪽에서 몇몇 항의를 불러일으키자 도스토옙스키는 《작가의 일기》의 다음 권에서 자신의 입장을 발전시켜 이렇게 결론을 맺는다. "인간 존재에게 영생에 대한 믿음이 그토록 필요한 것은(영생이 없다면 자살하지 않을 수 없으리만큼) 그같은 믿음이 인류의 정상적인 상태이기 때문이다. 사정이 이러하다면 인간 영혼의 불멸은 의심할 여지 없이 확실하다." 다른 한편, 최후의 소설 마지막 페이지들에서 신과 엄청난 투쟁을 치른 끝에 어린아이들이 알료샤에게 묻는다. "카라마조프, 종교에서 말하는 것이 정말인가요, 우리가 죽은 이들 가운데서 다시 살아나고 우리가 서로 다시 만나게 된다는 것이 정말인가요?" 그러자 알료샤가 대답한다. "물론이지. 우리는 서로 만나서 그동안 있었던 모든 일을 즐겁게 이야기하게 될 거야."

이처럼 키릴로프, 스타브로긴 그리고 이반은 패배했다. 《카라마조프가의 형제들》은 《악령》에 응답한다. 분명코 이것이 결론이다. 알료샤의 경우는 무슈킨 공작의 경우와 같이 모호하지 않다. 병든 무슈킨은 영원한 현재 속에 살고 있다. 거기에는 가끔 미소와 무관심이 섞여들 뿐이다. 이 행복한 상태가 공작이 말하는 영원한 삶일지 모른다. 이와 반대로 알료샤는 분명히 말한다. "우리는 다시 만날 거야." 이제 자살과 광기는 문제되지 않는다. 영생과 기쁨을 확신하는 사람에게 그런 것들이 무슨 소용이 있겠는가. 인간은 자신의 신성을 행복과 바꾼다. "우리는 서로 만나서 그동안 있었던 모든 일을 즐겁게 이야기하게 될 거야." 그리하여 또다시 키릴로프의 피스톨은 러시아 어느 곳에서 총성을 울렸지만 세상은 계속 맹목적인 희망의 바퀴를 굴렸다. 사람들은 '그것'을 깨닫지 못한 것이다.

그러니 우리에게 말하는 것은 부조리의 소설가가 아니라 실존적 소설가다. 여기서 역시 비약은 감동적이고 그 비약을 고

무하는 예술에 위대성을 부여한다. 이것은 온갖 회의로 반죽된, 불확실하고 열렬하고 감동적 동의다. 《카라마조프가의 형제들》에 관해 도스토옙스키는 이렇게 썼다. "이 작품의 전편에 걸쳐 추구할 주된 문제는 바로 내가 일생을 통해 의식 또는 무의식중에 고민해온 문제, 즉 신이 존재하는가 하는 문제다." 한 권의 소설이 전 생애에 걸친 고통을 즐거운 확신으로 변화시키기에 충분했다는 것은 믿기 어려운 일이다. 어떤 해설자[10]는 이 점을 올바르게 지적한다. 그의 말에 의하면, 도스토옙스키는 이반과 한마음으로 연결되어 있다—그렇기 때문에 《카라마조프가의 형제들》 중에서 긍정적인 몇 개의 장을 쓰는 데는 3개월에 걸친 노력을 바쳐야 했던 데 비해 그가 '독신瀆神'이라고 부르는 대목은 불과 3주일 동안에, 그것도 열광 속에서 써 내려갔다는 것이다. 그의 인물들 가운데서 살 속에 박힌 가시 때문에 시달리지 않는 인물, 그 아픔에 대한 묘약을 관능이나 부도덕에서 찾으려 하지 않는 인물은 하나도 없다.[11] 어쨌든 이 회의라는 문제를 계속 살펴보자. 여기 대낮의 빛보다 더욱 강렬한 명암 속에서 자신의 온갖 희망들과 맞서 싸우는 인간의 투쟁을 주목할 수 있는 작품이 있다. 종국에 이르자 작품

---

10 보리스 드 슐뢰제르Boris de Schloezer. (원주)
11 지드의 흥미롭고 날카로운 지적, 즉 도스토옙스키의 거의 모든 주인공은 일부다처라는 사실. (원주)

의 창조자는 그의 인물들의 뜻과 반대되는 선택을 한다. 모순이 모순이니만큼 우리는 여기에 어떤 뉘앙스를 도입할 수 있다. 지금 문제가 되는 것은 하나의 부조리한 작품이 아니라 부조리의 문제를 제기하는 한 작품이다.

도스토옙스키의 대답은 굴종, 스타브로긴에 의하면 '치욕'이다. 반대로 진정한 부조리의 작품은 대답을 제시하지 않는다. 바로 여기에 중요한 차이가 있다. 끝으로 한 가지 더 지적할 것이 있으니, 이 작품에 있어 부조리와 어긋나는 것은 작품이 지닌 기독교적 성격이 아니라 그것이 약속하는 내세에 대한 예고다. 사람은 기독교도인 동시에 부조리할 수 있다. 내세를 믿지 않는 기독교도들의 예는 얼마든지 있다. 이미 앞서 여러 페이지에서 예상할 수 있었겠지만, 그러므로 예술작품에 관해 부조리한 분석 방향 중 한 가지를 분명히 하는 것이 가능할 것 같다. 그 방향으로 가면 '복음서의 부조리성'이라는 문제가 제기된다. 그것은 확신을 가졌다고 무신앙이 되지 말라는 법은 없다는, 여러 갈래로 흥미로운 논란들을 재연시킬 수 있는 생각을 조명한다. 그런데 이와는 반대로 《악령》의 작가는 이 길들에 익숙하지만 결국 아주 다른 길을 택했다는 것을 우리는 분명히 알 수 있다. 창조자가 자신의 인물들에게, 도스토옙스키가 키릴로프에게 던진 저 뜻밖의 대답은 결국 다음과 같이 요약될 수 있다. '존재는 허망한 것이다. **그리고** 그것은 영원하다.'

내일 없는 창조

그러므로 여기서 희망이란 영원히 피할 수 있는 것이 아니어서 그것에서 해방되고자 하는 사람들에게 줄기차게 덤벼들 수 있는 것임을 나는 깨달았다. 이것이 곧 지금까지 살펴본 작품들에서 내가 발견하는 흥밋거리다. 나는 적어도 창조의 차원에서 몇 가지 진정으로 부조리한 작품들을 열거하려면 할 수도 있을 것이다.[12] 그러나 만사에는 시초가 있어야 한다. 이 탐구의 목적은 어떤 성실성에 있다. 교회가 이단자들에게 그렇게도 가혹했던 것은 오로지 길을 잘못 들어선 자식보다 무서운 적은 없다고 생각했기 때문이다. 그러나 그노시스파[13]의 대담

---

12 가령 멜빌의 《모비 딕》. (원주)
13 모든 종교를 서로 타협시키고 신에 대한 완전한 인식을 통해서 그 깊은 의미를 설명할 수 있다고 주장하는 철학적 절충주의.

한 주장들의 역사나 마니교파[14]의 집요함은 정통적 교의의 확립을 위해 모든 기도보다 많은 공헌을 해왔다. 물론 나름대로의 차이는 있겠지만 부조리의 경우도 마찬가지다. 우리는 부조리에서 멀어지는 길들을 발견함으로써 부조리의 정도正道를 알아낼 수 있다. 부조리의 추론의 끝에 이르러, 그 논리가 요청하는 태도들 중 어느 하나에서 가장 비장한 겉모습을 하고 나타나는 희망을 재발견한다는 것은 그냥 지나쳐버릴 일이 아니다. 이것은 부조리의 고행이 얼마나 어려운 것인지를 보여준다. 특히 그것은 의식이 끊임없이 깨어 있을 필요성을 여실히 보여주면서 이 시론의 전체적인 틀과 일치한다.

그러나 아직 부조리의 작품들을 일일이 다 꼽아보려는 것은 아니다. 그러나 적어도 부조리한 삶을 완성할 수 있는 한 가지 태도인 창조적 태도에 관한 결론을 이끌어낼 수는 있을 것이다. 예술은 오직 부정적 사고에 의해 큰 도움을 받을 수 있다. 마치 백색을 이해하자면 흑색이 필요하듯이 부정적 사고의 하찮고 겸허한 방식들이 위대한 작품의 이해를 위해 필요한 것이다. '헛되이' 작업하고 창조하는 것, 진흙으로 조각품을 만드는 것, 자신의 창조에 미래가 없음을 아는 것, 자신이 만든 작품이 하루아침에 파괴되는 것을 보면서 그것이 근본적으로는

---

14 신과 악마의 이원론을 믿은 이단적 교파.

수세기에 걸쳐 건축하는 것과 마찬가지로 아무 중요성이 없다는 것을 의식하는 것, 그것은 바로 부조리의 사고가 가능케 해주는 어려운 예지叡智인 것이다. 한편으로는 부정하고 또 한편으로는 찬양하는 이 두 가지 사명을 한꺼번에 실천하는 것, 이것이 바로 부조리한 창조자에게 열린 길이다. 그는 허공에 자신의 색깔을 칠해야 한다.

이것은 예술작품에 대한 특이한 개념으로 인도한다. 사람들은 너무나도 자주 한 창조자의 작품을 따로 떨어진 별개의 증언들의 연속으로 간주하곤 한다. 이때 그들은 예술가와 글쟁이를 혼동하는 것이다. 하나의 심오한 사상은 부단히 생성, 변모하면서 한 생애의 경험과 결합하고 그 안에서 모습이 다듬어진다. 이와 마찬가지로 한 인간의 통일된 창조는 그가 차례로 내놓는 작품들의 연속적이고 다양한 모습들 속에서 견고해진다. 어떤 작품들은 다른 작품들을 서로 보완하고 수정하거나 바로잡아주고 나아가서는 부정하기도 한다. 만약 창조를 끝내는 무엇인가가 있다면 그것은 "나는 할 말을 다했다"라는 눈먼 예술가의 득의양양하고 환상적인 외침이 아니라 창조자의 죽음이다. 죽음은 그의 경험을 정지시키고 그의 천재의 책을 닫아버린다.

이러한 노력, 이러한 초인적 의식이 반드시 독자의 눈에 드러나는 것은 아니다. 인간의 창조에는 신비가 없다. 의지가 곧 기적을 이룬다. 그러나 적어도 비밀 없이는 참된 창조란 없는 것이다. 아마도 일련의 작품이란 동일한 사상의 일련의 근사치들에 불과할 수도 있으리라. 우리는 병치倂置에 따라 작업하는 또 다른 종류의 창조자들도 상상해볼 수 있다. 그들이 창조한 작품들은 상호 간에 아무런 관련이 없는 듯이 보일 수도 있다. 어떤 점에서는 서로 모순되기도 한다. 그러나 전체를 보면 작품들은 정연하게 배열된 모습을 회복한다. 따라서 그 작품들은 다름 아닌 죽음으로부터 결정적인 의미를 부여받는 것이다. 작품들은 바로 작가의 생애 자체로부터 가장 밝은 빛을 받아들인다. 이때 그의 일련의 작품들은 수많은 실패들을 수집해놓은 것에 불과하다. 그러나 만약 이 실패들이 모두 똑같은 울림을 간직한다면 창조자는 그 자신의 조건의 이미지를 되풀이하고 그가 지닌 불모의 비밀이 반향을 일으키게 만든 것이다.

여기서 억제의 노력은 엄청난 것이다. 그러나 그보다 더한 것을 위해서도 인간의 지성만으로 충분할 수 있다. 지성은 오직 창조의 의지적 측면을 잘 보여줄 것이다. 인간의 의지가 목표하는 바는 의식을 지탱하는 것임을 나는 이미 다른 곳에서 밝힌 바 있다. 그러나 그것은 규율 없이는 달성할 수 없을 것이다. 인내와 통찰을 배우는 모든 학습장 중에서 창조는 가장 효과적인 학습장이다. 그것은 또한 인간이 지닌 유일한 존엄성의 기막힌 증언이기도 하다. 즉, 인간 조건에 대한 집요한 반항, 불모의 것인 줄 잘 알면서 노력을 계속하는 불굴의 인내가 그것이다. 창조는 나날의 노력, 자기 통제, 진리의 한계들에 대한 정확한 판단, 절도와 힘을 요구한다. 그것은 그 자체가 하나의 고행이다. 그런 모든 것이 '덧없는 것을 위해서', 되풀이하고 제자리걸음을 하기 위해서다. 그러나 아마도 위대한 작품은 그 자체가 중요하다기보다는 오히려 그것이 인간에게 시련을 요구하고 인간이 그의 망령들을 이겨내고 자신의 적나라한 현실에 더욱 가까이 다가갈 기회를 제공한다는 점에서 중요한 것이리라.

*

미학적인 것에 대해 오해 없기 바란다. 나는 여기서 어떤 명제에 대한 자세한 정보 전달이나 끊임없고 무익한 해명을 하려는 것이 아니다. 내 뜻을 명확히 설명했는지는 잘 모르겠지만 오히려 그 반대다. 경향소설, 즉 무엇인가를 증명하려고 덤비는, 가장 타기해야 마땅할 작품은 대개의 경우 **자기만족에 빠진** 어떤 사상에 그 바탕을 둔다. 자신이 거머쥐고 있다고 믿는 진리를 입증하는 것이다. 그러나 그때 내세우는 것은 관념인데, 관념은 사상의 반대다. 그런 창조자는 수치스러운 철학자다. 내가 말하고자 하거나 상상하는 창조자는 그와 반대로 명철한 사상가다. 사고가 그것 자체로 되돌아오는 어느 지점에서, 그들은 한계를 지닌, 치명적이고 반항적인 어떤 사고의 명백한 상징들로서 작품의 이미지들을 만들어내는 것이다.

이 작품들은 아마도 무엇인가를 증명할 것이다. 그러나 소설가는 이 증거들을 남에게 제공한다기보다 차라리 자신에게 준다. 가장 중요한 것은 이들이 구상적인 것에서 큰 힘을 발휘한다는 사실이며, 거기에 그들의 위대함이 있다. 전적으로 육체적인 이 승리는 추상적 힘이 아예 기가 꺾여버린 어떤 사고에 의해 그들에게 준비된 것이었다. 이 추상적 힘이 완전히 기가 꺾이면 그와 동시에 육체는 부조리의 온갖 광채로 창조를 빛나게 한다. 정열적인 작품을 만드는 것은 바로 아이로니컬한 철학자들이다.

통일을 포기하는 모든 사고는 다양성을 앙양한다. 그리하여 다양성이야말로 곧 예술의 보금자리이다. 정신을 자유롭게 해방하는 유일한 사고는 정신이 자신의 한계와 머지않아 다가올 종말을 확신한 채 홀로 있도록 내버려두는 사고다. 어떠한 교의도 이 정신을 충동하지 않는다. 정신은 작품과 삶이 성숙하기를 기다린다. 이 정신에서 거리를 둔 채 작품은 영영 희망에서 해방된 영혼의 간신히 들리는 목소리를 다시 한번 들려줄 것이다. 혹은 만약 창조자가 그의 유희에 지친 나머지 그만 외면해버리겠다고 할 경우에는 아무 소리도 들려주지 않을 것이다. 그것은 결국 매한가지다.

*

  이렇듯 나는 내가 사고에 요청했던 것, 즉 반항과 자유와 다양성을 부조리한 창조에 대해서도 요구한다. 그다음에 부조리한 창조는 그것 자체의 깊은 무용성을 드러내리라. 지성과 정열이 서로 혼합되어 서로를 열광케 하는 나날의 노력 속에서 부조리의 인간은 그의 힘들의 핵심이 될 어떤 규율을 발견한다. 거기에 필요한 열성과 집요함과 통찰은 정복자 같은 태도와 결합된다. 창조한다는 것은 자신의 운명에 어떤 형태를 부여하는 것이다. 이 모든 인물에 있어서 그들의 작품은 적어도 그들에 의해 작품이 정의되는 것만큼 그들을 정의한다. 배우는 이미 겉으로 보이는 것과 실제 사이에는 경계가 없다는 것을 우리에게 가르쳐준 바 있다.

  다시 한번 반복하자. 이 모든 것에는 현실적 의미가 없다. 자유의 길에서 아직도 한 걸음 더 전진하지 않으면 안 된다. 이 동류의 정신들인 창조자나 정복자에게 요구되는 최후의 노력은 자신들의 기도企圖 그 자체로부터도 스스로를 해방할 줄 아는 일이다. 즉 그들의 작품 자체—그것이 정복이건 사랑이건 창조이건—가 존재하지 않을 수도 있음을 인정하는 것, 그리하여 개인의 삶 전체의 근본적인 무용성을 완성하는 것 말이다. 삶의 부조리에 대한 깨달음이 그들로 하여금 과도할 만큼 열광적으로 삶 속에 뛰어들 수 있도록 하듯이, 바로 그렇게 함으로써 정신들은 보다 용이하게 작품을 실현할 수 있게 된다.

  남은 것은 운명, 오직 그 출구만이 숙명적인 운명이다. 죽음이라는 그 유일한 숙명을 제외하고는 기쁨이건 행복이건 모든 것이 자유다. 인간만이 유일한 주인인 세계가 남는다. 그를 얽매어놓던 것은 다른 어떤 세계에 대한 환상이었다. 그의 사고가 가야 할 운명은 스스로를 포기하는 것이 아니라 이미지들로 재도약하는 것이다. 그것은—아마 신화에서—인간 의 고통의 깊이 외에는 다른 깊이가 없는 신화, 따라서 인간의 고통처럼 다할 길 없는 신화들 속에서 전개된다. 그냥 재미있는, 그리하여 우리를 눈멀게 만드는 신들의 우화가 아니라 도달하기 어려운 예지와 내일 없는 정열이 요약돼 있는 지상적 얼굴, 몸짓, 연극 속에서 말이다.

시지프 신화

신들은 시지프[1]에게 바위를 산꼭대기까지 끊임없이 굴려 올리는 형벌을 내렸다. 그런데 이 바위는 그 자체의 무게 때문에 산꼭대기에서 다시 굴러떨어지곤 했다. 신들은 무용하고 희망 없는 노동보다 더 끔찍한 형벌은 없다고 보았는데 그것은 일리 있는 생각이었다.

호메로스에 의하면 시지프는 인간들 중에서 가장 현명하고 가장 신중한 자였다. 그러나 또 다른 설화에 의하면 그의 직업은 강도였다고 전해진다. 내가 보기에 이것은 서로 모순되는 이야기가 아닌 것 같다. 그가 지옥에서 무용한 노동을 하도록

---

1 그리스어 발음에 따라 '시지포스'로 표기해야 옳지만 여기서는 카뮈의 언어를 존중하여 '시지프'로 표기한다.

벌을 받은 원인에 관해서는 의견이 구구하다. 첫째로, 그는 신들을 대함에 있어 경솔했다는 비난을 받는다. 신들의 비밀을 누설했던 것이다. 아소포스의 딸 아이기나가 주피터[2]에게 납치되었다. 딸의 실종에 놀란 그녀의 아버지는 시지프에게 사정했다. 이 납치 사건의 전말을 알고 있던 그는 코린토스[3]에 물을 대준다면 아소포스에게 비밀을 가르쳐주겠다고 했다.[4] 하늘의 노여움을 사는 한이 있더라도 물의 혜택을 받고 싶었던 것이다. 이로 말미암아 그는 지옥에 떨어지는 벌을 받았다. 호메로스는 또한 시지프가 사신死神[5]을 쇠사슬로 묶어놓았다는 이야기도 우리에게 전해준다. 플루톤[6]은 텅 비고 조용하기만 한 그의 왕국의 정경을 보자 참을 수 없었다. 그는 전쟁의 신을 급파해 사신을 승리자의 손에서 해방시켰다.

또 전하는 이야기로 시지프는 죽을 때가 가까워오자 경솔하게도 아내의 사랑을 시험해보려고 했다고 한다. 그는 아내에게 명하기를, 자신의 시신을 땅에 묻지 말고 광장 한복판에 내

---

[2] 흔히 영어식으로 '주피터'라 지칭하는, 로마 신화 최고의 신으로 그리스 신화의 제우스에 해당한다.
[3] 시지프는 신화에서 고대 그리스의 도시 국가 코린토스를 세운 신으로 알려져 있다.
[4] 아소포스는 강을 다스리는 신이다.
[5] 죽음의 신 타나토스를 가리킨다.
[6] 플루톤은 그리스 신화의 '하데스'에 해당하는 라틴어 이름으로, 지옥의 신이다.

다 버리라고 했다. 시지프는 지옥에 떨어졌다. 이렇게 되자 인간적 사랑에 너무나도 어긋나는 아내의 복종에 분격한 나머지 시지프는 아내를 벌하기 위해 지상으로 되돌아가게 해달라고 플루톤에게 간청해 허락을 받았다. 그러나 이 세상의 모습을 다시 보고 물과 태양, 따뜻한 돌들과 바다의 맛을 보자 그는 지옥의 어둠 속으로 되돌아가고 싶지 않았다. 수차례에 걸친 소환, 분노, 경고에도 아랑곳하지 않았다. 다시 여러 해 동안 그는 둥글게 굽은 만과 눈부신 바다 그리고 미소 짓는 대지를 눈앞에 보며 살았다. 이렇게 되자 신들의 판결이 불가피했다. 메르쿠리우스[7]가 와서 이 뻔뻔스러운 자의 목덜미를 움켜잡아 그를 쾌락에서 끌어낸 다음 굴려 올릴 바위가 준비된 지옥으로 강제로 끌고 갔다.

우리는 이미 시지프가 부조리한 영웅이라는 것을 알아차렸다. 그는 열정뿐 아니라 고뇌로 인해 부조리한 영웅인 것이다. 신들에 대한 멸시, 죽음에 대한 증오, 그리고 삶에 대한 열정은 아무것도 성취할 수 없는 일에 전존재를 바쳐야 하는 형용할 수 없는 형벌을 그에게 안겨주었다. 이것이 이 땅에 대한 정열을 위해 지불해야 할 대가다. 지옥에서의 시지프에 관해서는

---

[7] 유피테르의 아들로 다른 신들의 사자使者인 동시에 여행과 상업을 관장하는 신이다. 그리스 신화의 '헤르메스'에 해당하는 라틴어 이름.

아무것도 전해진 것이 없다. 신화란 상상력으로 거기에 생명을 불어넣으라고 만들어놓은 것이다. 시지프의 신화에서는 다만 거대한 돌을 들어 산비탈로 굴려 올리기를 수백 번이나 되풀이하느라고 잔뜩 긴장해 있는 육체의 노력이 보일 뿐이다. 경련하는 얼굴, 바위에 밀착한 뺨, 진흙에 덮인 돌덩어리를 떠받치는 어깨와 그것을 고여 버티는 한쪽 다리, 돌을 되받아 안은 팔 끝, 흙투성이가 된 두 손의 온통 인간적인 확실성이 보인다. 하늘 없는 공간과 깊이 없는 시간으로나 측량할 수 있는 이 기나긴 노력 끝에 목표는 달성된다. 그때 시지프는 돌이 순식간에 저 아래 세계로 굴러떨어지는 것을 바라본다. 그 아래로부터 정상을 향해 이제 다시 돌을 밀어 올려야 하는 것이다. 그는 또다시 들판으로 내려간다.

시지프가 나의 관심을 끄는 것은 바로 저 산꼭대기에서 되돌아 내려올 때, 그 잠시의 휴지의 순간이다. 그토록 돌덩이에 바싹 닿은 채로 고통스러워하는 얼굴은 이미 돌 그 자체다! 나는 이 사람이 무겁지만 한결같은 걸음걸이로, 아무리 해도 끝장을 볼 수 없을 고뇌를 향해 다시 걸어 내려오는 것을 본다. 마치 호흡과도 같은 이 시간, 또한 불행처럼 어김없이 되찾아오는 이 시간이 바로 의식의 시간이다. 그가 산꼭대기를 떠나 제신의 소굴을 향해 조금씩 더 깊숙이 내려가는 그 순간순간 시지프는 자신의 운명보다 우월하다. 그는 그의 바위보다 강하다.

이 신화가 비극적인 것은 주인공의 의식이 깨어 있기 때문이다. 만약 한 걸음 한 걸음 옮길 때마다 성공의 희망이 그를 떠받쳐준다면 무엇 때문에 그가 고통스러워하겠는가? 오늘날의 노동자는 그 생애의 그날그날을 똑같은 작업을 하며 사는데, 그 운명도 시지프에 못지않게 부조리하다. 그러나 운명은 오직 의식이 깨어 있는 드문 순간들에만 비극적이다. 신들 중에서도 프롤레타리아요, 무력하고도 반항적인 시지프는 그의 비참한 조건의 전모를 안다. 그가 산에서 내려올 때 생각하는 것은 바로 이 조건이다. 아마도 그에게 고뇌를 안겨주는 통찰이 동시에 그의 승리를 완성시킬 것이다. 멸시로 응수해 극복되지 않는 운명이란 존재하지 않는다.

*

　이처럼 어떤 날들에는 시지프가 고통스러워하면서 산을 내려오지만 그는 또한 기쁨 속에서 내려올 수도 있다. 이것은 지나친 말이 아니다. 나는 또한 그의 바위로 되돌아가는 시지프를 상상해본다. 그것은 고통으로 시작되었다. 대지의 영상이 너무나도 기억에 생생할 때, 행복의 부름이 너무나도 강렬할 때, 인간의 마음속에 슬픔이 고개를 쳐들게 마련이니 그것은 바위의 승리요, 바위 그 자체다. 엄청난 비탄은 감당하기에 너무나도 무겁다. 이것은 우리들이 맞이하는 겟세마네의 밤들이다. 그러나 우리를 짓누르는 진리들도 인식됨으로써 사멸한다. 이렇듯 오이디푸스도 처음에는 영문을 알지 못한 채 그의 운명에 복종한다. 그가 알게 되는 순간부터 비극이 시작된다. 그러나 바로 그 순간에 눈이 멀고[8] 절망한 오이디푸스지만 자기를 이 세상에 비끄러매놓는 유일한 끈은 한 처녀[9]의 싱싱한 손이라는 것을 안다. 이때 기가 막힌 한 마디 말소리가 울린다. "그 많은 시련에도 불구하고 나의 노령과 나의 영혼의 위대함은 나로 하여금 모든 것이 좋다고 판단하게 만든다." 소포클레스의 오이디푸스는 도스토옙스키의 키릴로프와 마찬가지로 부조리의 승리에 대한 경구를 제공한다. 고대의 예지가 현대의 영웅주의와 만난다.

부조리를 발견하게 되면 우리는 모종의 행복 안내서를 쓰고 싶은 유혹을 느끼지 않을 수 없다. '아니 뭐라고! 이처럼 좁은 길들을 통해서…?' 그러나 세계는 오직 하나뿐이다. 행복과 부조리는 같은 땅이 낳은 두 아들이다. 이들은 서로 떨어질 수 없다. 행복이 반드시 부조리의 발견에서 태어난다고 말한다면 그것은 잘못일 것이다. 부조리의 감정이 오히려 행복에서 태어날 수도 있다. "내가 판단하건대 모든 것이 좋다." 오이디푸

---

[8] 알지 못한 채 자신의 어머니와 결혼한 오이디푸스는 이를 깨닫자 자신의 눈을 뽑았다.
[9] 오이디푸스의 딸 안티고네를 가리킨다.

스는 이렇게 말한다. 이 말은 신성하다. 이 말은 인간의 사납고 한정된 세계 안에서 울린다. 또 모든 것이 밑바닥까지 다 소진되는 것은 아니며 소진되지도 않았음을 가르쳐준다. 그리하여 그것은 불만과 무용한 고통에 대한 취미를 가지고 들어온 신을 이 세계로부터 추방한다. 그 한 마디가 운명을 인간의 문제로, 인간들 사이에서 처리해야 할 문제로 만드는 것이다.

시지프의 소리 없는 기쁨은 송두리째 여기에 있다. 그의 운명은 그의 것이다. 그의 바위는 그의 것이다. 이와 마찬가지로 부조리한 인간이 자신의 고통을 응시할 때 모든 우상은 침묵한다. 문득 본연의 침묵으로 되돌아간 우주 안에서 경이에 찬 작은 목소리들이 대지로부터 무수히 솟아오른다. 은밀하고 무의식적인 부름이며 모든 얼굴의 초대인 그것들은 승리의 필연적인 이면이요 대가다. 그림자 없는 햇빛이란 없기에 밤을 겪어야 한다. 부조리한 인간의 대답은 긍정이며 그의 노력에는 끝이 없을 것이다. 개인적인 운명은 있어도 인간을 능가하는 운명이란 없다. 혹 있다면 오직 숙명적이기에 경멸해야 하는 것으로 판단되는 단 한 가지 운명이 있을 뿐이다. 그 외의 것에 관한 한, 인간은 스스로 자신이 살아가는 날들의 주인이라는 것을 안다. 인간이 그의 삶으로 되돌아가는 이 미묘한 순간에 시지프는 자기의 바위를 향해 돌아가면서 서로 아무런 연관도 없는 이 행위들의 연속을 응시한다. 이 행위들의 연속이 곧 자신에 의해 창조되고 자신의 기억의 시선 속에서 통일되고 머지않아 죽음에 의해 봉인될 그의 운명이 되는 것이다. 이렇게 인간적인 모든 것은 완전히 인간적인 기원을 가지고 있음을 확신하면서, 보기를 원하는 장님 그리고 밤은 끝이 없다는 것을 아는 장님인 시지프는 여전히 걸어가고 있다. 바위는 또다시 굴러떨어진다.

이제 나는 시지프를 산 아래에 남겨둔다! 우리는 항상 그의 짐의 무게를 다시 발견한다. 그러나 시지프는 신들을 부정하며 바위를 들어 올리는 고귀한 성실성을 가르친다. 그 역시 모든 것이 좋다고 판단한다. 이제부터는 주인이 따로 없는 이 우주가 그에게는 불모의 것으로도, 하찮은 것으로도 보이지 않는다. 이 돌의 입자 하나하나, 어둠 가득한 이 산의 광물적 광채 하나하나가 그것만으로도 하나의 세계를 형성한다. 산정山頂을 향한 투쟁 그 자체가 한 인간의 마음을 가득 채우기에 충분하다. 행복한 시지프를 마음에 그려보지 않으면 안 된다.

부록

• 프랑스판 편집자의 말*

여기 부록으로 발표하는 프란츠 카프카에 대한 연구는 《시지프 신화》 초판에서는 '도스토옙스키와 자살'에 관한 장으로 대치되어 있었다. 한편 카프카에 관한 이 연구는 1943년 《라르발레트*L'Arbalète*》에 앞서 발표된 바 있다.
독자는 도스토옙스키에 관한 글에서 이미 다룬 바 있는 부조리한 창조에 대한 비평을 여기서는 다른 관점에서 다시 만나게 될 것이다.

부록
프란츠 카프카의 작품 속에 나타난 희망과 부조리

 카프카 예술의 요체는 독자로 하여금 다시 한번 더 읽지 않을 수 없게 만드는 데 있다. 작품의 결말 또는 결말의 결여는 여러 설명 방법을 암시하지만, 이 설명들이 분명하게 드러나 있는 것은 아니어서 그것이 근거를 가지도록 하려면 이야기를 새로운 각도에서 다시 한번 읽어야 한다. 때로는 이중의 해석이 가능하며 그러기에 두 번 읽어야 할 필요성이 생긴다. 이것은 곧 작가가 노린 것이다. 그러나 카프카의 작품을 세세한 부분까지 다 해석하려 드는 것은 잘못이다. 상징은 항상 일반적인 것 가운데 있으며, 상징에 대한 해석이 아무리 정확하다 할지라도 예술가는 그 속에 전체적인 움직임을 재현할 수 있을 뿐이다. 즉 한 마디 한 마디가 다 맞아떨어지게 옮겨놓을 수는 없는 것이다. 사실 상징적 작품보다 더 이해하기 어려운 것은 없다. 상징은 그것을 사용하는 사람을 초월하며 사실상 그가 의식적으로 표현하고자 한 것 이상을 말하게 한다. 그런 관점에서 볼 때, 상징을 파악하는 가장 확실한 방법은 그것을 자극하지 않고 선입견 없이 작품을 읽어나가며 그리하여 은밀한 흐름을 찾으려 하지 않는 일이다. 특히 카프카의 경우에 있어서는 그의 놀이에 응하면서 겉모습을 통해서 드라마에, 그리고 형식을 통해 소설에 접근하는 것이 옳다.

처음 볼 때, 그리고 거리를 두고 바라보는 독자에게, 그것은 어떤 불안스러운 모험들로서 거기에 휘말린 인물들은 자기도 정확하게 말로 표현할 수 없는 어떤 문제들을 집요하게 뒤쫓으며 떨고 있다. 《소송 *Der Prozeß*》에서 요제프 K…는 피고인이다. 그런데 그는 무엇 때문에 고소당했는지 알지 못한다. 물론 그는 변호하고자 애쓴다. 그러나 그 이유를 알지 못한다. 변호사들은 그의 입장을 방어하기 어렵다고 본다. 그러는 동안에도 그는 잊지 않고 사랑하고 먹고 신문을 읽는다. 이윽고 그는 재판을 받는다. 그러나 법정은 매우 어둡다. 그는 어떻게 된 영문인지 잘 알지 못한다. 다만 그는 유죄 판결을 받은 모양이라고 생각할 뿐 구체적으로 어떤 판결을 받았는지 거의 알고 싶어 하지도 않는다. 이따금 그 점에 대한 의혹이 일 때도 없지 않지만 계속 살아간다. 오랜 시간이 지난 후에 말쑥하고 단정하게 차려입은 두 신사가 찾아와 자기들을 따라오라고 청한다. 그들은 더할 수 없이 정중한 태도로 어느 절망적인 변두리 동네로 그를 끌고 가 머리를 돌 위에 올려놓고 목을 잘라 죽인다. 죽기 전에 그 죄수가 한 말은 딱 한 마디. "개같군."

가장 뚜렷한 특징이 바로 자연스럽다는 점인 한 이야기에서 사실 상징을 운위하기란 어려운 일이다. 그러나 자연스러움이란 이해하기가 어려운 범주다. 독자가 보기에 일어나는 사건이 자연스럽게 느껴지는 작품이 있는가 하면, 훨씬 드문 경우이긴 하지만, 작중인물이 자기에게 일어나는 사건을 자연스럽다고 보는 그런 작품도 있다. 기이하면서도 명백한 역설이겠지만, 작중인물의 모험이 예외적인 것일수록 이야기는 더욱 자연스럽게 받아들여질 것이다. 즉, 자연스러움은 한 사람 인생의 특이성과 그 사람이 삶을 받아들이는 방식의 단순성 사이에 느껴지는 거리에 비례한다. 이러한 자연스러움이 곧 카프카의 자연스러움일 것이다. 우리는 《소송》이 말하고자 하는 것이 무엇인가를 분명히 느낀다. 사람들은 인간 조건의 한 이미지라고 했다. 아마 그럴 것이다. 그러나 그것은 그보다 더 단순하면서 동시에 더 복잡하다. 다시 말해서 이 소설의 의미는 보다 특수하고 보다 카프카만의 개인적인 것이다. 어떤 면에서 보면 그는 우리 모두의 일을 고백하고 있다 해도 말하는 것은 바로 그 자신이다. 그는 살아가고 있으며 유죄 판결을 받았다. 그는 자신이 이 세상에서 추구하는 소설의 서두에서 그 사실을 알게 된다. 그는 거기에 대처하고자 시도하지만 그런 일을 당한 것이 뜻밖이라는 느낌은 없다. 오히려 놀라움이 없다는 사실이 그에게는 너무나도 뜻밖인 것이다. 우리는 바로 이런 모순점들을 보고 부조리한 작품의 첫 징후들을 알아차린다. 인간 정신이 그 자체의 정신적 비극을 구상적인 세계 속에 투영한다. 그런데 그것은 오로지 색채에 공허를 표현할 힘을 부여하고 일상적인 몸짓에 영원한 야망들을 번역해 보일 능력을 부여하는 어떤 한결같은 역설에 의해서만 가능한 것이다.

마찬가지로, 《성 *Das Schloss*》은 어쩌면 행동하는 신학이라고 할 수 있을 것이다. 그러나 이것은 무엇보다 먼저 자신의 은총을 추구하는 한 영혼의 모험, 지상의 사물들에서 장엄한 비밀을, 그리고 여인들에게서 그들 안에 잠들어 있는 신의 징후를 구하는 한 인간의 개인적 모험이다. 한편, 《변신 *Die Verwandlung*》 역시 분명 명철성의 윤리학을 그린 무시무시한 단층 촬영을 보여준다. 그러나 그것은 또한 자신이 너무나도 쉽게 벌레로 변한 것을 느낄 때 인간이 체험하는 형언할 수 없는 경악의 산물이기도 하다. 카프카의 비밀은 바로 근원적인 모호성에 있다. 자연스러움과 기이함, 개인적인 것과 보편적인 것, 비극적인 것과 일상적인 것, 부조리와 논리 사이에서의 항구적인 흔들림이 그의 전 작품을 통해 나타나며 그의 작품에 특유의 울림과 의미를 부여한다. 부조리한 작품을 이해하기 위해서는 이 역설들을 하나하나 열거하고 모순들을 강화해야 한다.

사실, 상징은 두 가지 면, 관념과 감각의 두 세계, 양자 사이를 서로 관련시키는 어떤 상응 사전을 전제로 한다. 가장 어려운 것은 그런 어휘집을 만드는 일이다. 그러나 서로 대응하는 두 가지 세계를 의식한다는 것은 은밀한 관계의 길로 접어드는 것이 된다. 카프카에 있어서 이 세계는 한편으로 일상적 생활 그리고 다른 한편으로 초자연적 불안의 세계다.[1] 우리는 마치 여기서 "거창한 문제들은 길거리에 있다"[2]라는 니체의 말의 의미를 끝없이 탐구해가는 듯한 느낌이다.

인간 조건 속에는 근원적인 부조리성과 동시에 움직일 수 없는 위대함이 깃들어 있다. 이는 모든 문학에 빈번히 등장하는 주제다. 부조리와 위대함, 이 두 가지는 마치 당연한 일이기라도 하듯 서로 일치한다. 다시 한번 되풀이하거니와 이 두 가지는 우리 영혼의 과도한 야망과 소멸하고 말 육체의 기쁨을 서로 갈라놓는 어처구니없는 절연 속에서 그 모습을 드러낸다. 그처럼 측량할 수 없을 만큼 크게 육체를 초월하는 것이 바로 육체의 영혼이라는 사실, 바로 이것이 부조리다. 이 부조리를 형상화하고자 하는 사람은 평행선을 긋는 상호 대조의 관계 속에서 부조리에 생명을 부여해야만 한다. 카프카는 바로

---

[1] 여기서 지적해둘 것은, 카프카의 작품들을 사회 비평의 방향으로 해석하는 것도(가령 《심판》에서) 마땅히 가능하다는 사실이다. 사실 구태여 한쪽을 선택할 것은 아니다. 두 가지 해석이 다 의미 있다. 이미 관찰한 바와 같이 부조리의 시각에서 볼 때 인간들에 대한 반항은 '또한' 신에 대한 반항이기도 하다. 거대한 혁명들은 항상 형이상학적인 것이다. (원주)
[2] 《즐거운 학문》, 아포리즘 213; 《우상의 황혼》, 아포리즘 34 참고.

이렇게 일상적인 것을 통해 비극을 표현하고 논리적인 것을 통해 부조리를 표현한다.

배우는 과장을 삼가면 삼갈수록 비극적 인물에 그만큼 더 큰 힘을 부여하게 된다. 그가 절제된 사람이면 그가 자아내는 공포의 감정은 더욱 엄청난 것이 될 것이다. 이런 점에서 그리스 비극은 가르치는 바가 많다. 비극 작품에서 운명은 항상 논리와 자연스러움의 모습을 띨 때 한결 더 생생히 다가오게 마련이다. 오이디푸스의 운명은 미리 예고되어 있다. 그가 살인과 근친상간의 죄를 범하리라는 것은 초자연에 의해 미리부터 예정되어 있다. 극의 모든 노력은 논리적 추론의 연쇄를 통해 주인공을 불행의 궁극에까지 몰아가는 논리적 체계가 얼마나 가차 없는지 보여주는 데 바쳐진다. 단순히 그 유별난 운명을 우리에게 알려주기만 하면 조금도 끔찍할 것이 없다. 왜냐하면 그것은 있을 법한 일이 아니기 때문이다. 그러나 운명의 필연성이 사회나 국가, 낯익은 감정과 같은 일상생활의 테두리 속에서 구현되어 우리에게 입증된다면 바야흐로 끔찍한 공포의 감정은 절정에 달할 것이다. 너무나 충격적인 일을 당한 인간이 반항을 이기지 못하고 '있을 수 없는 일'이라고 외치게 될 때 그 반항 속에는 벌써 그것이 '있을 수 있는 일'이라는 절망적 확신이 담겨 있는 것이다.

이것이 그리스 비극의 모든 비밀, 아니 적어도 그 일면의 비밀이다. 왜냐하면 또 다른 일면이 한 가지 더 있기 때문이다.

그것은 반대되는 방법으로 우리에게 카프카를 보다 더 잘 이해하게 해준다. 인간의 마음이란 좀 좋지 못한 속성을 가지고 있어서 단순히 자신을 짓누르는 것만 가지고도 그것을 운명이라고 부르곤 한다. 그러나 행복 역시 그 나름대로 까닭 없이 찾아온다. 왜냐하면 행복은 불가피한 것이기 때문이다. 그럼에도 불구하고 현대인은 행복을 알아차리지 못하거나 아니면 그것을 자신의 공적으로 얻은 것인 양 생각한다. 그와 반대되는 경우들로, 그리스 비극에서 만나게 되는 예외적 운명들 그리고 율리시스와 같이 최악의 모험 속에서 스스로를 구해낸 전설의 총아들에 관해 우리는 많은 이야기를 할 수 있을 것이다.

여하간 여기서 염두에 두어야 할 것은 비극에 있어서 논리적인 것과 일상적인 것을 이어주는 은밀한 공모관계다. 《변신》의 주인공 잠자가 평범한 외판사원인 까닭이 바로 여기에 있는 것이다. 자신이 한 마리의 벌레로 변해버리는 기묘한 모험을 겪는 가운데서도 자신의 결근 때문에 사장이 못마땅해하리라는 것이 그 인물의 유일한 걱정거리가 되는 까닭도 바로 여기에 있다. 그의 몸에는 벌레의 발과 촉수가 돋아나고 척추가 둥글게 휘고 배에는 여기저기 흰 반점이 생긴다. 이러한데도 그가 전혀 놀라지 않는다고 말하지는 않겠다. 그렇게 되면 효과가 없어질 테니까 말이다. 다만 그것 때문에 그는 '좀 난처하다'는 느낌을 받는다. 카프카의 예술은 송두리째 이런 뉘앙스에 담겨 있다. 그의 핵심적인 작품 《성》에서 역시 일상생활의 자질구레한 일들이 지배적인 역할을 한다. 그러나 어느 것 하나 매듭지어지는 것 없이 모든 것이 다 새로 시작되기만 하는 이 야릇한 소설에서 암시적으로 그려지는 것은 은총을 찾아 헤매는 영혼의 근원적 모험이다. 이처럼 문제를 행동 속에 녹여 표현하는 방식이나 보편적인 것과 특수한 것 사이의 일치는 위대한 작가만이 흔히 구사하는 사소한 기교들에서도 엿볼 수 있다. 《심판》에서 주인공의 이름은 슈미트나 프란츠 카프카일 수도 있었을 것이다. 그러나 그는 요제프 K…라고 불린다. 그는 카프카가 아니지만 또한 카프카다. 그는 평균적인 유럽인이다. 그는 그저 평범한 아무개다. 그러나 그는 또한 육체의 방정식의 X에 해당하는 실체로서의 K…이기도 하다.

마찬가지로 만약 카프카가 부조리를 표현하고자 한다면 그는 논리적 일관성을 이용할 것이다. 목욕탕에서 낚시질하는 광인의 이야기는 유명하다. 정신병 치료에 일가견을 가진 한 의사가 그에게 "고기가 물었나요?"라고 묻자 그는 단호하게 대답했다. "아니, 이 바보야. 여긴 목욕탕이잖아." 이것은 일종의 우스개 이야기이다. 그러나 우리는 여기서 부조리의 효과가 과도할 정도의 논리와 얼마나 깊이 관련되는가를 실감할 수 있다. 카프카의 세계는 사실상 아무것도 낚아 올리지 못하리라는 것을 뻔히 알면서 목욕탕에서의 낚시질이라는 고통스러운 수고를 자청하는 인간의 언어도단의 세계인 것이다.

그러므로 나는 여기서 그 원칙에 있어서 부조리한 하나의 작품을 확인하게 된다. 예를 들어서 《심판》의 경우는 전적으로 성공이라고 말할 수 있다. 육체가 승리를 거두는 것이다. 거기에는 겉으로 표현되지 않은 반항(그러나 바로 그 반항이 글을 쓰는 것이다), 명철하면서도 말 없는 절망(그러나 바로 그 절망이 창조하는 것이다), 그리고 인물들이 최후의 죽음에 이르는 순간까지 발산하는 놀랍고 자유로운 거동 어느 것 하나 빠진 것 없이 모든 것이 갖추어져 있는 것이다.

*

그러나 이 세계는 겉보기처럼 그렇게 폐쇄된 것은 아니다. 아무런 발전이 있을 수 없는 이 세계에 카프카는 기이한 형태의 희망을 도입할 것이다. 이 점에 있어서 《심판》과 《성》은 같은 방향으로 나가지 않는다. 그 두 작품은 상호 보완적이다. 우리는 한 작품에서 다른 작품으로의 눈에 보이지 않는 진전을 감지할 수 있는데 그것은 도피의 세계에 있어서 어떤 엄청난 성과를 나타낸다. 《심판》은 문제를 제기하고 《성》은 어느 정도까지 그 문제를 해결한다. 전자가 거의 과학적인 방법으로 그러나 결론을 내리지 않은 채 묘사만 한다면, 후자는 어느 정도 설명을 한다. 《심판》은 진단을 내리고 《성》은 치료한다. 그러나 여기서 처방한 약은 병을 낫게 하지는 않는다. 그것은 단지 병이 정상적인 삶 속으로 되돌아가게 할 뿐이다. 그것은 병을 받아들이도록 도와준다. 어떤 의미에서(키르케고르를 생각해보자) 그것은 병을 애지중지하게 만든다. 측량사 K…는 자신을 괴롭히고 있는 단 한 가지 근심 이외에 다른 근심은 상상하지 못한다. 그의 주위 사람들조차도 마치 여기서는 고통이 어떤 특권적 모습을 갖추기라도 했다는 듯이, 뭐라고 딱히 이름 지을 수도 없는 이 공허, 이 고통에 정신없이 열중한다. "나는 너무나도 당신이 필요해. 당신을 알게 된 다음부터는 당신이 내 곁에 없으면 온통 버림받은 느낌뿐이야." 프리다는 K…에게 이렇게 말한다. 우리를 짓누르는 것을 오히려 우리로 하여금 사랑하게 만들고 출구 없는 세계에서 희망이 생겨나게 만드는 이 기묘한 약, 모든 것을 일변하게 만드는 이 돌연한 '비약', 이것이 바로 실존적 혁명의 비밀이요, 《성》 자체의 비밀이다.

《성》만큼 그 전개 방식에 있어서 엄격한 작품은 그리 많지 않다. K…는 성의 측량기사로 임명되어 마을에 도착한다. 그러나 마을에서 성으로는 연락할 길이 없다. 수백 페이지에 걸쳐서 K…는 성으로 가는 길을 찾으려고 집요하게 애를 쓰고 모든 방법을 다 동원해보고 샛길로 가는 방법이 없는지 꾀를 내보기도 하며 결코 화를 내는 법 없이 놀라울 정도의 신념으로 자기에게 맡겨진 직분을 수행하려고 한다.

각각의 장章은 하나씩의 실패요, 하나씩의 새로운 시작이다. 이것은 논리가 아니라 연속성의 정신이다. 고집의 집요함이 이런 정도에 이르면 그것이 바로 작품의 비극성을 이루게 된다. K…가 성에 전화를 걸었을 때 그의 귀에 들려온 것은 모호하고 뒤섞인 목소리들, 희미한 웃음소리들, 멀리서 부르는 소리 같은 것뿐이다. 그것만으로도 그의 마음속에 희망을 키우기에는 충분하다. 마치 여름 하늘에 나타나는 비의 전조 혹은 우리에게 삶의 이유를 주는 저녁 무렵의 약속들과도 같이. 여기서 우리는 카프카 특유의 우수가 지닌 비밀을 엿보게 된다. 그것은 실상 프루스트의 작품이나 플로티노스의 풍경에서 느껴지는 것과 동일한 우수, 즉 잃어버린 낙원에 대한 향수이다. 올가는 말한다. "아침에 바르나바스가 성에 간다고 말할 때 나는 아주 슬퍼진다. 그건 필경 헛걸음이요, 필경 낭비요, 필경 보람 없는 희망일 테니." '필경'이라는 단어의 뉘앙스에 카프카는 그의 전 작품을 건다. 그래도 어쩔 수가 없다. 여기서는 영원에 도달하려는 탐구가 더할 수 없이 꼼꼼하게 진행되는 것이다. 그리하여 영감받은 자동인형 같은 카프카의 인물들은, 위희慰戱가 불가능해진 채[3] 신이 가하는 굴욕에 송두

---

3 《성》에 있어서 파스칼적 의미에서의 '위희divertissement'는 K…로 하여금 그의 근심을 잊고 딴 생각을 하게 하는 '조수들'에 의해 구상화되는 것이 분명하다. 프리다가 끝내 그중 한 조수의 애인이 되어버리는 것은 그녀가 진실보다 겉으로 보이는 꾸밈을, 고뇌를 나누기보다는 일상적인 삶을 더 좋아하기 때문이다. (원주)

리째 내맡겨진 우리의 미래의 모습 그 자체를 보여준다.

《성》에서는 모든 것이 일상적인 것에 종속되어 있고 그것이 하나의 윤리처럼 되어 있다. K…의 커다란 희망은 성에서 그를 받아들여주는 것 한 가지뿐이다. 혼자 힘으로는 희망을 이룰 수 없으므로 그는 이 마을의 주민이 됨으로써, 모두가 그로 하여금 느끼게 하는 이방인이라는 특질이 소멸됨으로써 그 같은 은총을 받기에 합당한 자가 되려고 온 힘을 다한다. 그가 원하는 것은 직업과 가정과 정상적이고 건전한 사람의 생활이다. 이제 그는 자신의 미친 짓에 진저리가 난다. 그는 분별 있는 사람이 되고 싶은 것이다. 그는 그를 마을의 이방인으로 만들어놓는 유별난 저주에서 풀려나고 싶다. 이런 점에서 프리다의 에피소드는 의미심장하다. 성의 한 관리를 알고 있는 이 여인을 그가 정부로 삼는 것은 그녀의 과거 때문이다. 그는 그녀에게서 자기를 넘어서는 그 무엇을 찾지만 그와 동시에 그녀를 영원히 성에 걸맞지 않은 존재로 만드는 그 무엇을 의식한다. 여기서 우리는 레기네 올센에 대하여 키르케고르가 느꼈던 기이한 사랑을 상기하게 된다. 어떤 사람들은 너무나 엄청난 영원의 불길에 부대낀 나머지 주위 사람들의 마음까지도 태워버린다. 신의 것이 아닌 것을 신에게 바치는 이 불길한 오류, 이것은 또한 《성》에 등장하는 에피소드의 주제이기도 하다. 그러나 카프카에게는 분명 이것이 오류가 아닌 것 같다. 이것은 하나의 독트린이요, '비약'이다. 신의 것이 아닌 것은 아무엇도 없다.

측량기사가 프리다를 떠나 바르나바스 자매에게 간다는 사실은 한결 더 의미심장하다. 바르나바스 집안사람들은 성과 마을 자체로부터 완전히 버림받은 단 하나의 가족이니 말이다. 언니 아말리아는 성의 한 관리의 파렴치한 구혼을 거절했다. 그에 뒤따른 부도덕한 저주로 인해 그녀는 영원히 신의 사랑으로부터 멀어져버렸다. 신을 위해 자신의 명예를 잃을 수 없다는 것은 곧 신의 은총을 받을 자격이 없어진다는 뜻이다. 여기서 우리는 도덕과 상반된 진리라는 실존 철학의 낯익은 테마를 알아볼 수 있게 된다. 사태는 여기서 그치지 않는다. 왜냐하면 카프카의 주인공이 도달하는 길, 프리다로부터 바르나바스 자매에게 가는 길은 바로 의심할 줄 모르는 사랑으로부터 부조리의 신격화로 가는 길이기 때문이다. 여기서도 다시 한번 카프카의 사상은 키르케고르와 만난다. '바르나바스 이야기'가 책의 마지막 부분에 놓인 것은 놀라운 일이 아니다. 측량기사의 마지막 시도는 신을 부정하는 것을 통해 신을 되찾는 것, 우리의 선과 미의 범주에 따라서가 아니라 신의 무관심과 불의와 증오의 공허하고 추악한 모습 뒤에서 신을 알아보는 것이다. 성에서 자기를 받아주기를 요구하는 이 이방인은 여행의 끝에 이르면 좀 더 소외된 처지가 된다. 왜냐하면 이번에는 그가 자기 스스로에 대해 불충실해진 채 도덕, 논리 그리고 정신의 진리들을 버리고서 오직 무모한 희망에 부풀어

신의 은총이라는 사막 속으로 들어서려고 애쓰기 때문이다.[4]

*

 카프카의 작품을 두고 '희망'이라는 말을 사용하는 것은 우스꽝스러운 일이 아니다. 오히려 반대로 카프카가 서술하는 조건이 비극적이면 비극적일수록 희망은 더욱 경직되고 도전적인 것이 된다. 《심판》이 참으로 부조리하면 부조리할수록 《성》의 열광적인 '비약'은 더욱 감동적이고 부당한 것으로 보인다. 그러나 우리는 여기서, 가령 키르케고르가 다음과 같이 표현하는 바와 같은, 실존 사상의 역설을 순수한 모습 그대로 다시 보는 것이다. "우리는 지상적地上的인 희망을 죽여 없애버려야 한다. 그럴 때에야 비로소 진정한 희망에 의해 구원받을 것이다."[5] 이것을 달리 풀이하면 다음과 같은 공식이 될 것이다. "우선 《심판》을 쓰고 난 다음이라야 비로소 《성》의 집필에 착수할 수 있다."

 카프카에 대해 언급한 대부분의 사람은 과연 그의 작품을 설

---

4 이것은 물론 카프카가 우리에게 남긴 미완성의 원고 《성》에만 해당되는 말이다. 그러나 이 작가가 마지막 장에 이르러 소설의 통일된 톤을 깨뜨렸을지 어땠을지는 불확실하다. (원주)
5 《마음의 순결》. (원주)

명하면서 인간에게 아무런 구원도 허락하지 않는 절망의 외침이라고 규정지었다. 그러나 그 규정은 수정될 필요가 있다. 거기에는 희망이 있고, 또 희망이 있는 것이다. 앙리 보르도 씨[6]의 낙관적인 작품은 나에게는 유난히도 실망스럽게 여겨진다. 왜냐하면 다소 까다로운 마음을 가진 사람에게라면 허용되는 것이 아무것도 없기 때문이다. 그와 반대로 말로의 사상은 항상 정신에 활기를 준다. 그러나 이 두 경우에 있어서 희망은 똑같은 희망이 아니고 절망도 똑같은 절망이 아니다. 다만 나는 부조리의 작품 자체도 바로 내가 피하고자 하는 불성실로 인도할 수 있다는 것을 알게 되었을 따름이다. 희망 없는 불모의 조건의 무의미한 반복, 장차 소멸해버릴 것에 대한 명철한 열광일 뿐이었던 작품이 여기서는 온갖 환상의 요람이 된다. 이 작품은 설명하고 희망에 어떤 형태를 부여한다. 창조자는 이제 작품에서 떨어질 수가 없다. 작품은 마땅히 비극적 유희여야 할 텐데 그렇지 않다. 작품이 작가의 삶에 어떤 의미를 부여하는 것이다.

여하간 카프카, 키르케고르 또는 셰스토프의 작품들처럼 서로 유사한 영감에서 자라난 작품들, 요컨대 부조리와 그 귀결들에 전적인 관심을 쏟고 있는 실존적 소설가와 철학자들의

---

[6] Henry Bordeaux(1870~1963). 프랑스 사부아 출신의 변호사이자 작가.

작품이 결국에 가서는 이처럼 엄청난 희망의 외침으로 귀착되는 것은 기이한 일이다.

그들은 자신을 집어삼키는 신을 얼싸안는다. 희망은 바로 굴종을 통해 스며드는 것이다. 왜냐하면 이 존재의 부조리성이 그들로 하여금 초자연적 현실을 더욱 확신케 하기 때문이다. 만약 이승의 삶의 길이 신에게 닿는다면 그때는 해결책이 있는 셈이다. 그리하여 키르케고르, 셰스토프 그리고 카프카의 주인공들이 그들의 여정을 되풀이할 때 보여주는 인내와 집요한 고집은 이 확신이 지닌 열광적인 위력에 대한 기이한 보증이 된다.[7]

카프카는 그의 신에게서 도덕적 위대성, 자명함, 선善, 일관성을 인정하지 않으려 한다. 그러나 그것은 신의 품에 좀 더 확실하게 뛰어들기 위해서다. 부조리를 확인하고 받아들이고 나서 인간은 거기에 자신을 내맡겨버린다. 이 순간부터 그는 더 이상 부조리의 인간이 아님을 우리는 안다. 인간 조건의 한계 안에서, 이 조건을 벗어날 수 있게 하는 희망보다 더 큰 희망이 어디 있겠는가? 나는 다시 한번 확인한다. 사람들의 일반적 견해와 달리 실존 사상은 엄청난 희망, 바로 원시기독교 및 복

---

7 《성》에서 희망 없는 단 한 사람의 인물은 아말리아다. 측량기사가 가장 난폭하게 적대하는 것이 바로 이 여자다. (원주)

음의 전파와 더불어 고대 세계를 뒤흔든 바로 그 희망으로 다져져 있다는 사실을 나는 다시 한번 확인하게 된다. 그러나 모든 실존 사상의 특징인 이 비약, 이 고집 속에서, 그리고 얼굴 없는 신성神性의 측량에서 어찌 명철성이 스스로를 포기하는 징후를 보지 않을 수 있겠는가? 사람들은 구원받기 위해 오만을 버려야 한다고만 믿는다. 이 포기로 많은 결실을 얻을 것으로 보는 것이다. 그러나 포기한다고 해서 무슨 변화가 일어나는 것은 아니다. 내가 보기에는 오만이 그러하듯이 명철성도 무슨 결실을 가져오는 것은 아니라고 말한다고 해서 명철성의 도덕적 가치가 감소되는 것은 아니다. 진리 역시 본래 결실이 없는 것이니까 말이다. 모든 자명한 사실은 결실이 없는 것이다. 모든 것이 주어져 있을 뿐 무엇 하나 설명되지 않는 세계에서 어떤 가치 혹은 형이상학의 풍요로움이라는 것은 무의미한 개념이다.

어쨌든 우리는 여기서 카프카의 작품이 어떤 사상 전통에 속하는가를 알 수 있다. 사실 《심판》에서 《성》에 이르는 과정에 엄격한 의미를 부여하는 것은 어리석은 일일 것이다. 요제프 K…와 측량기사 K…는 카프카를 끌어당기는 두 개의 극일 따름이다.[8] 나도 카프카처럼 말할 수 있고, 그의 작품이 필경 부조리한 것은 아니라고 말할 수 있다. 그러나 이렇게 말한다고 해서 그의 작품의 위대성과 보편성을 인식하지 못하게 되는 것은 아니다. 이 위대성과 보편성은 희망에서 비탄으로, 절망적인 예지에서 고의적인 맹목으로 옮겨 가는 나날의 행로를 그처럼 풍부하게 표현할 수 있었다는 데서 오는 것이다. 그의 작품이 보편성을 가지는 것은(참으로 부조리한 작품은 보편적이지 않다), 자신의 온갖 모순 속에서 믿어야 할 이유를 끌어내고 자신의 풍요로운 절망 속에서 희망을 가질 이유를 끌어내며 그 끔찍한 죽음의 수업을 삶이라고 부르면서 바로 그 인간성을 회피하고자 하는 인간의 비통한 모습이 거기에 그려져 있기 때문이다. 그 작품은 종교적 영감에서 태어난 것이기에 보편적이다. 모든 종교가 그렇듯이 인간은 그 작품 속에서 자신의 삶의 짐에서 해방된다. 그러나 나도 그것을 알고 또 그것에 감탄할 수는 있겠지만, 동시에 나는 내가 추구하는 것이 보편적인 것이 아니라 진실이라는 것을 안다. 그 두 가지는 서로 일치할 수 없다.

 진실로 절망적인 사상은 바로 그와 반대되는 기준들에 의

---

8 카프카 사상의 이 두 가지 측면에 관해서는 도스토옙스키의 《수용소에서》 가운데 "유죄(물론 인간의)는 조금도 의심할 바 없다"와 《성》의 한 구절 (모무스의 말), "측량기사 K…의 유죄는 판정하기 어렵다"라는 말을 비교해 보라. (원주)

해 정의되며 비극적인 작품은 미래의 희망이 송두리째 배제된 상황에서 행복한 인간의 삶을 묘사하는 작품이라고 말한다면 이와 같은 관점을 좀 더 잘 이해할 수 있을 것이다. 삶이 열광적인 것이라면, 그럴수록 삶을 잃는다는 것은 생각만 해도 부조리해 보인다. 니체의 작품 속에서 우리가 느끼게 되는 그 찬란한 메마름의 비밀은 아마도 여기에 있을 것이다. 이런 범주의 사유들 가운데서 니체야말로 부조리 미학의 극단적인 귀결들을 도출해낸 단 하나뿐인 예술가일 듯하다. 왜냐하면 그의 최후의 메시지는 자신만만하면서도 결실의 희망이 없는 명철성, 그리고 일체의 초자연적인 위안의 집요한 부정에 있기 때문이다.

지금까지 지적한 것으로 카프카의 작품이 이 시론의 틀에서 차지하는 중요성을 밝히기에 충분했을 것이다. 우리는 지금 여기 인간적 사상의 한계에 와 있다. 엄밀한 의미에서 이 작품에서는 모든 것이 본질적이라고 말할 수 있다. 어쨌든 이 작품은 부조리의 문제를 송두리째 제기한다. 그리하여 만약 이 결론과 우리가 처음에 지적한 사실들, 내용과 형식,《성》의 은밀한 의미와 작품을 자연스럽게 끌고 가는 기법, K…의 열정적이고도 오만한 추구와 이 추구가 이루어지는 일상적인 배경 등을 비교해본다면 어떤 점에서 이 작품이 위대한가를 이해할 수 있을 것이다. 만약 향수가 인간적인 것의 표시라면, 이 회한의 망령들에 그처럼 살과 기복을 부여한 사람은 아무도 없었을 테니 말이다. 그러나 그와 동시에 우리는 부조리의 작품이 요청하는 기이한 위대성, 여기서는 아무리 찾아보려야 찾아볼 수 없을 위대성이 어떤 것인가를 알 수 있을 것이다. 예술의 고유한 특성이 보편을 특수에, 물 한 방울이 지닌 소멸하고 말 영원성을 그 빛의 변화무쌍한 유희에 결합시키는 데 있다면, 부조리한 작가의 위대함을 그가 두 가지 세계 사이에 설정하는 거리에 따라 평가하는 것은 더욱 타당한 일이다. 그의 비밀은 두 세계가 그들의 가장 큰 불균형 속에서 서로 만나는 정확한 지점을 발견하는 데 있다.

그런데 사실대로 말하자면 인간과 비인간적인 것의 기하학적인 접점을 순수한 마음들은 도처에서 볼 줄 안다. 파우스트와 돈키호테가 탁월한 예술적 창조인 것은 그들이 자신들의 지상적인 손으로 우리에게 보여주는 엄청난 위대성 때문이다. 그럼에도 손으로 만질 수 있는 진리를 정신이 부정하는 순간이 반드시 찾아온다. 창조가 더 이상 비극적인 것과 맞붙어 싸우지 않고 단지 진지해지려고만 하는 때가 찾아오는 것이다. 인간은 바로 이럴 때 희망에 관심을 기울이게 된다. 그러나 그것은 인간의 소관 사항이 아니다. 그가 할 일은 기만적 술책에 속지 않고 고개를 돌리는 일이다. 그런데 전 우주에 대하여 제기하는 카프카의 맹렬한 소송의 끝에 이르러 내가 발견하게 되는 것은 바로 이 기만적 술책이다. 그의 믿을 수 없는 판결은 결국 두더지들 스스로 나서서 희망을 가지려고 덤비는 추악하

고 어지러운 이 세계에 대하여 무죄를 선고한다.⁹

9 이상에서 제시해본 것은 물론 카프카의 작품에 대한 한 가지 해석일 뿐이다. 그러나 모든 해석과는 별도로, 순전히 미적인 시각에서 이 작품을 고찰하지 말라는 법은 없다는 것을 지적해둘 필요가 있겠다. 가령 그뢰튀젠 B. Groethuysen 같은 사람은 《심판》에 붙인 탁월한 서문에서 우리보다 더 현명한 방식으로, 놀랍게도 그 자신이 '눈뜨고 잠자는 사람'이라고 명명한 존재의 고통스러운 상상들을 단순히 뒤따라가는 것으로 만족한다. 모든 것을 보여주면서도 어느 것 하나 확정 짓지 않는다는 것, 이것이야말로 이 작품의 운명이며 어쩌면 위대함일 것이다. (원주)

해설
《시지프 신화》에 대하여

Ⅰ. 책의 창작과 출판

"참으로 진지한 철학적 문제는 오직 하나뿐이다. 그것은 바로 자살이다. 인생이 살 만한 가치가 있느냐 없느냐를 판단하는 것이야말로 철학의 근본 문제에 답하는 것이다." 이 같은 형이상학적 질문으로 시작되는 《시지프 신화》의 형식과 내용은 '자전적'이라고 할 수는 없겠지만 철학적 이론 못지않게 저자의 직접적 경험과 개인적 열정과 깊숙이 관련된다고 할 수 있다. 지금까지 비평가들은 이 점에 대해 충분할 만큼 관심을 기울이지 않았다.

사실 카뮈 자신도 이 책이 출판된 직후 어떤 인터뷰에서 "나는 철학자가 아니다. 나는 어떤 체계를 믿을 만큼 충분히 이성을 믿지 않는다. (…) 나의 관심사는 모럴이다"라고 못 박아 밝힌 바 있다. 이미 그는 이 책의 머리말에서 자신이 다루고자 하는 주제는 부조리의 '철학'이 아니라 부조리의 '감수성'임을 분명히 했다. 철학이 논리적, 객관적 체계를 겨냥하는 것이라면 감수성은 각 개인의 내면적 체험 속에서 형성되는 것이다. 그리고 카뮈는 스스로 "철학의 근본 문제"라고 규정한 자살의 경우도, 그것을 사회적 현상으로서보다는 '개인이 품은 생각'과 자살 사이의 관계라는 측면에서 안으로부터 밀착, 분석하려고 한다. "이 시작 단계에 있어서 사회는 별 관련이 없다. 벌레는 이미 사람의 마음속에 박혀 있다. 바로 거기서 벌레를 찾아야 하는 것이다."

저자 개인이 격동하는 역사 속에서, 혹은 삶의 착종된 모순들을 통해 직접 체험하고 의식한 내용은 자칫 추상적 이론이 되기 쉬운 이 책에 인간적인 열정과 목소리의 밀도를 부여한다. 그래서 그 서술에서도 객관적인 3인칭보다는 빈번하게 1인칭의 주관성이 동원된다. 그 1인칭의 언어 속에서 독자는 심장이 고동치는 육체를 만난다. "비록 욕된 것일지라도 육체는 나의 유일한 확신이다. 나는 오직 육체로 살 수 있다. 피조물의 세계가 나의 조국이다. 바로 그렇기 때문에 나는 이 부조리하고 보람 없는 노력을 선택한 것이다. 바로 그렇기 때문에

---

1 《세르비르 *Servir*》지와의 인터뷰, Roger Quilliot, 〈Le Mythe de Sisyphe I. Commentaires〉, in *ESSAIS*, Bibliothèque de La Pléiade(Gallimard, 1965), 1427쪽.

나는 투쟁의 편에 선 것이다." 그리고 이 육체를 통해 개인은 '보잘것없는 유린당한 시대'와 하나가 된다. "나는 나의 시대와 분리될 수 없다는 것을 뚜렷이 의식하기에 이 시대와 일체가 되기로 결심했다. 내가 개인을 이토록 소중히 여기는 것은 오로지 개인이 보잘것없고 비천한 존재로 보이기 때문이다."

이 유린당한 시대를 '개인'으로서의 카뮈는 과연 어떻게 살았고 어떻게 내면화했으며 그 경험을 어떻게 《시지프 신화》라는 의식으로 형상화했을까? 이 질문에 답하려면 우리는 이 '철학적 산문시'[2]가 싹트는 출발점으로 거슬러 올라갈 필요가 있다. 로제 키요는 《시지프 신화》의 탄생 과정과 젊은 카뮈가 처했던 환경 사이의 관계를 다음과 같이 간명하게 요약한다.

> 카뮈가 당시에 부조리와 대결할 능력을 갖추지 못했다면 《시지프 신화》를 쓰지 못했을 것이다. 1936년과 1937년에는 병 때문에 자신이 정한 목표들을 실천에 옮기지 못한 채 밥벌이를 하기 위한 자질구레한 일들에 매달렸고, 정치적인 활동에서 실망을 맛보고 결혼 생활에도 실패한 나머지 그는 거의 자살의 유혹을 느낄 정도였다. 1938년과 1939년(적어도 이해 9월까지는)에는 불가피한 상황 속에서

---

[2] 올리비에 토드, 《알베르 카뮈, 부조리와 반항의 정신》(책세상, 2000).

도 인간이 부조리와 정면 대결할 수 있다는 믿음을 어느 정도 되찾았다. 《시지프 신화》는 부당한 심판을 받으면서도 초자연적인 힘의 도움이나 사후의 희망 같은 것을 일체 거부하면서 명증한 정신으로 도전한다는 주제를 바탕으로 조금씩 조금씩 구성되어갔다."[3]

1. '부조리'의 구상

《시지프 신화》와 관련된 구상의 흔적이 《작가수첩 1》에 처음으로 등장하는 것은 1936년 봄이다. 가장 먼저 '부조리', '명철한 의식', '유희' 등 장차 이 철학적 에세이의 골격을 이루는 키워드들이 다음과 같은 상관관계의 좌표[4] 안에 배열되고 있는 것을 볼 수 있다.

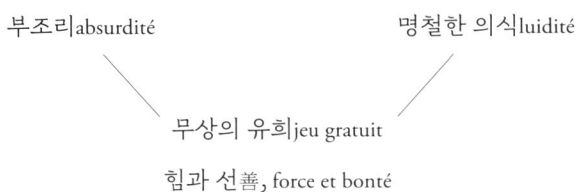

---

[3] Roger Quilliot, 앞의 책, 주석 1412쪽.
[4] 알베르 카뮈, 《작가수첩 1》(책세상, 1998), 28쪽.

허영을 경계할 것　　　　　　　인내력을 기를 것
se garder de la vanité　　　　　acquérir persévérance

성자: 침묵할 것, 행동할 것Saint: Se taire, Agir, Socialisme,
　　사회주의, 수련과 실현Acquisition et réalisation
　근본적으로는 영웅적 가치들Au fond: les valeurs héroïques

당시 그를 사로잡고 있던 사유의 골격만이 간략하게 요약된 듯한 논리의 도식이지만 이미 '부조리'와 그 부조리를 인식하고 그에 대처하는 정신적 태도인 '명철한 의식'이 가장 상부에 포진하고 있다는 점에서 매우 시사적이다. 그리고 이에 뒤이어 곧 《시지프 신화》의 구상에 대한 실천 계획이 나타난다.

　철학 작품: 부조리.
　문학 작품: 힘, 사랑, 그리고 정복의 모습을 가진 죽음.
　그 두 가지에 있어서 개개의 톤을 존중하면서도 두 가지 장르를 혼합한다. 의미를 부여하게 될 한 권의 책을 언젠가는 쓸 것이다.[5]

---

[5] 알베르 카뮈, 앞의 책, 48쪽.

또 《작가수첩》의 같은 페이지 안에서 부조리는 다시 한번 '죽음'과 관련을 맺으면서 보다 구체화된다. "죽음과 철학에 관한 한 권의 수상록— 말로, 인도"라는 기록이 그것이다. 그 뒤 상당 기간 동안 이 철학적 에세이의 구상은 늘 '죽음'과 뗄 수 없는 관계 속에서 '부조리'라는 이름으로 지칭된다. 그러면 그가 책의 집필에 착수하기 전까지 겪은 몇 가지 중요한 경험 내용과 《시지프 신화》의 주된 테마들이 형성되는 과정의 상관관계를 간단히 살펴보자.

1) 죽음

1930년 17세 때 폐렴에 걸린 젊은 카뮈는 죽음과 대면하게 되었다. 그때의 충격적 경험을 그는 시적 산문 《결혼》에 다음과 같이 옮겨놓는다. "'당신은 강한 사람이니 솔직하게 말하겠소. 당신은 이제 곧 죽게 됩니다(의사가 카뮈에게 한 말).' 자신의 모든 생명을 손 안에 움켜쥔 채, 자신의 모든 공포를 오장에 담은 채, 바보 같이 멍청한 눈으로 여기 누워 있는데. 그 밖의 것이 무슨 의미가 있겠는가." 삶의 의미를 완전히 무화시키고 모든 사물, 모든 가치의 우열을 없애버린 채 등가치로 만들어버리는 죽음. 여기서 '미래에 기대를 걸 것이 없는' 부조리의 세계가 탄생한다. 그가 '의식적인 죽음'이라고 명명하는 죽음의 의식은 이제부터 카뮈의 삶과 감수성과 사상, 나아가서는 모든 저작의 출발점이요 배경을 이루게 된다. 그가 최초로 쓴 소설은 제목부터 '행복한 죽음'이고 《이방인》은 어머니의 죽음, 살인, 사형, 이렇게 죽음으로 시작해 죽음을 거쳐 죽음으로 끝난다. 희곡 《칼리굴라》는 드루실라의 죽음이 발단이 된 형이상학적 드라마다. 《시지프 신화》가 '자살'의 문제로부터 시작되는 것은 어쩌면 당연한 일이라고 하겠다.

이후부터 죽음의 그림자가 일생 동안 줄기차게 그를 따라다닌다. 병은 끊임없이 재발한다. 1937년 여름에는 한 달 동안이나 프랑스 본토의 사부아 지방에 가서 전지 요양을 해야 할 정도로 건강이 악화되었다. 사실 부조리의 감정이란 바로 젊은 카뮈가 죽음이라는 엄청난 비극적 조건과 대면한 결과로 태어난 것이다. 따라서 명철성, 인내력, 침묵, 태연무심, 인도(힌두교도들의 태도), 힘과 선善, 정복, 영웅적 가치 등 그의 글과 노트에 빈번히 등장하는 다양한 덕목들은 어느 면에서 피할 수 없는 죽음의 조건에 대한 비장한 대응 방식으로 제안된 행동 지침들이라고 해석할 수 있다.

2) 직업

건강의 악화는 그의 인생행로에 결정적 영향을 미친다. 1936년 봄, 지금의 석사 학위에 해당하는 DES 학위 논문이 통과되자[6] 이듬해 그는 교직 생활을 꿈꾸며 대학 교수 자격시험에 응시하고자 했다. 그러나 건강상의 이유로 아예 응시 자격을 박탈당했다. 희망하던 직업의 길이 막혀버린 것이다.[7]

그러나 타의만이 교직의 길을 막은 것이 아니었다. 1937년 10월 4일 그는 자신의 신청에 따라 알제에서 60킬로미터 떨어진 시디벨아베스중학교에 문법교사로 임명된다. 그러나 스스로 그 자리를 포기했다. 이 문제에 관해 《작가수첩 1》은 다음과 같은 기록을 남기고 있다.

> 지금까지 나는 뭔가 하면서 살아야 한다고, 더 정확히 말해서 가난한 처지라 밥벌이를 하고 출세를 하고 자리를 잡아야 한다고 생각하면서 지냈다. 아직 나로서는 감히 편견이라고는 말할 수 없는 이 생각은 아마도 내 마음속에 깊이 뿌리박고 있었던 모양이다. 이 문제에 대하여 내가 신랄한 표현이나 결정적인 말을 해왔음에도 불구하고 그 생각은 없어지지 않고 남아 있었으니 말이다. 그런데 이번에 일단 시디벨아베스에 발령을 받고 나자 그런 식의 정착이 내포한 결정적인 면 때문에 문득 만사가 역전되었다. 나는 부임을 거부했다. 아마도 진정한 삶의 기회들에 비긴다면 나의 안정 따위는 아무것도 아니라고 치부했던 것이다. 나는 그런 생활의 음울하고 정신을 마비시키는 면을 생각하자 그

---

6 올리비에 토드, 앞의 책, 170쪽.
7 같은 책, 269쪽.

만 뒷걸음질을 한 것이다.[8]

  이처럼 직업의 선택이라는 문제는 지금까지 살아온 삶의 의미와 목표에 대한 근원적 반성의 계기가 된다. '역전되다', '뒷걸음질을 하다' 같은 표현은 부조리의 각성이 보여주는 방향 선회의 전형이다. "부조리의 인간은 자신이 지금까지 자유롭다는 전제에 얽매인 채 그 환상을 먹으며 살아왔다는 것을 깨닫는다. 어떤 의미에서 그것이 그에게는 속박이었던 것이다. 자기 인생에 어떤 목표를 상정함으로써 그는 달성하고자 하는 목표의 요청에 순응했고 그리하여 스스로 자유의 노예가 되었다." 1937년의 카뮈는 단순히 한갓 교사직만이 아니라 바로 그 '자유의 노예'가 되기를 거부한 것이다. 평범한 직업을 통한 안정의 거부는 장차 《시지프 신화》에서 "나의 삶에 질서를 부여하고 그리하여 삶에 의미가 있다는 것을 시인하고 입증함으로써 나는 스스로에게 온갖 울타리를 만들어놓고 그 속에 나의 삶을 가두는 것"에 대한 회의와 각성으로 나타난다. 그런데 죽음과의 대면을 통해 깨닫게 되는 부조리가 이 점에 관해 분명하게 보여주는 것은 바로 "내일은 존재하지 않는다는 사실을 말이다. 이제부터 이것이 나의 깊은 자유의 이유"다. 그 결과

---

8 《작가수첩 1》, 103쪽.

이 부조리의 인간은 가정교사, 알제대학교 기상연구소 조수(1937년 11월) 등 '밥벌이를 하기 위한 자질구레한 일들'에 매달리면서 떠돌이 생활을 감수해야 했다. 그러나 그는 어디에도 매이지 않은 자유인이었다.

3) 사회 활동: 정치와 연극

그는 안정된 직업 대신 능동적인 사회 활동을 선택했다. 대표적인 것이 공산당에서의 정치활동과 연극이었다. 1934년 말 장 그르니에의 권유로 공산당에 입당한 그는[9] 가난한 회교도 구역에서 선전 업무를 담당했다. 어릴 때부터 노동자 계층의 가난과 불평등을 현실 속에서 뼈아프게 체험한 그에게 평화주의를 표방하며 노동자 계급을 옹호한다는 공산당은 일종의 '평신도 교회'와 같은 것으로 비쳤다. 그러나 1937년 가난한 회교도 노동자들의 입장을 옹호하려는 그의 이상과 파시즘 타도를 그보다 앞세우는 당의 노선은 머지않아 불화로 끝장이 났고 카뮈는 당에서 제명되었다.

이러한 정치적 실망에도 불구하고 그는 당이 장악한 알제 '문화의 집' 활동과 특히 그 산하의 '노동극단' 활동은 꾸준히 계속했다. 카뮈는 축구장이나 후일 신문사의 편집부에서와 마

---

9 올리비에 토드, 앞의 책, 139쪽.

찬가지로 연극 활동에서 무엇보다도 여러 사람이 힘을 합하는 팀워크의 분위기를 좋아했다. 1937년에 노동극단이 해체되자 그는 다시 에키프극단을 창설했다. 극단의 리더로서, 극작가, 배우, 연출자로서 줄기차게 계속된 그의 열정적 활동과 경험은 《시지프 신화》에 뚜렷한 자취를 남긴다. 가령 그는 부조리를 의식하는 순간을 설명할 때도 "무대장치의 붕괴", "습관에 의해 가려 있던 무대장치", 비합리, 인간의 열망 그 양자의 대면인 부조리라는 "드라마의 세 등장인물" 등 연극적 비유를 즐겨 사용한다. 그러나 연극의 경험에서 이끌어낸 가장 중요한 서술은 바로 돈 후안, 정복자와 더불어 '배우'를 부조리한 인간의 전형으로 떠올릴 때다. "부조리한 인간은 바로 희망이 끝나는 곳에서, 정신이 남의 연기를 감탄하며 구경하기를 멈추고 그 속으로 직접 들어가려고 하는 곳에서 시작된다. 그 모든 삶들 속으로 파고들어 다양한 모습의 삶을 경험하는 것, 이것이 바로 그 삶들을 연기하는 것이다."

4) 결혼과 이혼

죽음과의 대면, 직업을 통한 안정의 거부, 정치와 연극을 통한 사회활동에 이어 《시지프 신화》와 관련해 이 시기 카뮈에게 빼놓을 수 없는 중요한 체험은 사랑, 결혼, 그리고 이혼의 문제다. 그 어디에도 매이기를 거부하는 자유인 카뮈는 아이로니컬하게도 20세 때인 1934년에 친구들 중 누구보다도 먼저 결혼했다. 의사 소글러 박사의 의붓딸이며 자신이 다니던 대학의 철학 강의에 청강생으로 출석하던 시몬 이에Simone Hié가 그 상대였다. 그를 아는 친구들에게 그의 결혼은 너무나도 의외의 사건이었다. 결혼이란 자연의 이치를 거스르는 제도요, 결혼반지란 감옥이라고 외치던 카뮈였다.[10] 소설 《행복한 죽음》의 주인공은 이렇게 절규한다. "결혼도 하고 싶고, 자살도 하고 싶고, 《일뤼스트라시옹》지 구독 신청도 하고 싶군요. 뭔가 절망적인 몸부림이겠지만요." 두 사람은 결혼을 통해서 정절을 지킬 것을 맹세한 것이 아니었다. 여자는 마약중독자였다. 카뮈는 결혼을 통해 그녀를 치유하고자 했다. 그러나 카뮈의 선의는 벽에 부딪쳤고 너무나 짧았던 결혼생활은 파경으로 끝이 났다. 이 실패의 고통스러운 과정은 카뮈 사후에 출판된 소설 《행복한 죽음》에서 마르트에 대한 메르소의 성적 질투, 산문 〈영혼 속의 죽음〉(《안과 겉》)의 여행자가 낯선 프라하에서 경험하는 고독과 죽음의 비전, 암울한 보헤미아 지방을 무대로 한 〈오해〉의 살인극 등에 각기 다른 형태로 암시되어 있다. 1936년 여름, 함께 떠났던 중부 유럽으로의 여행에서 돌아온 즉시 카뮈와 시몬은 첫 결혼 생활에 종지부를 찍게 된다. 《시지프 신화》에서 부조리를 "인간과 그의 삶, 배우와 무대장

---

[10] 같은 책, 101쪽.

치 사이의 절연"으로 정의하는 방식을 카뮈 자신이 경험한 결혼의 파경에 직접 결부시키는 것은 비약일 것이다. 그러나 무반성한 습관에 실린 채 이어지던 일상 속에 돌연 단절을 가져오는 '이혼'의 충격과 그로 인한 삶의 의미에 대한 반성은 '부조리'라는 근원적 개념에 개인의 실제 체험만이 지닐 수 있는 육체성과 구체성을 부여하는 것이 사실이다.

한편 말쑥한 차림새에 지성적이고 언제나 남들에게 친절하며 자유분방한 성격의 미남 카뮈의 주위에는 일찍부터 여자가 많이 따랐다. '세계 앞의 집'에서 공개적인 우정을 나누었던 마리 도브렌, 잔 시카르는 말할 것도 없으려니와 그들의 소개로 만나 지속적인 애정 관계를 가졌던 크리스티안, 블랑슈, 이본 등의 여성들은 카뮈의 전기 작가들에 의해 이미 잘 알려져 있다. "이곳에 오면 나는 질서와 절도는 다른 사람들에게 맡긴다. 나를 온통 사로잡는 것은 자연과 바다의 저 엄청난 방종이다"라고 절규하던 카뮈였다. 그에게 진정한 '결혼noces'은 사회 제도가 아니라 이 같은 무제한의 자유분방한 사랑이다. "그것은 바로 거리낌 없이 사랑할 권리다. 이 세상에 사랑은 오직 한 가지뿐. 여자의 몸을 껴안는 것은 곧 하늘에서 바다로 내려오는 저 신기한 기쁨의 빛을 자신의 몸으로 끌어당기는 포옹이다."《결혼·여름》 이리하여 《시지프 신화》의 저자는 돈 후안에 대해 "나는 떠도는 전설에는 별로 귀 기울이지 않을 생각이다. 그 웃음, 승리자 같은 오만방자함, 그 약동과 연극 취미, 이런 것은 밝고 유쾌하다"라고 말한다. 카뮈는 돈 후안에게서 일종의 자화상 같은 일면을 발견한다.[11] 그들은 부조리에 대한 태도에서 서로 일치한다. "사랑하면 사랑할수록 부조리는 더욱 견고해진다. 돈 후안이 이 여자에서 저 여자로 전전하는 것은 결코 애정의 결핍 때문이 아니다. (…) 모든 여자를 똑같은 열정으로, 그때마다 자신의 모든 것을 바쳐서 사랑하기 때문이다." 카뮈 자신도 1937년 프랑신 포르를 만나서부터 그녀와 재혼할 때까지, 혹은 그 이후에까지도 이런 돈 후안적 태도에서 크게 변한 것이 없다. 돈 후안은 거리낌없이 외친다. "어째서 드물게 사랑해야 많이 사랑할 수 있단 말인가?" 카뮈에게도 돈 후안에게도 중요한 것은 속임수 없는 명철한 의식이며 "최대한 많은 여자를 거치며 그 여자들과 더불어 삶의 기회를 남김없이 소진"하는 것이다. 이러한 태도는 《이방인》의 뫼르소에게서도 유사하게 나타난다. "저녁에 마리가 찾아와서, 자기와 결혼할 마음이 있느냐고 물었다. 나는 그건 아무래도 상관없고 마리가 원한다면 우리가 결혼할 수도 있을 거라고 말했다. 그러자 그녀는 내가 자기를 사랑하는지 알고 싶어 했다. 나는 이미 한 번 말했던 것처럼, 그건 아무 의미도 없는 말이지만 아마 사랑하지 않는 것 같다고 대답했다." 뫼르소에게도 중요한

---

[11] 같은 책, 374쪽.

것은 제도나 관념이 아니라 현재 속에 주어진 '삶의 기회를 남김없이 소진하는 것'일 뿐이다.

  앞에서 로제 키요는 카뮈가 1938년과 1939년(적어도 이해 9월까지는)에는 인간이 "부조리와 정면 대결할 수 있다는 믿음"을 어느 정도 되찾는다고 증언했다. 그 같은 '믿음'을 증거하듯 과연 《작가수첩 1》에 그는 1938년 6월 '여름 동안의 계획'으로 일곱 가지 할 일들을 열거하는 가운데 다시 한번 '부조리', 즉 《시지프 신화》의 구상을 포함시킨다.[12] 그는 곧 부조리에 대한 잠정적 해결책으로 '사랑'을 생각한다. "이 세계의 비참과 위대함. 세계는 진실이 아니라 사랑을 제공한다. 부조리는 지배하지만 사랑은 부조리에서 구원해준다."[13] 이때의 사랑은 돈 후안의 그것보다 더 광범한 의미의 관계를 뜻한다. 장차 《시지프 신화》에서 부조리와 정면 대결할 수 있는 믿음을 갖게 하는 사랑은 동지애와 우정 같은 좀 더 넓은 의미의 인간관계다. "그들에게는 오직 하나의 사치가 있을 뿐이니 그것은 다름 아닌 인간관계의 사치다. 약하고 상처받기 쉬운 이 세계 안에서 인간적인, 오직 인간적인 것에 불과한 것은 무엇이든 뜨거운 의

---

[12] 《작가 수첩 1》, 130쪽.
[13] 같은 책, 135쪽.

미를 갖게 된다는 것을 어찌 깨닫지 못하겠는가. 긴장된 얼굴들, 위협받는 동지애, 인간들 상호 간 지극히 강하고 수줍은 우정, 이러한 것들이야말로 진정한 부富다. 왜냐하면 그것들은 언젠가 소멸해버릴 것이기 때문이다."

그런가 하면《작가수첩 1》에는 '사랑'에 바로 뒤이어, 부조리를 출발점으로 삼을 때 그가 장차 이끌어낼 귀결 중의 하나로 '자유'의 개념에 대한 성찰이 따른다. "가능한 단 한 가지의 자유는 죽음에 대한 자유다. 자유로운 인간은 있는 그대로의 죽음을 받아들이면서 그와 동시에 그 결과들을, 다시 말해서 삶의 모든 전통적 가치들의 전도를 받아들이는 사람이다. 이반 카라마조프의 '무엇이든 다 허용되어 있다'는 수미일관한 자유의 유일한 표현이다."[14] 이같은 성찰은 장차《시지프 신화》에서 이렇게 정리된다. "이른 새벽 감옥의 문이 열릴 때 그 문 앞으로 끌려 나온 사형수가 맛보는 기막힌 자유로움, 삶의 순수한 불꽃 이외의 모든 것에 대한 엄청난 무관심, 죽음과 부조리야말로 단 하나 온당한 자유의 원리, 즉 인간의 가슴이 경험할 수 있고 체현할 수 있는 자유의 원리임을 우리는 분명히 느낄 수 있다."

그러나 1938년에《시지프 신화》의 구상과 관련하여 가장

---

14 같은 책, 137쪽.

주목할 만한 사건은 바로 카뮈가 쓴 사르트르의 《구토》에 관한 서평[15]이라고 할 수 있다. 카뮈보다 10년 위인 파스칼 피아가 파리에서 알제로 건너가 새로운 신문 《알제 레퓌블리캥》을 창간한 것은 그해 10월 6일이었다. 이제 막 그와 함께 일하기 시작한 젊은 기자 알베르 카뮈는 불과 보름 뒤인 10월 20일자 신문에 생면부지의 작가 사르트르가 발표한 소설 《구토》의 서평을 싣는다.

이 짤막한 글은 어느 면에서 최초로 발표된 《시지프 신화》의 초안이라고 할 수 있을 정도로 상당히 구체화된 서술들을 포함하고 있다. 우선 부조리를 목표가 아닌 '출발점'으로 못 박은 점이 그러하다. "삶의 부조리를 확인한다는 것은 그 자체가 목표가 될 수는 없는 것이고 오직 시작일 뿐이다. 그것은 거의 모든 위대한 정신이 출발점으로 삼은 진실이다. 관심거리는 부조리를 발견하는 것이 아니라 그것에서 이끌어내는 귀결들과 행동 규율이다." 다음으로 이 《구토》의 서평에서 부조리의 각성에 대한 서술은 마치 《시지프 신화》의 한 대목을 그대로 옮겨놓은 것 같은 인상을 준다. "한 인간이 그의 삶을 판단하고 그리하여 자기 자신을 판단한다. 내 말인즉 그는 세계 내 자기 존재를, 손가락을 움직이고 정해진 시간이면 식사를 한다

---

15 Roger Quilliot, 앞의 책, 1419쪽.

는 사실을 분석한다. 그리하여 가장 초보적인 행위의 밑바탕에서 그가 발견하게 되는 것은 다름 아닌 근원적 부조리다. 가장 잘 준비된 삶 속에서 무대장치가 무너져버리는 한 순간이 항상 오게 마련이다. 무엇 때문에 이것과 저것을 원하며 무엇 때문에 이 여자, 이 직업을 선택하며 무엇 때문에 이토록 미래에 대해 흥미를 가져야 하는가? 요컨대 썩어 없어질 두 다리로 무엇 때문에 이렇게도 살려고 발버둥치는 것일까?"[16] 이 표현을 《시지프 신화》의 다음과 같은 유명한 구절과 비교해보라. "무대장치가 문득 붕괴되는 일이 있다. 아침에 기상, 전차로 출근, 사무실 혹은 공장에서 보내는 네 시간, 식사, 전차, 네 시간의 노동, 식사, 수면 그리고 똑같은 리듬으로 반복되는 월, 화, 수, 목, 금, 토 이 행로는 대개의 경우 어렵지 않게 이어진다. 다만 어느 날 문득, "왜?"라는 의문이 솟아오르고 놀라움이 동반된 권태의 느낌 속에서 모든 일이 시작된다." 끝으로 사르트르의 소설을 해석하면서 내세에 대한 '희망'을 갖지 않는 것이 바로 '반항'의 조건임을 역설하는 대목도 훗날 카뮈 자신이 쓰게 될 《시지프 신화》를 그대로 예고한다. "결국 삶의 기계적인 면과 관련된 모든 것이 노련한 솜씨로 그려져 있는데, 그 솜씨의 명징함으로 인해 '희망'이 발붙일 자리가 없다."[17] 과연 2년

---

16 같은 책, 1418쪽.

뒤에 집필할 《시지프 신화》에서는 사르트르의 작품이 직접적으로 언급된다. "우리의 됨됨이가 보여주는 이미지 앞에서 경험하는 측량할 길 없는 이 추락, 우리 시대의 어느 작가가 말한 바 있는 '구토', 이것 또한 부조리다. 마찬가지로 어떤 순간 거울 속에서 우리와 마주치는 그 이방인, 우리 자신의 사진들 속에서 다시 만나는 친근하면서도 음산한 형제, 이것 또한 부조리다."

《구토》의 서평을 쓴 이듬해인 1939년 초의 것으로 추정되는 《작가수첩 1》의 기록에는 새해에 계획하는 '작업 순서'가 열거되어 있다. 그 가운데는 '연극에 관한 강연' 준비 다음으로 '부조리에 관한 독서'가 올라 있다. 그러니까 1939년 전반기는 부조리에 관한 에세이를 쓰기 위한 구상과 자료 수집이 거의 완료되는 시기라고 볼 수 있다. 카뮈는 예행연습이라도 하듯이 바로 이 무렵에 장차 《시지프 신화》의 한 부분이 될 카프카에 관한 글을 쓴다. 로제 키요의 설명을 들어보자. "카프카에 대한 연구의 가장 오래된 원고는 하나의 완결된 전체를 이룬다. 원래 《알제 레퀴블리캥》지에 실을 문예비평으로 쓴 듯한데 잡지에 실을 경우 12페이지 정도나 되는 길이였다. 그 글에서 《변신》, 《성》의 인용문이 1938년 5월과 11월에 출간된 갈

---

17 같은 책, 1417쪽.

리마르판을 따른 것으로 보아 빨라야 그 무렵에 쓰기 시작해 1939년에 완성한 것으로 추정된다. 원래 제목은 '카프카, 희망의 소설'였다. 1939년 신문이 폐간됨에 따라 이 글을 발표도 하지 못한 채 그냥 간직하고 있다가 《시지프 신화》 집필 때 부조리에 관한 그의 관점과 어울린다고 보아 〈철학과 소설〉과 〈부조리한 창조〉 사이에 삽입하게 되었다."[18] 그러나 이 글은 당시의 상황으로 인해 책의 예정된 자리에 들어가지 못하고 말았다. 이 문제는 뒤에 설명하기로 한다.

2. 《시지프 신화》의 집필

1) 전쟁

카뮈가 실제로 《시지프 신화》를 집필하기 시작한 것은 1939년 9월이다. 그는 그해 7월 25일 크리스티안 갈랭도에게 보낸 편지에서 에세이가 소설과 희곡을 포함한 '부조리' 사이클이라는 총체적 프로그램 속에서 구상되고 있음을 밝힌다. "내 소설과 부조리에 관한 에세이와 더불어 그것(《칼리굴라》)은 내가 지금 겁 없이 나의 작품이라고 부를 수 있는 첫 번째

---

18 같은 책, 1414~1415쪽.

단계를 이루는 것이오."[19] 이렇게 계획된 세 권의 저작(소설《이 방인》, 희곡《칼리굴라》, 에세이《시지프 신화》)이 그의 작품의 '첫 번째 단계'인 '부조리' 사이클이라면 그것은 훗날의 소설《페스트》, 희곡《정의의 사람들》 그리고 철학적 에세이《반항하는 인간》 등의 '두 번째 단계', '반항'의 사이클로 이어진다.

  이해 여름부터 이미 많은 사람이 유럽의 심상치 않은 정치적 분위기와 전쟁의 위협에 불안감을 느끼기 시작했다. 그런 가운데서도 카뮈는 8월에 크리스티안 갈랭도 및 몇몇 친구와 더불어 그리스 여행을 계획한다.[20] 그러나 후일 카뮈는《결혼·여름》의 〈티파자에 돌아오다〉라는 글에서 이렇게 쓴다. "1939년 9월 2일, 과연 나는 예정했던 그리스 여행을 떠나지 못했다. 그 대신 전쟁이 우리에게까지 찾아왔고, 이어 그리스 그 자체를 휩쓸어버렸다." 9월 3일 영국과 프랑스가 제3제국에 선전포고를 한다. 이른바 '이상한 전쟁'이 집단적인 차원에서 카뮈에게 다시 한번 부조리를 체험하게 하는 것이다. 카뮈는 마치 부조리에 대한 도전인 양 전쟁 발발 직후인 9월 6일부터《시지프 신화》의 집필에 들어간다. "어제 나는 진짜로 작업을 시작했소. (…) 손대기 시작한 것은 부조리에 관한 에세이부

---

    19 같은 책, 370쪽.
    20 같은 책, 370쪽.

터요. 사실 내 마음속에서 그쪽이 소설 쪽보다 훨씬 더 무르익어 있었기에 돈 후안에 관한 1장(적어도 초고는)을 끝낼 수가 있었소."(9월 6일자 프랑신에게 보낸 편지)[21] 9일에는 전쟁을 자신에게 "제안된 내기"라고 스스로 규정하면서 그 전쟁에 "동조하지는 않지만 적어도 목숨이라도 걸고 싶어서" 두 번째로 군입대 신청[22]을 했다. 그러나 여기서도 다시 한번 건강상의 이유로 '병역 면제자'가 되고 만다.[23] 15일 그는 사실상 정간 상태에 들어간 《알제 레퓌블리캥》 대신 가판용 2면으로 발간하기 시작한 자매지 《수아르 레퓌블리캥》의 편집국장 자리를 맡는다. 그러나 이미 신문 발간이 계속될 희망은 없었다.

"이 전쟁이 부조리하다고 의식하는 것은 결코 나 혼자만이 아니오. 이것은 모든 사람에게 공통된 진실이오. 그러나 나의 관심은 거기서 끌어내는 귀결이오… 사실 이건 몇 마디 말로 설명할 수는 없는 일이고 그걸 규정하자면 책을 한 권 써야 하오." 이렇게 시작되는 편지(11월 24일 프랑신에게 보낸 편지)는 사실상 《시지프 신화》의 주제를 미숙한 대로나마 요약하고 있다.[24] 그러나 이틀 뒤의 편지는 벌써부터 글쓰기의 어려움을

---

[21] 같은 책, 348쪽.
[22] 같은 책, 355쪽.
[23] 같은 책, 344쪽.
[24] 같은 책, 359쪽.

호소한다.

"나는 의혹에 빠져 있소. 어제 저녁에 나는 부조리에 관한 에세이를 쓰기 시작했소. 지금까지 나는 산발적으로 단장들만을 썼을 뿐이오. 그때 그때 내 기분에 일치하는 부분들 말이오. 그러나 진짜 작업은 이제부터요. 그 글을 써야 하오. 전체를 한데 꿰어서 같은 작품으로 용해시켜야 한단 말이오. 어제 나는 바로 그걸 시작한 거요. 한 삼십 분 작업하고 나니 모든 게 다 허물어지고 말았소." 이리하여 그는 '이제 처음으로 밀고 나가야 할 긴 작품의 출발점에 서 있다'는 것을 의식하지만 자신의 내면에서 느끼고 있는 '뜨거운 불꽃'이 아니라 의지로만 겨우 글을 쓰고 있음을 인정한다. 그래서 잠시 작업을 중단한 채 '나는 글을 쓸 줄 모른다'고 탄식한다.[25]

1940년 1월 10일, 《수아르 레퓌블리캥》마저 총독부 당국에 의해 정간당하자 카뮈는 실직자가 되고 만다. 그는 "채 2년도 되지 않는 동안에 예외적인 경험을 했고, 신문인으로서의 윤리를 다듬어 가질 수 있었다…. 카뮈는 쓰라림, 행복, 명철성, 그리고 부조리를 차례로 맛보았다."[26] 2월 13일, 파리로 떠난 파스칼 피아에게 자신의 딱한 처지를 알리는 편지를 보낸

---

25 같은 책, 215~216쪽.
26 같은 책, 368쪽.

다음[27] 오랑으로 간 그는 프랑신 포르의 집안사람들과 잠시 함께 지낸다. 결국 카뮈는 파스칼 피아의 권유로 3월 14일 알제를 뒤로 하고 파리로 떠난다.[28] 3월 16일 토요일 파리에 도착한 그는 이튿날인 일요일에는 벌써 피아가 소개해준 《파리 수아르》 신문사에서 편집국 내근 기자로 일을 시작한다. 덕분에 그는 마음에 맞지 않는 기사를 쓰는 고역은 면할 수 있었다. 장차 미셸 갈리마르의 아내가 되어 카뮈와 함께 운명적 자동차 사고를 당하는 자닌 토마세를 만난 것이 바로 이 신문사에서였다. 마음으로 깊이 존경하던 앙드레 말로를 처음으로 만난 것도 이 무렵이었다.

1940년 초, 그는 《파리 수아르》에 근무하는 한편 소설 《이방인》과 《시지프 신화》의 동시 집필에 열중한다. 그해 5월 1일, 마침내 소설을 탈고한다. 《작가수첩 1》에는 이 문학사적 사건이 "《이방인》이 완성되었다"[29]라고 짤막하게 기록되어 있다. 그는 프랑신에게 보내는 편지에 이렇게 쓴다. "이제 이 원고는 서랍에 넣어놓고 내 에세이에 대한 작업을 시작해야겠소."[30] 네덜란드가 독일에 항복하던 5월 13일 프랑신에게 보낸

---

[27] 같은 책, 390쪽.
[28] 같은 책, 392쪽.
[29] 《작가 수첩 1》, 247쪽.

편지. "오늘 아침, 소설을 서랍에 넣어두고 내 작업을 구성하기 위해 에세이를 꺼냈소." 5월 22일자의 편지. "파리는 점점 불안해지고 있소. 6월 15일까지 내 작업을 끝낼 작정이오."[31]

그러나 6월 12일 파리가 위협당하면서 《파리 수아르》의 직원들과 더불어 카뮈는 트럭과 자동차에 분승해 중부의 클레르몽페랑으로 피난하지 않으면 안 되었다. 그 와중에도 카뮈는 피난지의 허름한 호텔방에서 연신 담배를 피워대며 《시지프 신화》 집필에 몰두한다. 클레르몽에서 볼 때 프랑스의 상황은 완전히 부조리해 보인다. 마침내 그해 9월 클레르몽에서 《시지프 신화》의 1부가 완성된다.[32] 오늘날 미요 교수 소장의 자필 원고를 보면 이 책의 첫 3분의 1이 피난지인 클레르몽페랑시 블라탱가 57번지 《파리 수아르》의 고무도장이 찍힌 종이 이면에 쓰여 있음을 알 수 있다.

10월에는 다시 신문사가 리옹으로 이동한다. 카뮈가 그 도시에 도착했을 무렵 이미 오래전부터 별거 중인 시몬 이에와의 이혼이 확정된다.[33] 따라서 프랑신과의 결혼 약속을 실천에 옮길 수 있게 되었다. 그러나 이 약속은 《이방인》의 뫼르소가

---

30 올리비에 토드, 앞의 책, 412쪽.
31 같은 책, 420쪽.
32 《작가 수첩 1》, 248쪽(216), "9월, 부조리 제1부 탈고."
33 올리비에 토드, 앞의 책, 431쪽.

마리에게 한 그것과 크게 다를 바 없는 약속이었다. 한편 카뮈가 그 사이에 탈고한 희곡《칼리굴라》를 받아 읽은 파스칼 피아는 격찬을 아끼지 않는다. 그런가 하면 파스칼 피아는 그 어려운 환경 속에서도《프로메테라》라는 잡지를 발행할 것을 시도한다. 피아는 장 폴랑, 베르나르 그로튀젠, 레몽 크노, 앙드레 말로 등 쟁쟁한 인사들을 끌어들일 생각을 하면서 카뮈에게 함께 일할 것을 종용한다. 이 무렵 프랑스는 두 쪽이 나서 한쪽은 점령지역으로 다른 한쪽은 자유지역으로 선포되어 있었다.

  11월 말, 프랑신이 알제리에서 지중해를 건너 리옹으로 와 합류한다. 12월 3일 두 사람은 구리 반지 하나씩을 교환하고 파스칼 피아를 비롯한 신문사 교정부 친구들(피아, 레니에프, 르무엔, 르메트르, 코르니에, 리오네 등)이 지켜보는 가운데 결혼식을 올린다. 그러나 카뮈는 매일 야근이었고 새벽 2시에서 5시 사이에야 귀가했다. 타자기가 없는 카뮈를 위해 프랑신은《시지프 신화》의 초고를 정서해준다. 카뮈는 글의 군더더기를 제거하고자 한다. 이 에세이는 또한 1940년 말 당시 그의 삶의 상황을 반영하고 있다. '이상한 전쟁'은 이 형이상학적 토론에 육체적인 실감을 부여한다. 그는 이제 쓴 글을 다시 읽을 수 있다. "참으로 진지한 철학적 문제는 오직 하나뿐이다. 그것은 바로 자살이다"라는 짤막한 문장으로 시작해 '행복한 시지프'로 끝나는 철학적 에세이에는 어두운 역사의 소용돌이에서 헤어나려는 카뮈의 결의가 서려 있다.[34] 이제 예정한 3부작이 모두 완성되었다.

피난지 리옹에서 《시지프 신화》의 초고가 완성될 무렵, 《파리 수아르》 신문사는 감원을 단행하지 않을 수 없게 된다. 결국 직장을 잃게 된 카뮈는 알제리의 오랑으로 떠나기로 결심한다. 카뮈 부부는 마르세유에서 프레지당달피아즈Président-Dal-Piaz호에 오른다. 프랑신의 언니 크리스티안은 오랑의 아르제브가 67번지의 아파트를 그들에게 양보하고 알제 우체국에서 일하는 어머니 페르낭드와 함께 65번지로 이사한다. 《시지프 신화》는 바로 오랑의 그 아파트에서 여러 곳을 수정해 1941년 2월 21일에야 최종 원고를 완성하게 되었다. 그의 《작가 수첩 1》에는 오랜 노력이 결실을 거둘 당시의 외침 소리가 새겨져 있다. "세 가지 부조리 완성. 자유의 시작."[35] 나머지 두 가지 부조리란 물론 소설 《이방인》과 희곡 《칼리굴라》를 의미한다.

《시지프 신화》는 그러니까 3단계에 걸쳐 성숙된다. 1단계는 1936~1937년에서 1938년 말까지에 해당되는데, 이때는 부조리의 발견, 실존 철학에 관한 조사 등이 이루어진다. 이것

---

34 올리비에 토드, 앞의 책, 436쪽(261).
35 "Términé Sisyphe. Les trois absurdes sont achevés. Commencements de la liberté."(《작가수첩 1》); 올리비에 토드, 앞의 책, 445쪽(267).

은 1940년 봄에야 비로소 구체적으로 활용되지만 초기의 성격은 없어지지 않고 남는다. 묘사된 내용은 정신이 앓고 있는 병이기도 한 인간 조건의 결함이다. 《시지프 신화》의 1부가 열거하는 내용은 일종의 강박적인 성격을 띤다.

2단계는 1939년 초에 해당한다. 이때 카뮈는 카프카에 대한 연구 초고를 쓰는데 거기서 부조리의 개념은 보다 '역설적인' 의미로 사용된다. 겉보기에는 매우 엄격하게 절망이 강조된 작품 속에 '희망'이 잔존함을 보여준다.

3단계는 1940년 5월에서 1941년 2월까지다. 카프카에 관해 수정된 원고를 포함해 이 책의 가장 많은 부분, 즉 뒤의 4분의 3이 집필된 시기다. 여기서 카뮈는 구원을 호소하지 않은 채 원래 아무런 의미도 없는 삶의 책임을 감당하려는 의지를 통해 인간이 자신의 존엄성을 회복할 기회를 발견한다는 사실을 보여준다. 에세이는 자살에 관한 성찰로 시작되지만 카프카론은 '희망'이라는 말로, 그리고 마지막은 '행복한' 시지프의 이미지로 맺어진다.[36]

끝으로 책의 제목이 '부조리'가 아니라 '시지프 신화'로 정해진 점에 대해 언급할 필요가 있겠다. 이 '신화'에 대한 관심의 발단은 특히 카뮈의 스승 장 그르니에의 《정통성에 대한 시론

---

[36] Roger Quillot, 앞의 책, 1416쪽.

Essai sur l'esprit d'orthodoxie》과 관련이 있는 듯하다. 이 책의 181페이지에는 이런 지적이 나온다. "사람들은 항상 프로메테우스 이야기만 하고 그 이야기의 가장 중요한 부분인 그 결말에 대해서는 잊어버린다. 시지프 이야기는 도무지 하지 않는 것이다." 카뮈는 스승이 지적한 이 결여 부분에 대해 관심을 가져본 것이다. 특히 진정한 철학자는 '오직 이미지를 통해서만 생각한다'고 믿는 이 젊은이에게 시지프의 이미지는 부조리의 극적 긴장의 표상에 매우 적절한 신화였다. 1940년 9월에서 1941년 2월 사이에야 '부조리' 대신 '시지프 신화'가 책 전체의 제목으로 바뀐다.[37]

3. 《시지프 신화》의 원고에 대한 반응과 출간

오랑으로 옮겨온 후 가정 교사와 임시 교사 노릇을 하면서 어렵게 지내던 카뮈는 자신이 탈고한 '세 가지 부조리'가 출판될지 어떨지에 대해서는 전혀 자신이 서지 않는다. 아내 프랑신과 여자친구 이본 사이에서 고민하는 중에도 그는 벌써 다음 소설 《페스트》의 구상에 몰두한다(1939년에 경험한 전쟁의 발발과 페스트 증상 출현의 유사 관계에 주목—《작가수첩 1》). 책의

---

[37] 같은 책, 1413쪽.

출판에 관한 교섭은 프랑스 본토에서 다른 사람들에 의해 추진된다.

다음은 《시지프 신화》의 원고가 출판되기까지의 반응들이다.

(1) 카뮈의 '세 가지 부조리' 원고 중에서 우선 《시지프 신화》 이외의 소설과 희곡 원고를 받아보고 열광한 나머지(그르니에도 원고를 받아 읽었으나 반응은 피아보다 미온적이었다) 출판을 위해 발벗고 나선 사람은 다름 아닌 파스칼 피아였다. 그래서 이 책이 그 헌신적인 동지에게 바쳐진 것이다. 피아는 우선 새로 창간할 잡지 《프로메테라》에 《이방인》을 연재할 것을 제안하다가 창간 허가를 받지 못하자 원고를 롤랑 말로에게 보냈고 롤랑은 남프랑스의 캅다이에 머물고 있던 형 앙드레 말로에게 건넨다. 다른 한편 그는 갈리마르 출판사의 막강한 편집위원인 장 폴랑에게도 원고를 보인다.

(2) 피아에게 보낸 말로의 편지: "카뮈의 원고를 이제 막 다 읽었소. 내가 리옹에 가지 못하니 난처하오. 편지로 쓰거나 요약하는 것보다는 말로 하는 것이 더 진지한 것인데."[38]

(3) 피아는 카뮈의 세 권의 책이 동시에 출판되도록 백방으로 노력한다. 그는 《이방인》의 원고를 시인 프랑시스 퐁주에

---

[38] 올리비에 토드, 앞의 책, 465쪽.

게도 보여준다.

(4) 마침내 피아는 자신에게 헌정된 《시지프 신화》의 원고를 받자 감격한 나머지 "내가 당신을 위해서 한 것도 별로 없는데 이런 과분한 영광을 입게 되었군요"라고 답장한다.

(5) 7월, 장 그르니에는 몽펠리에를 떠나면서 《시지프 신화》의 원고를 받아 읽고 카뮈의 3부작에 대해 이렇게 언급한다. "다시 읽어보기 위해 나는 당신의 에세이를 아직 그대로 가지고 있소. 그건 내가 보기에는 절대적으로 훌륭하오. 당신이 전에 쓴 어떤 것과도 비길 수 없을 만큼 일급의 작품이오. 놀라울 정도로 분명하고 씩씩한 결단이 느껴지는 대목들이 있소. 소설과 희곡은 과연 이 책의 내용을 구체적으로 이해할 수 있도록 잘 조명하고 있소. 그렇소, 정말 훌륭하오. 그런 글을 읽도록 내게 보여주니 고맙소."[39]

(6) 말로: 《시지프 신화》의 원고는 피아의 손을 거쳐 말로에게 전해진다. 10월, 마침내 카뮈의 알제리 주소를 입수한 말로가 편지를 쓴다. "《시지프 신화》와 《이방인》의 친화 관계가 생각했던 것보다 훨씬 더 의미심장하오. 에세이가 그 책에 충분한 의미를 부여하고 있소. 특히 소설에서 일견 단색적이고 거의 빈약해 보이던 것을 어떤 확고한 그 무엇으로 바꾸어놓고

---

39 같은 책, 468~469쪽.

있소. 그 확고함은 긍정적인 것이 되고 원초적인 어떤 힘을 갖게 되오." 카뮈의 작품들이 서로서로 빛을 던져주는 것이다. 그래서 말로는 가스통 갈리마르에게 세 권의 책을 연달아 출판하도록 압력을 넣는다. 다만 독일이 파리를 점령하고 있는 상황이어서 종이가 귀한 것이 문제였다.

또 다른 편지에서 말로는 파리 문단에 처음 등장하는 약관 29세의 청년을 벌써부터 가장 영향력 있는 작가로 분류한다. "중요한 점은 이 두 권의 책을 함께 선보임으로써 당신은 현존하는, 그리고 나름대로의 목소리를, 그리고 머지않아 애독자층을 압도하는 힘을 가진 작가들 가운데 도열하게 된다는 점이오…. 당신은 일종의 부조리 모델을 제시하고 있소. 이제 남은 것은 부조리의 심리학을 제시하는 일이오."[40]

(7) 11월 15일, 카뮈는 대선배 말로에게 '친애하는 말로 Mon cher Malraux'라는 친근한 표현으로 시작하는 편지에서 "부조리의 심리학은 당신의 작중 인물들에게서 가장 탁월한 성공 사례를 얻었습니다. 이건 공연한 찬사가 아닙니다"[41]라고 화답한다. 말로는 카뮈에게 적어도 《시지프 신화》와 《이방인》만이라도 동시에 출판되도록 갈리마르에게 요청하려 한다고 쓴다.

---

[40] 같은 책, 469쪽.
[41] 같은 책, 470쪽.

또 《천사와의 싸움La Lutte avec l'ange》을 집필 중이던 그는 피아에게 쓴 편지에서 "내가 지금 쓰는 소설 속의 게들도 그와 비슷한 바구니 속에서 꿈틀거리고 있기에 그만큼 더 나는 이 책(《시지프 신화》)을 흥미 있게 읽었소"라고 비교하기도 한다.

(8) 장 폴랑의 평: "나는 《이방인》을 단숨에 다 읽었다. 매우 아름답다. 말할 필요도 없을 만큼 훌륭하다…. 에세이 《시지프 신화》는 그만 못하다. 지적이지만 그건 형이상학적 사건들의 총명한 연대기에 불과하다."[42]

장 폴랑과 가스통 갈리마르의 추천을 받은 《이방인》의 원고는 1941년 11월 12일 우편으로 편집위원회의에 전달되었다. 1941년 12월 8일, 칸에서 가스통 갈리마르가 오랑의 카뮈에게 "《이방인》은 탁월하다. 가능한 한 빨리 출판하고자 한다. 어디로 계약서를 보내면 좋은가? 첫 1만 부에 대해서는 10퍼센트, 그다음부터는 12퍼센트, 착수금 5000프랑을 제안한다"라고 편지를 쓴다.

1) 《시지프 신화》, 세상에 나오다

1942년 7월, 폐렴이 재발한 카뮈에게 의사는 요양을 권한

---

[42] 같은 책, 472쪽.

다. 교사인 프랑신도 7월이 되자 방학으로 다소 자유로워져 이들 부부는 프랑스 본토로 요양 여행을 떠난다. 마르세유, 리옹, 생테티엔을 거쳐 샹봉쉬르리뇽의 파늘리에 마을에 도착, 카뮈는 그곳에서 요양 생활을 하면서 레지스탕스에 가담할 길을 모색한다.

갈리마르의 편집위원 레몽 크노의 편지를 통해 카뮈는 《이방인》이 제작 중임을 알게 된다(5월 19일 《이방인》 4400부 발행). 그러나 편지에는 "당신의 에세이를 출판하는 데는 '지역적인' 어려움이 있다. 유태인인 카프카에 대한 부분이 그렇다"라는 단서가 붙어 있었다. 출판을 허가하는 검열 당국의 눈에는, 자의성과 테러에 의해 짓밟힌 세계를 애매하게 암시하는 카프카의 작품 내용이 당시의 상황을 빗댄 것으로 해석될 수 있었고 유대인 체코 작가의 작품을 찬양하는 글이라서 허가에 난색을 표현한 듯하다. 3월 4일 가스통 갈리마르도 카프카에 대한 글을 다른 것으로 바꾸어야 한다고 강조한다. 결국 카뮈는 이 책의 3부가 절름발이가 되지 않게 하기 위해 도스토옙스키(〈키릴로프〉)에 관한 글을 써서 대체한다.

이 모든 고무적인 소식들에도 불구하고 카뮈는 행복하지 못했다. 그르니에에게 보낸 편지에서 그는 10년 전과 마찬가지로 폐렴이 재발했음을 알리고 있다. 그르니에가 《시지프 신화》의 원고를 철학자 가브리엘 마르셀에게 보여준다. 그는 다시 장 발에게 보여준다.

《시지프 신화》는 1942년 10월 16일 드디어 갈리마르의 '에세이' 총서 제12권으로(초판 2750부) 출간되었다. 9월 22일에 발행 예고가 나간 지 1개월하고 1주일 만이었다. 카뮈는 갈리마르 출판사에 보낸 홍보용 텍스트 〈작가의 말 Prière d'insérer〉에서 자신의 책을 이렇게 설명한다.

> 현대의 지성은 허무주의의 병을 앓고 있다. 그 치유 방법으로 제시된 것이 병을 잊어버리고 과거로 돌아가라는 것이다. 중세로, 원초적 심성으로, 소위 '자연스러운' 삶으로, 종교로, 일련의 낡은 해결책으로 돌아가라는 것이다. 그러나 이런 묘약들이 조금이라도 효력을 발휘하도록 하자면 지난 수세기에 걸친 공헌을 부정한 채 우리가 잘 아는 것을 모르는 체하고, 아무것도 배운 것이 없는 체하고, 지울 수 없는 것을 지우지 않으면 안 될 것이다. 그것은 불가능한 일이다. 이 에세이는 그와 반대로 우리의 귀양살이에 대한 인식을 고려한다. 이 책은 인간으로 하여금 그의 부정不定을 안고 살며 그것을 발전의 원칙으로 삼을 것을 제안한다. 현대의 지성에 대해 이 책은 성실성과 믿음을 선언한다. 이런 의미에서 우리는 이 책을 일종의 정리 작업으로, '좋은 허무주의'의 사전 정의로, 요컨대 하나의 서론으로 간주할 수 있을 따름이다.

그리고 카뮈는 책의 표지에 두르는 띠지에 쓸 카피를 이렇게 제안한다. "시지프 혹은 지옥에서의 행복."[43]

1942년 9월에 벌써 장 폴랑과 크노의 추천에 따라 사르트르는 한 달 뒤에야 나올 《시지프 신화》의 교정지를 미리 받아 읽고 나서 그 철학적 에세이의 조명 속에 《이방인》에 관한 20여 페이지의 에세이를 쓰게 되는데 이것이 바로 그 유명한 〈《이방인》해설〉이다.

이 글은 '나, 대학 교수 자격증 소지자인 나는 그대가 표현하고자 한 바 성공한 대목과 실패한 대목을 설명해주고자 한다'는 식의 오만한 자세가 암시된 흠이 없지 않지만 예리한 글이다. 사실 그때까지 사르트르는 한 작가에 대해 그렇게 긴 글을 할애한 적이 없다. 포크너에게 12페이지, 지로두에게도 그만큼이 전부였고, 중진 모리악만이 카뮈에 대한 글의 분량으로 대접받았다. 사르트르는 불과 사흘 만에 그 긴 글을 다 썼다. 그는 《시지프 신화》의 논리적 틀을 활용해 소설 《이방인》의 해석을 위한 '열쇠'를 찾아낸 것이다.[44]

---

[43] 같은 책, 504쪽.
[44] 같은 책, 514쪽.

Ⅱ. 《시지프 신화》의 구조

1. 부조리, 자살, 희망

"참으로 진지한 철학적 문제는 오직 하나뿐이다. 그것은 바로 자살이다. 인생이 살 가치가 있느냐 없느냐를 판단하는 것이야말로 철학의 근본 문제에 답하는 것이다." 카뮈가 이처럼 시작부터 분명히 하는 책의 주제를 다른 말로 바꾸어 표현해보면 "부조리와 자살의 관계"가 된다. 이처럼 책의 가장 중요한 두 주제가 '부조리'와 '자살'이라면 거기에 추가된 '제3의 주제'는 '희망'이다.

《시지프 신화》는 요컨대 "부조리와 희망과 죽음이 서로 응수하며 벌이는 비인간적 유희"에 대한 매우 성실한 '묘사'라고 할 수 있다. 그러면 인간의 삶이라는 기이하고 비장한 유희 혹은 연극에 등장하는 세 주역을 차례로 검토해보기로 한다.

2. 부조리

1) 부조리의 발견: 습관과 의식

"경련하는 얼굴, 바위에 밀착한 뺨, 진흙에 덮인 돌덩어리를 떠받치는 어깨와 그것을 고여 버티는 한쪽 다리, 돌을 되받아 안은 팔 끝, 흙투성이가 된 두 손." 이처럼 길고 고통스러운 노력 끝에 시지프는 목표를 달성한다. 바위를 산꼭대기까지 굴려 올리는 데 성공한 것이다. 그러나 굴려 올려진 돌은 순식간에 저 아래 골짜기로 다시 굴러떨어진다. 이제 또다시 그 골짜기 바닥에서 정점을 향해 돌을 끌어올려야만 하는 것이다. 그는 들판을 향해 내려간다.

카뮈가 무엇보다도 중요시하는 것은 바로 이 순간이다. "시지프가 나의 관심을 끄는 것은 바로 저 산꼭대기에서 되돌아 내려올 때, 그 잠시의 휴지의 순간이다. (…) 나는 이 사람이 무겁지만 한결같은 걸음걸이로, 아무리 해도 끝장을 볼 수 없을 고뇌를 향해 다시 걸어 내려오는 것을 본다. 마치 호흡과도 같은 이 시간, 또한 불행처럼 어김없이 되찾아오는 이 시간이 바로 의식의 시간이다. 그가 산꼭대기를 떠나 제신의 소굴을 향해 조금씩 더 깊숙이 내려가는 그 순간순간 시지프는 자신의 운명보다 우월하다. 그는 그의 바위보다 강하다."

부조리는 바로 이 '의식'에 의해 발견되는 것이다. 의식은 바위를 굴려 올리는 일상적 행위들이 정지되는 시간, 즉 정상에서 '되돌아 내려오는' 순간, 숨을 고르는 순간에 찾아온다. 이 돌연한 방향 전환은 지금까지의 삶에 대한 '반성'의 은유가 된다. 반성에 의해 인간은 그의 운명보다 더 강해진다.

그러니까 태초에 있는 것은 무반성한 삶의 관성, 즉 '습관'이다. "물론 산다는 것은 결코 쉬운 일이 아니다. 사람이 살아가는 데 필요한 몸짓을 그만두지 않고 계속하는 데는 여러 가지 이유가 있다. 그중 첫째 이유가 습관이다." "하루하루 이어지는 광채 없는 삶에서는 시간이 우리를 떠메고 간다. 그러나 언젠가는 우리가 이 시간을 떠메고 가야 할 때가 오게 마련이다." 산정으로 바위를 굴려 올리는 일의 반복이 광채 없는 습관적 삶이라면 '반성'은 굴러떨어진 바위를 향해 내려가는 동안 자신의 일상적 삶을 되비춰보는 의식이며 시간을 떠메고 가는 일이다. "습관의 우스꽝스러운 면, 살아야 할 깊은 이유의 결여, 법석을 떨어가며 살아가는 일상의 어처구니없는 면 그리고 고통의 무용함"의 깨달음은 바로 의식으로부터 촉발되는 것이다.

"아침에 기상, 전차로 출근, 사무실 혹은 공장에서 보내는 네 시간, 식사, 전차, 네 시간의 노동, 식사, 수면 그리고 똑같은 리듬으로 반복되는 월, 화, 수, 목, 금, 토 이 행로는 대개의 경우 어렵지 않게 이어진다." 이것이 습관의 세계다. 습관은 죽음이 찾아오는 날까지 무작정 계속될 수도 있다. "다만 어느 날 문득, '왜?'라는 의문이 솟아오르고 놀라움이 동반된 권태의 느낌 속에서 모든 일이 시작된다. '시작된다'라는 말은 중요하다. 권태는 기계적인 생활의 여러 행동이 끝날 때 느껴지지만, 그것은 동시에 의식이 활동을 개시한다는 것을 뜻한다. 권태는 의식을 깨워 일으키며 그에 뒤따르는 과정을 야기한다." 권태와 의문, 놀라움과 의식 그것이 바로 단절이며 돌연한 방향 전환이며 새로운 시작이다. 이것이 부조리의 각성이다. "왜냐하면 모든 것은 의식에 의해 시작되며, 그 어떤 것도 의식을 통해서만 가치 있는 것이 되기 때문이다. (…) 단순한 '관심'이 모든 것의 기원인 것이다."

모든 것은 의식, 즉 생각에 의해 시작된다. "생각을 하기 시작한다는 것, 그것은 정신적 침식으로 골병이 들기 시작한다는 말이다." 그 '시작'에 뒤따르는 '과정'이 바로 부조리다. '삶이 무엇인지를 또렷하게 직시하는 행위'를 카뮈는 '명철성', 혹은 '명증한 의식'이라고 부르고 그 명철성을 출발점으로 해 마침내 '빛의 세계 밖으로 도피하는 행위'를 자살이라고 부른다. 부조리는 명철성과 자살 사이에 자리 잡는다. '사유가 극한에 도달하는 물 한 모금 없이 황량한 장소', '사유가 비틀대는 그 마지막 전환점', 이 기이한 공간을 카뮈는 '사막'이라고 부른다. 그곳이 부조리의 세계다. "저 기이한 영혼의 상태, 즉 공허가 웅변적이 되고, 일상의 판에 박힌 행동을 이어주던 끈이 툭 끊어지면서 마음이 그 끈을 다시 이어줄 매듭을 찾으려 해도 헛일이 되는 그 기이한 상태를 나타내는 것이라면, 그때 그 대답은 바로 부조리의 첫 징후인 것이다."

2) 부조리란 무엇인가?
"부조리라는 것은 본질적으로 일종의 이혼, 즉 절연이다."
(1) 세계의 파열과 붕괴: 부조리는 파열이고 붕괴다. 의식에 의해 삶이라는 무대장치가 붕괴된다. "정신이 깨어나 조금이

라도 움직이기 시작하면 이 세계는 금이 가서 무너진다." 통일성이 불가능해진다. 이해한다는 것은 무엇보다 먼저 통일한다는 것이다. 그런데 "무수한 조각으로 파열된 광채가 인식 앞에 나타나는 것이다. 그런 것을 가지고 우리에게 마음의 평화를 안겨다 줄 친숙하고도 고요한 표면을 재구성한다는 것은 바라지도 말아야 한다."

(2) 세계의 낯섦: 한편, 파열되고 붕괴되는 것은 세계 자체만이 아니다. 인간 정신의 깊은 욕구는 바로 친숙해지고 싶은 욕구이며 분명한 인식에의 갈망이다. 인간의 입장에서 "세계를 이해한다는 것은 그 세계를 인간적인 것으로 환원시켜서 거기에 인간의 낙인을 찍는 것이다." 그런데 '무수한 조각으로 파열된' 세계는 돌연 나에게 낯설어지는 세계다. 부조리는 나와 세계의 관계, 즉 낯섦이다. 나와 세계를 하나로 여겨왔는데 돌연 내가 세계로부터 단절되어 있음을 의식한다. 그것이 낯섦이다. "설사 시원찮은 이유들을 대고서라도 설명할 수 있다면 그 세계는 낯익은 세계다. 그러나 이와 반대로 돌연 환상과 빛을 박탈당한 세계에서 인간은 자신을 이방인으로 느낀다." 세계의 낯익음은 '설명', 즉 이성이라는 공통된 바탕 위에서 나와 세계가 하나임을 느끼는 것이다. 낯설음은 인식의 기반인 이성이 환상의 모래성으로 판명됨으로써 일어나는 단절 현상이다. 세계에 대한 나의 인식은 불가능해진다. "세계가 다시금 본래의 모습으로 되돌아갔기 때문에 우리로서는 이해할 수 없

게 된다. 습관에 의해 가려 있던 무대장치들이 다시 본연의 모습으로 돌아간다. (…) 즉 세계의 두꺼움과 낯섦, 이것이 바로 부조리다."

(3) 타자의 낯섦: 나에게 낯설어진 것은 세계만이 아니다. 다른 인간들(타자)도 내게 낯설어진다. "인간들 역시 비인간적인 것을 분비한다. 통찰력이 살아나는 어떤 순간에는, 인간들이 하는 행동의 기계적인 면과 의미 없는 무언극이 그들 주위의 모든 것을 다 어리석은 것으로 만든다. 한 사내가 유리 칸막이 저쪽에서 전화를 걸고 있다. 그의 목소리는 들리지 않지만 무언극 같은 뜻 모를 몸짓은 보인다. 저 사람은 왜 사는 것일까 하는 의문이 생긴다. 인간 자신의 비인간성 앞에서 느끼는 이 불안, 우리의 됨됨이가 보여주는 이미지 앞에서 경험하는 측량할 길 없는 이 추락, 우리 시대의 어느 작가가 말한 바 있는 '구토', 이것 또한 부조리다.

(4) 나의 낯섦: 나에게 낯설어진 것은 세계나 타자만이 아니다. 마침내 나 자신까지도 내게는 낯선 이방인이 된다. "마찬가지로, 어떤 순간 거울 속에서 우리와 마주치는 그 이방인, 우리 자신의 사진들 속에서 다시 만나는 친근하면서도 음산한 형제, 이것 또한 부조리다."

"이 낯선 세계로의 유배에는 구원이 없다. 그에게는 잃어버린 고향의 추억도 약속된 땅의 희망도 다 빼앗기고 없기 때문이다. 인간과 그의 삶, 배우와 무대장치의 절연, 이것이 다름 아닌 부조리의 감정이다." '절연'을 의미하는 프랑스어 'divorce'는 동시에 '이혼'을 의미한다. 부조리의 각성으로 야기된 '유적'에는 약속된 땅의 희망이나 과거의 추억이 없듯이 이 '이혼'에는 '재혼'의 약속이 없다. 왜냐하면 이것은 '인간과 그의 삶' 사이의 돌이킬 수 없는 단절의 현재이기 때문이다.

(5) 시간의 인식: 부조리는, 반드시 죽음으로 인도하게 마련인 '시간'에 대한 인식으로부터 온다. "그는 시간에 속해 있는 것이다. 그는 자신을 사로잡는 공포로 미루어보아 거기에 최악의 적이 도사리고 있음을 알아차린다. 내일, 그는 내일을 바라고 있었던 것이다. 그의 전 존재를 다해 거부했어야 마땅할 내일을. 이 육체의 반항이 바로 부조리다."

(6) 죽음에 대한 의식: 따라서 부조리는 죽음에 대한 명철한 의식이다. "뺨을 때려도 자국이 나지 않는 무기력한 육체에서 영혼은 사라지고 없다. 죽음이라는 모험의 초보적이고 결정적인 측면이 부조리의 감정의 내용을 이룬다. 이 숙명의 치명적 조명을 받으면서 무용성이 그 모습을 드러낸다. 우리의 인간 조건을 관장하는 피비린내 나는 수학 앞에서는 그 어떤 도덕도 그 어떤 노력도 이미 선험적인 정당성을 가질 수 없다."

다시 한번 요약해보자. 부조리는 '단절'이다. 단절은 두 개의 항을 전제로 한다. 그것은 이어져 있던 것의 끊어짐이다. 하나였던 것이 둘이 된다. 갈라진 둘은 이제 더 이상 하나로 이어지지 않는다. 부조리는 나와 세계, 나와 타자, 나와 나 자신 사이의 절연이며 단절이다. 부조리는 인간과 그의 삶 사이의 이혼이며 거기서 오는 낯섦이다. 부조리는 시간에 대한 인식이며 죽음에 대한 명철한 의식, 혹은 '의식적인 죽음'이다. 부조리는 어떤 두 가지 사이의 관계로서 "인간 안에 있는 것도 아니고 (…) 세계 안에 있는 것도 아니고 오직 양자가 함께 있는 가운데 있을 뿐"이다. 즉 "부조리는 인간의 호소와 세계의 비합리적 침묵 사이의 대면에서 생겨난다."

3. 부조리를 회피하는 두 가지 방식: 희망과 자살

《시지프 신화》는 전편에 걸쳐 끊임없이 반복, 확대되며 이어지는 일련의 질문에 다각적으로 대답하는 과정이라고 할 수 있다. 요컨대 카뮈는 다음의 세 가지 질문을 제기하고 그에 대답하려고 노력한다.

1. 부조리의 본질은 무엇인가?
2. 부조리는 철학적 자살을 정당화하는가?
3. 부조리는 육체적 자살을 정당화하는가? (《부조리의 벽》)

습관적인 삶 속에서 가장 먼저 제기되는 질문은 '인생은 살 가치가 있는가?'라는 것이다. 이 질문에 대한 답으로 발견된 것이 바로 부조리라는 극한의 '사막'이다. 그 부조리가 자각되고 발견되는 계기와 부조리의 본질과 구조는 이제 막 설명했다. 그러나 중요한 것은 부조리 그 자체가 아니라 '출발점'에서 이끌어낼 수 있는 '귀결'이다.

따라서 곧바로 다음과 같은 질문이 뒤따른다. '죽음에 이를 정도의 논리는 존재하는가?', '부조리의 논리는 죽음을 명하는가?', '자살이 부조리에 대한 해결인가?' 다시 말해서 이는 '부조리와 자살의 관계'에 대한 주제다. "이 시론의 주제는, 바로 이러한 부조리와 자살의 관계를 밝히고 자살이 어느 정도로 부조리에 대한 해결이 될 수 있을 것인가를 생각해보는 데 있다."

이 질문은 이내 좀 더 세분되고 구체성을 갖춘다. "과연 희망이라든가 자살 같은 길을 통해서 삶으로부터 벗어나기를 요구하는 것일까?" 부조리에 대한 해결책으로 자살에 희망이 하나 더 추가된 것이다. 단순히 추가된 것만이 아니다. 카뮈는 '희망'이라는 문제를 먼저 검토한 다음에 비로소 자살의 문제에 접근한다. 결국 이 질문은 〈철학적 자살〉이라는 제목을 붙인 장에서 다음과 같은 순서로 요약된다.

부조리('숨막히는 하늘 아래')에서
1) 빠져나올 것인가?
어떻게?

① 비약＝희망에 의해

　　② 자살에 의해

　　2) 분수에 맞는 관념과 형상들의 집을 지을 것인가?(자기 기만)

　　3) 그곳에 버티고 있을 것인가?

　　무엇 때문에?

　　'쓰라리고도 멋들어진 내기를 지탱할 것인가?' (반항)

　　＝'구원을 호소하지 않고 사는 것은 가능한가?'

　　＝'어떻게 부조리로 살아갈 수 있는가?'

　앞에서 지적했듯이 《시지프 신화》는 자살로 시작해 행복한 시지프로 끝나는 책이다. 즉 자살이 행복한 삶으로 역전되는 과정의 기술인 것이다. 카뮈는 책의 초입에서 이미 암시적으로 말했다. "어떤 책의 첫 페이지 속에는 이미 그 마지막 페이지의 암시가 담겨 있는 법이다. 이와 같이 처음과 끝의 관련은 불가피하다." 이 말은 곧 부조리의 본질에 대한 규명에 이미 부조리에 대처하는 '귀결'이 암시되어 있다는 의미로 해석할 수 있다. 질문을 제기하는 방식 속에 그에 대한 대답이 암시되어 있는 것이다. "삶의 부조리는 과연 희망이라든가 자살 같은 길을 통해서 삶으로부터 벗어나기를 요구하는 것일까? 이것이야말로 그 나머지는 치워버린 채 밝히고 추적하고 해명해야 할 문제인 것이다." 이리하여 카뮈는 '과연 부조리는 죽음을 명하는가?'라는 질문에 '우선권'을 부여한다. 그런데 이 질문의 어조와 방식에는 이미 답이 함축되어 있다. 그래서 그는 "한편으로는 그(부조리의) 의미를, 다른 한편으로는 그 개념으로부터 이끌어낼 수 있는 결론을 밝혀내려고 노력할 수 있다."

그러면 반복을 무릅쓰고 다시 한번 부조리의 '본질'과 '의미'로 돌아가보자. "이 점에서 첫째가는 특징은 바로 삼위일체(인간의 열망, 세계의 침묵, 그 양자의 관계인 부조리)가 서로 분리될 수 없다는 점이다. 세 가지 중 어느 한 항이라도 파괴하면 그것은 전체를 파괴하는 것이 된다. 인간의 정신을 벗어나면 부조리는 없다. 그렇기에 모든 것이 그렇듯 부조리 역시 죽음과 더불어 끝난다. 물론 세계를 벗어나도 부조리란 있을 수 없다. 바로 이 기본적인 표준에 따라 나는 부조리의 개념이 본질적인 것이라고, 그것이 나의 진리들 가운데 첫째가는 것이라고 판단한다."

데카르트가 방법론적 회의를 통해 최종적으로 남겨놓은 단 하나의 확실성은 '의식(코기토)'이다. 카뮈에게 의식에 해당하는 유일한 '확실성'은 바로 부조리다. 그 개념은 '진리 가운데서 가장 으뜸가는 것'이며 '추론을 유발시킨 자명함 자체'다.

그런데 유일한 확신인 부조리의 개념으로부터 이끌어낼 수 있는 귀결은 무엇일까? 카뮈는 우선 이렇게 대답한다. "뒤따르는 과정이란 아무 생각 없이 생활의 연쇄 속으로 되돌아오는 것일 수도 있고 아니면 결정적인 각성일 수도 있다. 각성 끝에 시간이 지나면서 그 결과가 생기는데 그것은 자살일 수도 있고 아니면 원상복귀일 수도 있다." "아무 생각 없이 생활의 연쇄 속으로 되돌아오는 것"은 일종의 무반성적인 자기기만인 동시에 원점 회귀이므로 논의의 대상이 되지 못한다. 그렇다면 "결정적인 각성" 뒤에 오는 귀결은 부조리에서 '빠져나오는 것'과 '그곳에 버티고 있는 것'(원상복귀) 두 가지밖에 없다. '빠져나오는 것'에는 두 가지 가능성이 있다. 그 하나는 '희망'이고 다른 하나는 '육체적 자살'이다.

1) 희망

카뮈는 우선 "합리주의에 대한 비판을 출발점으로 해 부조리의 풍토를 확인한 사람들", 즉 키르케고르, 하이데거, 야스퍼스, 셰스토프 같은 실존주의자들과 후설 같은 현상학자가 어떤 방식으로 그들의 논리적 귀결을 밀고 나가는지를 검토한다. 그 결과 "부조리에서 출발한 그들은, 기묘한 논리에 의해('겸손해진 이성과 의기양양한 이성이라는 서로 상반된 길을 거쳐'), 그들을 깔아뭉개는 것을 신격화하고 자신을 헐벗게 만드는 것 속에서 희망의 이유를 발견한다"라는 사실을 밝혀낸다. "그 누구의 경우든 이 강요된 희망의 본질은 종교적인 것이다"라고 카뮈는 진단한다.

이처럼 그가 말하는 '희망'이라는 것은 뜻밖에도 기만적인 의미를 담고 있다. 그것은 '내세의 삶에 대한 희망'을 뜻한다.

따라서 희망이란 결국 현재의 "삶 그 자체를 위해서가 아니라 어떤 거창한 관념, 삶을 초월하고 그 삶을 승화시키며 삶에 어떤 의미를 주며 결국은 삶을 배반하는 거창한 관념을 위해 사는 사람들의 속임수"인 것이다. 그래서 카뮈는 '희망'을 "도피", "치명적 회피", "동의", "투쟁의 기피", "기권", "비약" 혹은 "철학적 자살"이라고 규정한다. 이러한 비약은 앞에서 지적했듯이 "인간의 정신을 벗어나면 부조리는 없다", "세계를 벗어나도 부조리란 있을 수 없다"라는 부조리의 본질에 위배된다. 그것은 부조리의 '기반'을 무시한 채 "고통스러운 대립의 항목들 중 하나를 부정하고 나에게 기권을 요구한다." "키르케고르는 나의 향수를 없애버리고 다른 한편 후설은 이 우주를 하나로 합친다." 따라서 '추론을 유발시킨 자명함', 즉 부조리 자체에 충실하고자 원하는 카뮈에게 희망은 부조리의 정당한 귀결이 되지 못한다.

2) 자살

"자명한 것을 은폐한다거나 방정식의 한쪽 항을 부인함으로써 부조리 자체를 제거해버리자는 것이 아니다. 부조리로 살아갈 수 있는가, 아니면 논리가 부조리로 말미암아 죽을 수밖에 없다고 명하는가를 알아야 한다." 따라서 카뮈는 '철학적 자살이 아니라 그냥 자살 그 자체'에 관심이 있다고 말한다.

부조리의 시각에서 볼 때 자살은 무엇을 의미하는가? 자살은 인간이 스스로에게 초래하는 죽음이다. 그러므로 "자살은 부조리를 바로 죽음 속으로 끌고 들어간다." 부조리는 대립에 의해서 존재하는데 그 대립의 항목 중 어느 하나(인간의 열망)를 부정하는 것은 곧 부조리를 기피하는 것이 된다. 따라서 자살은 곧 문제 자체를 폐기하는 것과 같다. 죽음과 더불어 부조리도 '끝이 나기' 때문이다. 자살은 부조리의 '본질'을 소멸시키므로 그 귀결 혹은 해답이 될 수 없다. 자살은 "비약과 마찬가지로 한계점에 이르러서의 수용이다." 부조리는 죽음에 대한 의식인 동시에 그 죽음의 거부라는 점에서 자살에서 벗어난다. "부조리는 사형수의 마지막 생각이 극한에 이르렀을 때, 현기증 나는 추락의 막다른 벼랑 끝에서 어쩔 수 없이 바라보게 되는 저 한 가닥의 구두끈이다. 자살자의 반대, 이것은 다름 아닌 사형수이다." 이리하여 부조리의 추론에서 이끌어진 귀결이 역전된다. 인생의 의미가 없을수록 그만큼 더 훌륭히 살아갈 수 있다고 여겨지는 것이다. "산다는 것은 곧 부조리를 살려 놓는 것이다."

4. 반항, 자유, 열정

이상으로 우리는 '인간의 삶이라는 기이하고 비장한 유희 혹은 연극에 등장하는 세 주역', 즉 부조리, 희망, 자살을 차례로 검토했다. 결국 부조리로부터 이끌어낼 수 있는 귀결은 오직 한 가지뿐이다. 그것은 '사막'(부조리)을 벗어나지 않은 채 그 속에서 버티는 것이다. "내가 진실이라고 믿는 것을 나는 마땅히 견지해야 한다. 나에게 그처럼 분명하게 나타나 보이는 것이라면 그것이 비록 적대적인 것일지라도 지탱해야 한다." 아니 '적대적인 것'이기 때문에 지탱해야 한다. 앞서 카뮈는 "각성 끝에 시간이 지나면서 그 결과가 생기는데 그것은 자살일 수도 있고 원상복귀일 수도 있다"라고 말했다. 자살이 적절한 결말이 되지 못한다는 사실은 이제 막 검토해보았다. 남은 것은 '원상복귀'다. 이것은 무슨 의미일까? 그것은 '반항과 통찰력을 간직한 채' 인간의 삶 속으로 되돌아오는 것, '희망을 갖지 않는 법'을 배우는 것을 말한다. 즉 '쓰라리고도 멋들어진 내기를 지탱하는 것', '구원을 호소함이 없이 사는 것'이다.

카뮈는 마침내 결론을 내린다. "이리하여 나는 부조리에서 세 가지 귀결을 이끌어낸다. 그것은 바로 나의 반항, 나의 자유, 그리고 나의 열정이다. 오직 의식의 활동을 통해 나는 죽음으로의 초대였던 것을 삶의 법칙으로 바꾸어놓는다. 그래서 나는 자살을 거부한다."

1) 첫번째 귀결: 반항

"유일하게 일관성 있는 철학적 태도는 곧 반항이다." 카뮈는 부조리를 '단절'이라는 정적인 '상태'로 묘사하는 데 그치지 않는다. 관계 단절에 대한 카뮈의 묘사에서 우리는 애초부터 부단한 힘의 대결과 긴장과 충돌 같은 것을 느낄 수 있다. 부조리가 전제로 하는 두 가지 항(인간과 세계, 인간의 삶, 배우와 무대장치)의 대면, 대응, 모순에는 일종의 대립적이고 역동적인 에너지가 작용한다. 이것이 의식에서 반항으로 가는 길을 열어놓는다. 여기에 카뮈 특유의 치열성이 드러난다. 따라서 그의 책에서는 출발점으로서 부조리 그 자체보다는 부조리에서 논리적 귀결을 이끌어내는 노력에 더 큰 중요성이 있는 것이다.

"이 세계 자체는 합리적이지 않다. 이것이 우리가 말할 수 있는 전부다. 그러나 부조리한 것인 바로 이 비합리와 명확함에 대한 미칠 것 같은 열망의 맞대면이다. 그 명확함에 대한 호소가 인간의 가장 깊은 곳에서 메아리친다. 부조리는 인간과 세계에 똑같이 관련된다. 지금으로서는 부조리만이 그들을 이어주는 유일한 매듭이다." 여기서 보듯이 에너지는 인간으로부터 삶과 세계를 향하고 있다. 명확함에 이르려는 인간의 '필사적 열망'이나 '호소', 인간이 자신 속에서 부단히 느끼는 행복과 합리에의 '욕구'가 그것을 잘 말해준다. 이 열망과 호소의 치열성이 더하면 더할수록 이에 대한 세계의 무심한 침묵과 저항은 더욱 강하고 요지부동으로 느껴진다. 서로 반대되는 방향의 두 가지 힘이 마주치는 접점, 혹은 '매듭'은 뜨겁고 단단하고 치열하다. "이 정신과 이 세계는 서로 부둥켜안지 못한 채 서로 힘을 겨루듯이 떠밀며 버티고 있다." 시지프와 그가 밀어 올리는 바위의 관계가 그러하다. "경련하는 얼굴, 바위에 밀착한 뺨, 진흙에 덮인 돌덩어리를 떠받치는 어깨와 그것을 고여 버티는 한쪽 다리, 돌을 되받아 안은 팔 끝, 흙투성이가 된 두 손"은 온통 에너지의 묘사 자체다. 산정을 향해 바위를 떠미는 인간의 육체, 그리고 인간의 몸을 짓누르는 바위의 무게, 이 두 가지 힘이 마주쳐서 만들어 내는 치열하고 단단한 접점이 다름 아닌 부조리의 '매듭'이며 '벽'이다. 그것이 바로 시지프의 바위 그 자체다. 그래서 카뮈는 말한다. "그토록 돌덩이에 바싹 닿은 채로 고통스러워하는 이 얼굴은 이미 돌 그 자체다!"

그런데 두 가지 상반된 힘이 마주쳐서 만들어내는 부조리의 '벽'이나 '돌'은 어느새 앞에서 말한 '단절'을 하나의 끊을 수 없는 '매듭' 혹은 '유대'로 변화시킨다. 카뮈는 아마도 이 역설을 두고 '부조리의 추론'이라고 부르는 듯하다. 기이하게도 '매듭'은 단절된 양자를 서로 '비끄러매'놓는다. "나의 추론은 추론을 유발시킨 자명함 자체에 충실하기를 원한다. 그 자명함이란 곧 부조리다. 욕망하는 정신과 실망만 안겨주는 세계의 절연, 통일에의 향수, 지리멸렬의 우주 그리고 그 양자를 한데 비끄러매놓는 모순이 바로 부조리다."

부조리라는 모순은 인간의 욕구와 세계의 불합리만을 서로 '비끄러매'놓는 것이 아니다. 한 걸음 나아가서 명철한 의식의 인간은 바로 그 매듭인 부조리에 '꼭 매달리는' 인간이다. 아니, 카뮈는 이 부조리에 꼭 매달리기를 요구한다. 왜냐하면 그것이 유일한 자명함이기 때문이다. 카뮈가 궁극적으로 제안하는 반항은 결국 우리가 앞에서 지적한 저 단단하고 뜨거운 접점의 창조를 말한다. 그것은 명철한 의식이며 뜨거운 에너지의 대결이며 자기 해방이다. 명철한 의식은 부조리를 발견하게 만드는 계기였으므로 출발점이지만 동시에 반항이라는 귀결에서도 빼놓을 수 없는 요소다. 항구적인 반항은 항구적인 의식에 의해 지탱된다.

"반항은 인간과 그 자신의 어둠의 끊임없는 대면이다. 반항은 어떤 불가능한 투명에의 요구다. 반항은 매 순간 세계를 재고할 대상으로 삼는다." 반항은 일회적으로 끝나는 것이 아니라 항구적이다. "반항에는 희망이 없다." 죽는 순간까지 반항은 매순간 계속된다. 삶은 곧 반항이기 때문이다. 위험이 인간에게 반항해야 할 유일무이한 기회를 제공하듯이, 형이상학적 반항은 "경험 전반에 의식을 펼쳐놓는다. 반항은 인간이 자신에게 끊임없이 현존함을 뜻한다." 반항은 짓눌러오는 운명의 확인이다. "의식과 반항, 이 거부 행위는 포기와 정반대다. 인간 가슴속에 깃든, 환원될 수 없고 정열에 찬 모든 것이 함께 그의 삶에 맞서 이 거부를 고무한다." 그는 매일의 의식과 반항을 통해 '운명에 대한 도전'이라는 유일한 진실을 증언한다.

2) 두 번째 귀결: 자유

부조리는 죽음에 대한 의식이다. 나의 운명인 죽음은 영원한 자유에 대한 나의 모든 기회를 말살한다. 그러나 그것은 나에게 '행동의 자유'를 되돌려주며 앙양시켜준다. 부조리가 이 점에 관해 나에게 분명하게 보여주는 것은 바로 "내일은 존재하지 않는다는 사실"이다. "희망과 미래의 박탈은 곧 인간의 정신적 개방성의 증대를 의미한다." 나의 깊은 자유의 존재 이유는 바로 거기에 있는 것이다. 그래서 '모든 것이 허용된다.'

죽음이라는 '밑바닥 없는 확실성' 속으로 몰입하는 것, 이제부터 자신의 삶에 대해 스스로가 이방인임을 느낌으로써 삶을 확장시키고 그 삶을 두루 편력하는 것, 그것이야말로 어떤 해방의 원리라고 할 수 있다. 새로운 독립은 모든 행동의 자유가 그렇듯이 기한부이다. 그것은 영원을 담보로 한 수표를 끊지 않는다. "이른 새벽 감옥의 문이 열릴 때 그 문 앞으로 끌려나온 사형수가 맛보는 기막힌 자유, 삶의 순수한 불꽃 이외의 모든 것에 대한 엄청난 무관심, 죽음과 부조리 야말로 단 하나의 온당한 자유의 원리, 즉 인간의 가슴이 경험하고 체현할 수 있는 자유의 원리임을 우리는 분명히 느낄 수 있다. 이것이 두 번째 귀결이다."

카뮈는 '자유'라는 두 번째 귀결에서 '양의 철학'을 도출해낸다. 개인의 자유는 '한정된 운명'과의 관련 속에서만 의미가 있다. 따라서 여기서 가치의 판단은 폐기되고 사실의 판단만 남는다. "자신의 삶, 반항, 자유를 느낀다는 것, 그것을 최대한 많이 느낀다는 것, 그것이 바로 사는 것이며 최대한 많이 사는 것이다. 통찰력이 지배하는 곳에서는 가치의 척도는 무용해진다."

3) 세 번째 귀결: 열정

우리는 앞에서 이미 《시지프 신화》 속에 담긴 '개인적' 성격, 뜨거운 육성 그리고 치열함을 주목했다. 이 책이 줄곧 그 밑바탕에 깔고 있으면서 마침내 최종적인 결론으로 이끌어내는 것은 바로 그 열정이다. 그것은 "비약하기 전의 미묘한 순간", "현기증 나는 순간의 모서리 위에서 몸을 지탱할 줄 아는" 자의 뜨거운 열정이다. 정신이 스스로 부과하는 규율, '불 속에서 통째로 단련해낸' 의지, 그리고 이 '정면 대결'에는 무엇인가 '강력하고 비범한' 것이 있다. 합리와 통일성이 결여된 세계에서의 삶이란 무엇을 의미하는가? 당장은 미래에 대한 무관심과 "주어진 모든 것을 남김없이 소진하겠다는 열정 이외에 아무것도 아니다."

끊임없이 의식의 날을 세워가지고 있는 한 영혼 앞에 놓이는 현재, 그리고 줄지어서 지나가는 수많은 현재, 그것이 바로 부조리 인간의 이상이다. 그러나 이때 '이상'이라는 말에는 오해의 소지가 있다. 사실 그것은 부조리한 인간의 사명이라고 할 수 없는 것으로 오직 그의 추론의 세 번째 귀결에 불과한 것이다. 부조리에 대한 성찰은 비인간적인 것을 고통스럽게 의식하는 데서 출발해 그 여정의 종점에 이르면 인간적 반항이라는 열정에 찬 불꽃 속으로 되돌아오는 것이다.

Ⅲ. 결론

　무반성한 습관에서 출발하여 명철한 의식을 통해 부조리를 발견한 인간은 비약도 자살도 거부한 채 부조리의 사막 속에서 명철한 의식의 조명을 받으며 죽는 순간까지 버티고 반항한다. 이것이 부조리의 추론이다. 이렇게 카뮈는 우선 '지성'이라는 차원에서 검토했다. 그것은 '어떤 사고방식을 정의하는 데 불과하다.'
　다음으로 그는 '삶의 기술'(2부 〈부조리한 인간〉)과 '예술'(3부 〈부조리한 창조〉)이라는 세계 속에서 각기 부조리의 풍토를 점검해본다. 삶의 기술을 통해 실제로 부조리를 사는 모습을 보여주는 예로 카뮈는 부조리한 인간을 제시한다. 돈 후안, 배우, 정복자가 그들이다. 돈 후안은 명징한 의식을 지닌 유혹자다. 그는 희망을 품지 않으며 한시적 공간(현세, 현재)만을 확신한 나머지 양의 윤리를 믿는 인간이며 "삶의 기회를 남김없이 소진하는" 인간이다.
　배우 역시 양의 윤리를 믿으며 육체와 외관만을 통해서 삶을 연기한다. 그는 필멸의 것 가운데 군림한다. "모든 것은 언젠가 반드시 죽게 마련이라는 사실에서 최선의 결론을 이끌어낸 것은 바로 배우다." 그는 모든 삶 속으로 파고들어 삶의 다양함을 골고루 경험한다. 그는 동일하면서도 지극히 다양하고 단 하나의 육체에 의해 그토록 많은 영혼들이 요약된다는 모순을 드러내보인다.

정복자에게 육체는 하나의 확신이다. 그는 오직 육체로 살 뿐이다. 그래서 그는 부조리한 인간이다. 그는 시간과 더불어 살고 시간과 더불어 죽는다. 정복자는 승전 장군이 아니라 패배하게 되어 있는 투쟁을 선택한 사람이다. "나는 나의 통찰을 부정하는 것의 한복판에 그 통찰을 확립시킨다. 나는 인간을 짓누르는 것 앞에서 인간을 찬미하고 그때 나의 자유, 나의 반항, 나의 정열은 그 긴장, 그 통찰 그리고 그 기상천외의 반복 속에서 한 덩어리가 된다"라는 것을 안다.

돈 후안, 배우, 정복자의 사는 방식은 부조리의 추론에 "보다 뜨거운 체온이 담긴 모습"을 회복시켜준다. 그리고 끝으로 카뮈는 3부 〈부조리한 창조〉에서 "인물들 중에서도 가장 부조리한 인물", 즉 창조자의 모습을 그려 보인다. 책의 1부가 부조리를 생각하는 방식을 분석, 설명한 것이라면 2부는 사는 방식, 3부는 창조하는 방식의 분석이라고 할 수 있다. 예술가, 그 중에서 특히 소설가는 삶, 구체성, 육체, 감각에 바탕을 두고 "이미지를 통해 글을" 쓴다. 그는 "현존성을 부인할 수 없는 육체의 진리들"로 이 세계를 가득 채우고 싶어 한다. 그가 쓰는 작품은 "인생의 찬란함과 무용함을 완성시켜주는 초연함과 열정의 실천"이다. 그는 반항, 자유, 다양성이라는 부조리한 창조의 조건을 드러내 보인다.

결국 구체성의 정도, 분석의 차원은 각기 다르지만 카뮈가 한결같이 강조하는 것은 명철한 의식과 반항의 열정이다. "이 세계와 나의 정신의 갈등과 마찰의 근본을 이루는 것은 바로 그에 대한 나의 의식 자체가 아니고 무엇이겠는가? 그러므로 만약 내가 그것을 견지하고자 한다면 그것은 항상 새로워지고 항상 긴장을 유지하는 항구적인 의식에 의해서만 가능하다. 지금 당장 내가 인식해두어야 할 것은 바로 이 점이다."《시지프 신화》는 의식의 차원으로 옮겨놓은 일종의 '영원한 혁명'의 윤리라고 할 수 있다.

참고 문헌

모르방 르베스크, 《알베르 카뮈를 찾아서—태양과 역사》, 김화영 옮김(나남출판사, 1997).

올리비에 토드, 《알베르 카뮈, 부조리와 반항의 정신》, 김진식 옮김(책세상, 2000).

Camus, Albert, *Carnets I: mai 1935-férier 1942*(Gallimard, 1962).

_____, *Œuvres completes, I, II, III, IV*, (édition publiée Sous la direction de Jacqueline Lévi-Valensi, Bibliothèque de la Pléaide(Gallimard, 2006).

_____, *The Myth of Sisyphus and other essays*, translated by Justin O'brien(Vintage Book, 1991).

Cruickshank, *John, Albert Camus and the literature of revolt* (London: Oxford University Press, 1958).

Grenier, Roger, *Albert Camus, Soleil et Ombre*(Gallimard, 1991).

Nicolas, André, *Camus*(Séghers, 1966).

Onimus, Jean, *Camus*(DDB, 1965).

Quilliot, Roger, "Le Mythe de Sisyphe I. Commentaire Gallimards", *ESSAIS: Albert Camus, Bibliothèque de La Pléiade*(Gallimard, 1965), pp. 1410~1416.

_____, "Sisyphe et le mythe du salut", *La mer et les prisons*, pp. 110~131.

_____, *Soleil noir* (Gallimard, 1994).

Sarocchi, Jean, *Camus*(P.U.F., 1968).

Todd, Olivier, *Albert Camus, Une Vie*(Gallimard, 1996).

작가 연보

1913년
- 11월 7일, 알제에서 동쪽으로 195킬로미터 떨어진 몽도비에서 포도원 관리 노동자로 일하는 아버지 뤼시앵 카뮈와 그의 아내 카트린 사이에서 출생한다.

1914년
- 독일이 프랑스에 선전 포고(제1차 세계대전)를 하고 아버지 카뮈는 알제리 원주민 보병으로 징집당해 프랑스 본토에 투입된다. 어머니는 남편이 입대하자 두 아들과 함께 알제의 동쪽 연병장 거리에 있는 리옹가 17번지 친정으로 이주한다. 카뮈 부인은 친정 어머니 생테스 부인 밑에서 동생 에티엔 및 조제프와 함께 가난한 생활을 한다.
- 10월 마른 전투에서 부상당한 아버지 뤼시앵 카뮈가 사망한

다. 문맹인 어머니는 빈약한 종신 연금을 받으며 가정부로 일해 집안 살림을 꾸려나간다.

1921년
- 카트린 카뮈와 그의 가족은 리옹가 17번지에서 93번지로 이사한다(시내에서 떨어져 있어 집세가 저렴하기 때문이다). 권위적이면서 희극적인 외할머니가 생테스가 회초리를 들고 집안의 질서를 잡는다. 그녀의 딸이자 카뮈의 어머니인 카트린은 말수가 적고 사고 능력이 온전치 못하다. 카뮈는 산문집 《안과 겉》에서 오직 말 없는 눈길로 애정을 표시할 뿐인 어머니의 침묵을 감동적으로 증언한다.

1923년
- 동네 공립학교에서 카뮈는 2학년 담임인 교사 루이 제르맹의 눈에 들어 무료 개인 교습을 받으며 중고등부 장학생 시험을 준비한다. 그는 일생 동안 이 스승에 대한 감사의 마음을 잊지 않았고, 1957년 12월 노벨문학상 수상 기념 연설인 〈스웨덴 연설〉을 스승에게 헌정했다.

1924년
- 카뮈의 첫 영성체. 장학생으로 선발된 그는 알제의 그랑 리세에 입학한다.

1925~1928년

- 고등학교 친구들과 어울리면서 그는 자기 집의 가난을 더욱 뚜렷하게 의식한다. 훗날 그는 이 점을 수치스럽게 생각했다고 고백한다. 학생 대부분이 백인으로 아랍인은 드물었다. 그러나 축구 덕분에 아랍인 친구들과 어울리면서 같은 팀의 우정을 맛 볼 기회를 얻었다. 여름이면 그는 알제 중심가 철물점의 점원, 해변 대로변 선박회사의 임시 사원으로 일하며 생활비를 보탠다.

1929년

- 알제의 번화가인 미슐레 거리 근처에 사는 이모부 귀스타브 아코(앙투아네트 이모의 남편)는 놀라울 정도로 훌륭한 책들을 소장한 서재를 갖고 있었다. 카뮈는 그의 서재에서 처음으로 앙드레 지드를 발견한다.

1930년

- 바칼로레아 시험 제1부에 합격하여 가을 학기에 철학반으로 진급한다. 철학 교사 장 그르니에가 그에게 결정적인 영향을 끼치게 된다.

1932년

- 3월에 《쉬드》에 〈새로운 베를렌〉을, 5월에 〈제앙 릭튀스—

가난의 시인〉을, 6월에 〈세기의 철학〉(베르그송론)과 〈음악에 대한 시론〉을 발표한다. 바칼로레아 제2부에 합격한다. 장 그르니에의 권유로 앙드레 드 리쇼의 소설 《고통》을 읽는다. 《일기》를 읽고 지드를 더 잘 이해하게 된 그는 그 어떤 작가보다 지드를 높이 평가한다. 장 그르니에 덕분에 프루스트를 발견하고 프루스트는 그에게 '예술가'의 표상이 된다.
- 10월, 그랑제콜 입시 준비반에 들어간다.

1933년
- 독일에서 히틀러가 권력을 장악하자 카뮈는 반파시스트 운동 조직인 암스테르담-플레옐에서 활동을 시작한다.
- 4월, 《안과 겉》에 수록될 산문 〈아이러니〉의 초고인 〈용기〉를 쓴다.
- 5월, 장 그르니에가 짧은 에세이집 《섬》을 출판한다. 카뮈는 1959년 이 책의 신판에 서문을 쓴다.
- 10월, 〈지중해〉와 〈사랑하는 존재의 상실〉을 쓴다. 〈죽은 여자 앞에서(보라! 그 여자는 죽었다…)〉, 〈신과 그의 영혼의 대화〉, 〈모순들(삶을 받아들이고…)〉, 〈가난한 동네의 병원(무스타파 병원에 입원했던 때의 기억)〉 등의 글도 이 무렵에 쓴 것으로 추정된다. 건강상의 이유로 고등사범학교 입시 준비, 즉 대학교수가 되는 꿈을 접고 알제 문과대학에서 수학하며 장 그르니에와 르네 푸아리에 교수의 강의를 수강한다.

1934년

- 1~5월, 여러 미술 전시회 평을 《알제 에튀디앙》에 발표한다. 다시 폐가 감염된다.
- 6월 16일, 스무 살의 매력적이고 바람기 있는 모르핀 중독자 시몬 이에와 결혼한다.

1935년

- 《안과 겉》을 집필하면서 철학 학사 과정을 마친다.
- 5월, 《작가수첩》을 쓰기 시작한다.
- 6월, 철학 학사 학위를 취득한다.
- 8월, 화물선을 타고 튀니지까지 가려고 했으나 건강 문제로 여행을 중단하고 돌아온 뒤 알제 서쪽으로 68킬로미터 떨어진 로마 유적지 티파자에서 사나흘을 보낸다. 이 장소를 기리는 글이 《결혼》의 첫 번째 산문 〈티파자에서의 결혼〉이다.
- 8월 혹은 9월, 프레맹빌과 장 그르니에의 설득에 따라 공산당에 입당하여 이슬람교도 계층을 파고드는 선무 공작을 담당한다. 가을에는 친구들과 '노동극단'을 창단한다.

1936년

- 5월, 논문 〈기독교적 형이상학과 신플라톤 철학: 플로티노스와 성아우구스티누스〉로 철학 고등 디플롬을 받는다.
- 7월 17일, 스페인 내전 시작. 아내와 친구 이브 부르주아와

더불어 중부 유럽으로 여행을 떠나 인스브루크, 잘츠부르크에 이른다. 그곳에 우체국 유치 우편으로 도착한 편지를 열어보면서 아내 시몬에게 마약을 공급해주는 의사가 그녀의 정부라는 사실을 알게 된 카뮈는 그녀와 헤어지기로 결심한다. 여름 동안은 교직이나 언론계에서 새 일자리를 구할 계획을 세운다. 시몬과 헤어지는 것은 기정사실화되었으나 법적인 이혼은 1940년 2월에야 확정된다.
- 11월, 라디오 알제 극단의 배우로 발탁된다.

1937년
- 1월, 《작가수첩》에 '칼리굴라 혹은 죽음의 의미, 4막극'이라고 적는다.
- 2월 8일, 카뮈가 주동하여 세운 알제 문화원에서 〈원주민 문화, 새로운 지중해 문화〉를 강연한다. '노동극단'이 3월에 아이스킬로스의 〈사슬에 묶인 프로메테우스〉와 벤 존슨의 〈에피코이네〉, 푸슈킨의 〈돈 후안〉을, 4월에 쿠르틀린의 〈아치 330〉을 무대에 올린다.
- 4월, 군중집회에서 카뮈는 일정한 수의 알제리 이슬람교도들에게 프랑스 시민권을 부여하는 것을 골자로 하는 블룸-비올레트 법안을 지지한다.
- 5월 10일, 《안과 겉》을 출간한다.
- 8월, 《행복한 죽음》을 위한 구상 계획을 세운다.

- 8~9월, 재발한 폐결핵 치료와 요양을 위해 알제를 떠난다. 파리, 마르세유를 거쳐 사부아, 오트잘프 지방, 뒤랑스강을 굽어보는 고산지대인 앙브렁에 체류한다. 그 후 이탈리아의 피사, 피렌체, 제노바, 피에솔레 등을 여행하고 알제리로 돌아와 《행복한 죽음》 집필을 계속한다.
- 10월, 오랑현에서 교사직을 제안받았으나 거절한다. 한편 공산당이 국제적 전략상 반식민주의 운동을 우선순위에서 제외하기 시작하자 카뮈는 공산당에서 탈당한다. 가을에 오랑 출신의 여성 프랑신 포르를 처음 만난다. '노동극단'을 해체하고 '에키프극단'을 조직한다.

1938년
- 산문집 《결혼》을 완성하고 희곡 〈칼리굴라〉를 위한 메모를 하는 한편 《행복한 죽음》을 포기하지 않은 채 장차 《이방인》에 활용될 단편적인 텍스트들을 작가수첩에 메모한다. 철학적 에세이를 집필할 계획으로 니체, 키르케고르, 멜빌의 작품들을 읽는다.
- 5월, '에키프극단'이 도스토옙스키의 《카라마조프가의 형제들》을 각색 상연하고 카뮈는 이반 카라마조프 역을 맡는다. 《작가수첩》에 메모해둔 한 대목("양로원에서 노파가 죽다")이 훗날의 《이방인》을 예고한다.
- 10월, 폐결핵 후유증으로 인한 공직 부적격이라는 신체 검사

결과로 철학 교수 자격 시험에 응시하려던 계획이 좌절된다. 새로운 일간지 《알제 레퓌블리캥》의 편집기자로 활동하는 동시에 '독서살롱' 난에 문학 작품에 대한 일련의 서평들을 싣는다.

1939년
- 3월, 알제를 방문한 앙드레 말로와 첫 만남을 갖는다.
- 4월, 오랑을 여행하고, 1938년에 소량 한정판으로 출판한 《결혼》을 5월 알제 샤를로 출판사에서 정식 출간한다.
- 7월 25일, 크리스티안 갈랭도에게 이제 막 〈칼리굴라〉를 탈고했고 《이방인》 집필을 시작할 것이라는 내용의 편지를 보낸다.
- 9월 3일, 당국의 검열로 인해 《알제 레퓌블리캥》 발행을 중지하고 15일 자로 《수아르 레퓌블리캥》으로 제명을 바꾼다. 카뮈는 이 신문에 알제리의 정의와 스페인 공화파를 옹호하는 글들을 싣는다.

1940년
- 1월, 《수아르 레퓌블리캥》이 발행 금지 처분을 받자 카뮈는 다시 오랑에 체류하며 철학 가정 교사로 생활한다.
- 3월 14일, 알제리를 떠나 파리로 가서 파스칼 피아의 추천으로 《파리 수아르》 편집부에서 일한다.

- 4월 5일, 〈모리스 바레스와 '후계자들'의 다툼〉을 《라 뤼미에르》에 발표한다.
- 5월 1일, "이제 막 내 소설을 끝냈소…. 아마도 내 일은 다 끝난 것 같지 않소."(프랑신 포르에게 보낸 4월 30일 자 편지)는 아마도 《이방인》을 두고 한 말인 듯하다.
- 6월 초, 독일군의 파리 점령이 임박하자 카뮈는 《파리 수아르》 편집부 사람들과 함께 클레르몽페랑으로, 보르도로, 다시 클레르몽페랑으로 피난을 간다. 12월 3일, 리옹에서 프랑신과 결혼, 《파리 수아르》의 감원에 따라 카뮈는 해고당한다.

1941년
- 카뮈 부부는 오랑의 아르제브가에 있는, 포르 집안에서 빌려준 아파트에서 생활하며 물질적 어려움에 직면한다.
- 2월 21일, 《시지프 신화》를 탈고 후 다음과 같이 메모한다. "세 가지 '부조리'를 끝내다."(《작가수첩》) 《이방인》의 원고를 읽은 장 그르니에가 그에게 미온적인 칭찬의 말을 전한다. 카뮈는 건강상의 이율조 기차 여행이 어려워 주저하지만 결국 알제로 간다. 파스칼 피아와 앙드레 말로는 《이방인》의 원고를 읽고 열광적인 반응을 보인다. 그들과 나중에는 장 폴랑 덕분에, 이 소설과 《시지프 신화》가 갈리마르 출판사 편집위원회의 손으로 넘어간다.
- 7월, 전염병 장티푸스가 알제리, 특히 오랑 지역에 창궐하여

소설 《페스트》의 창작에 부분적인 영향을 끼친다.
- 11월 15일, 말로에게 《이방인》을 읽어준 것에 대한 감사의 편지를 보낸다.
- 11월, 갈리마르 출판사 편집위원회가 드디어 《이방인》의 출판을 결정한다.

1942년

- 《페스트》를 염두에 두고 멜빌의 《모비 딕》을 다시 읽는다.
- 1~2월, 《작가수첩》에 "반항에 대한 에세이"를 쓰려는 계획이 등장하나, 2월에 폐결핵이 재발된다.
- 5월 19일, 《이방인》이 갈리마르 출판사에서 출간된다(인쇄는 4월 21일). 당시에는 '수인들' 혹은 '추방당한 사람들'이라는 제목이었던 소설 《페스트》를 위해 메모를 한다.
- 9~10월, 《작가수첩》에 '가난한 어린 시절'에 대한 메모가 등장하는 이는 《최초의 인간》의 몇몇 주제들을 예고한다.
- 10월, 《시지프 신화》가 갈리마르 출판사에서 출간된다(인쇄는 9월 22일). 검열을 염려하여 카뮈는 카프카와 관련된 장을 삭제하는데 이 부분은 1943년 여름 리옹에서 비밀로 출간된 잡지 《아르발레트》에 별도로 발표되었다가 1945년판 《시지프 신화》에 '보유'편으로 편입되었다.

1943년
- 6월, 〈파리 떼〉 리허설 때 장폴 사르트르와 시몬 드 보부아르를 만난다.
- 7월, 〈칼리굴라〉를 개작한다.
- 10월, 갈리마르 출판사에 〈오해〉와 〈칼리굴라〉 원고를 보낸다. 비밀 지하 조직 '콩바combat'와 접촉한다.
- 11월, 갈리마르 출판사의 출판편집위원에 임명된다. 카뮈는 전국 레지스탕스 위원회 책임자 클로드 부르데를 만나 비밀 지하 신문 《콩바》의 활동에 가담하게 되고 이듬해 초 신문 편집국의 주된 책임을 담당한다.

1945년
- 9월 5일, 알베르와 프랑신 카뮈 사이에서 쌍둥이 남매인 딸 카트린과 아들 장이 태어난다.

1946년
- 8월, 방데 지방에 가서 미셸 갈리마르의 어머니 집에 머물며 소설 《페스트》를 탈고한다.
- 12월 1일, 부조리와 반항에 관계에 대한 성찰을 글로 쓴다. 이것은 《반항하는 인간》의 1장 초안이 된다. 카뮈 부부와 자녀들은 마침내 파리 제6구 세기에가 18번지 아파트의 세입자가 된다. 그러나 카뮈의 건강 때문에 1947년 초까지 가족은

이탈리아 국경 지방의 브리앙송에 체류한다.

1947년
- 3월 17일, 파스칼 피아가 《콩바》에서 사임하면서 카뮈가 신문의 운영을 맡는다.
- 6월 10일, 갈리마르 출판사에서 《페스트》를 출간한다(인쇄는 5월 24일). 이 책은 카뮈의 저서들 중 상업적으로 성공한 최초의 작품(7월에서 9월까지 9만 6000부 판매)으로 비평가상을 수상했다.

1948년
- 2월 28일, 다비드 루세와 알트만이 주도해 민주혁명연합RDR을 창설한다.
- 3월 초, 알제리 오랑에 머무는 가족과 합류한다.

1949년
- 1월, 사르트르와 마찬가지로 카뮈 역시 RDR과 거리를 둔다.
- 6월 30일, 마르세유에서 남아메리카로 출발하는 여객선에 승선하여 여러날 동안 순회 강연을 하게 된다. 남아메리카에서 체류하는 내내 카뮈는 신체적으로 고통스러운 나날을 보냈다. 그는 그것이 감기라고 여겼으나 프랑스에 돌아오자 자신의 폐가 심각하게 손상된 것을 확인하고 두 달 동안의 휴식과

치료를 강요받는다. 이 여행 동안 《정의의 사람들》을 마지막으로 수정한다.

1950년
- 1월, 고산 요양을 위하여 알프마리팀 지방의 그라스 근처 카브리에 체류 후 서서히 건강이 호전된다.
- 2월, 갈리마르 출판사에서 《정의의 사람들》이 출간된다.

1951년
- 10월 18일, 갈리마르 출판사에서 《반항하는 인간》이 출간된다.

1952년
- 5월, 가스통 라발이 《반항하는 인간》에 대해 쓴 글에 대한 회답을 《리베르테》에 발표한다. 사르트르로부터 카뮈의 《반항하는 인간》에 대한 서평을 의뢰받은 프랑시스 장송이 《레탕모데른》에 격렬하고 모욕적인 글을 발표한다.
- 8월, 이에 카뮈는 《레탕모데른》에 프랑시스 장송이 아니라 이 잡지의 '발행인' 장폴 사르트르 앞으로 보내는 6월 30일 자 카뮈의 반론 편지를 발표한다. 사르트르가 그 편지에 회답함으로써 두 사람의 우정은 깨진다.

1953년

- 갈리마르 출판사에서 《시사평론 2, 1948~1953년 연대기》를 출간한다. 이 해에 그는 도스토옙스키에 대한 메모를 계속하며 《악령》의 각색을 계획한다.

1955년

- 1월 11일, 《페스트》를 분석한 글에 대해 롤랑 바르트에게 답하는 편지를 쓴다. 카뮈의 서문을 붙인 로제 마르탱 뒤 가르의 전집이 갈리마르 출판사의 플레이아드판으로 출간된다.

1956년

- 5월, 갈리마르 출판사에서 《전락》이 출간된다.

1957년

- 10월 16일, "오늘날 우리 인간 의식에 제기되는 여러 문제를 조명하는 중요한 문학 작품"이라는 선정 이유와 함께 노벨문학상 수상 소식을 접한다. 프랑스 작가로는 아홉 번째이며 최연소(마흔네 살)였다.
- 12월, 연말과 그 이듬해 초에 걸쳐 심각한 불안 증세를 보인다.

1958년
- 1월, 1957년 12월 10일의 연설과 14일의 강연을 한데 모은 《스웨덴 연설》(갈리마르)이 출간된다. '프랑스령 알제리'를 고수하는 사람들과 알제리 독립을 주장하는 사람들을 다 같이 멀리하면서 카뮈는 이제부터 일체의 공식적 입장 표명을 자제하고 알제리를 구성하는 두 공동체의 권리를 다 함께 보호하는 연방국가적 해결책의 희망에 매달린다.

1959년
- 1월 30일, 도스토옙스키 원작, 카뮈 각색의 〈악령〉이 앙투안 극장에서 상연된다.
- 11월 15일, 카뮈는 다시 루르마랭에 체류하며 《최초의 인간》의 집필에 열중한다.

1960년
- 1월 3일, 미셸 갈리마르가 운전하는 자동차에 편승하여 루르마랭의 시골 집에서 파리로 출발. 미셸의 아내 자닌과 그녀의 딸 안이 동승했다. 프랑신 카뮈는 그 전날 기차를 타고 파리로 돌아갔다. 도중에 1박을 하고 1월 4일, 욘 지방 몽트로 근처 빌블르뱅에서 자동차 사고로 카뮈는 즉사하고 미셸 갈리마르는 닷새 뒤 사망한다.
- 9월, 어머니 카트린 카뮈가 알제의 벨쿠르에 있는 자택에서

사망한다. 알베르 카뮈는 남프랑스 루르마랭 마을의 공동 묘지에 묻혔다. 후일 아내 프랑신 카뮈 역시 같은 묘지에 묻혔다.

옮긴이의 말

책세상판 〈알베르 카뮈 전집〉에 포함된 《시지프 신화》의 초판은 1997년에 나왔다. 28년이 지난 2025년, 그 오래된 번역을 원문과 대조하며 다시 손을 보았다. 뜻밖에 여러 곳에 오자, 탈자, 띄어쓰기 잘못들이 발견되었다. 나아가 몇몇 불확실한 번역문들을 바로잡아 좀 더 쉽고 명쾌하게 이해할 수 있도록 노력했다.

이 새로운 번역의 과정은 무엇보다 80고개를 넘긴 만년의 역자에게 30살이 채 되지 않은 카뮈의 젊은 열정이 뜨겁게 끓어오르는 순간들과 조우하는 새삼스런 감동의 기회였다. 작가가 힘주어 강조하는 "출발점"으로서의 "부조리"는 필멸의 인간 조건에 대한 반항, 그리고 무엇보다 삶에 대한 사랑으로 초극해야 할 긍정의 길로 인도한다. 그 길을 뜨겁게 달구며 추진하는 젊음의 열기를 독자들과 공유하고 싶다. "산정을 향한 투쟁 그 자체가 인간의 마음을 가득 채우기에 충분하다"고 역설하는 카뮈의 "행복한 시지프"는 바로 그 젊음의 빛으로 가득하다.

2025년 6월

김화영

시지프 신화

초판 1쇄 발행 1997년 4월 10일
개정1판 1쇄 발행 1998년 2월 28일
개정2판 1쇄 발행 2025년 6월 20일

지은이 알베르 카뮈
옮긴이 김화영

펴낸이 김준성
펴낸곳 책세상

디자인 THISCOVER

등록 1975년 5월 21일 제2017-000226호
주소 서울시 마포구 월드컵로23길 38 2층 (04011)
전화 02-704-1251　**팩스** 02-719-1258
이메일 editor@chaeksesang.com　**홈페이지** chaeksesang.com
광고·제휴 문의 creator@chaeksesang.com
페이스북 /chaeksesang　**트위터** @chaeksesang
인스타그램 @chaeksesang　**네이버포스트** bkworldpub

ISBN 979-11-7131-164-4　04860
　　　979-11-5931-936-5 (세트)

. 잘못되거나 파손된 책은 구입하신 서점에서 교환해드립니다.
. 책값은 뒤표지에 있습니다.